EL VERANO DE LAS SUPER-NOVAS

EL VERANO DE LAS SUPER-NOVAS

DARCY WOODS

PUCK

Argentina – Chile – Colombia – España
Estados Unidos – México – Perú – Uruguay

Título original: *Summer of Supernovas*
Editor original: Crown Books for Young Readers, an imprint of Random House Children's Books, a division of Penguin Random House LLC, New York
Traducción: Rosa Arruti Illarramendi
Adaptación para Latinoamérica: Leonel Teti con Nancy Boufflet

1.ª edición: Marzo 2018

Reservados todos los derechos. Queda rigurosamente prohibida, sin la autorización escrita de los titulares del *copyright*, bajo las sanciones establecidas en las leyes, la reproducción parcial o total de esta obra por cualquier medio o procedimiento, incluidos la reprografía y el tratamiento informático, así como la distribución de ejemplares mediante alquiler o préstamo públicos.

Copyright © 2016 *by* Darcy Woods
All Rights Reserved
© de la traducción 2018 *by* Rosa Arruti Illarramendi
© 2018 by Ediciones Urano, S.A.U.
Plaza de los Reyes Magos 8, piso 1.º C y D – 28007 Madrid
www.mundopuck.com

ISBN: 978-84-96886-79-7
E-ISBN: 978-84-17312-19-0
Depósito legal: B-5.452-2018

Fotocomposición: Ediciones Urano, S.A.U.
Impreso por: Rodesa, S.A. – Polígono Industrial San Miguel
Parcelas E7-E8 – 31132 Villatuerta (Navarra)

Impreso en España – *Printed in Spain*

Para David,
cuyo amor lo hace todo posible.
(La prueba está en tus manos.)

1.

«Sé humilde, pues estás hecho de tierra.
Sé noble, pues estás hecho de estrellas».

Proverbio serbio

Dos temores me han atormentado desde pequeña, y hoy debo enfrentarme a uno de ellos.

No me refiero a los payasos, ya sé que muchos niños se asustan con ellos. Pero nadie más que yo empezó a gritar a lo loco en la fiesta de Jessica Bernard ni nadie más se hizo pis al ver aparecer a uno mientras celebrábamos su séptimo cumpleaños. Así me gané el apodo de *Wilapipina*. Ese apodo ya está casi olvidado, gracias a Dios. Pero no mi miedo a los payasos.

No obstante, estoy a punto de hacer frente a algo peor, muchísimo peor.

Ocupo con cuidado mi sitio en lo alto de la torre del depósito de agua y dejo que mis piernas desnudas se balanceen con la brisa de principios de verano que corre a saludarlas. Me separan treinta y cinco metros del suelo, pero mi pulso no se altera lo más mínimo. Ojalá no fuera así. Porque el miedo a las alturas es algo muy razonable.

Del paisaje que se despliega por debajo y a mi alrededor, la torre del agua emerge como un clavo con cabeza protuberante sobre un panorama por lo demás ordenado. El vetusto depósito blanco proclamaba en otro tiempo con orgullo Ciudad de Carlisle. Pero dado que hoy en día todo el mundo se ha olvidado de la vieja torre, excepto yo y los elementos, ahora dice: iud de Carl.

Me instalo sobre una toalla arrugada para no sentarme directamente sobre la herrumbre y pintura desconchada que componen por partes iguales el metal de esta estructura circular de dos metros de ancho. Es verdad que no planeaba venir aquí —desde luego, no con un vestido— pero mientras conducía de camino a Hyde Park... bien, he tenido que detenerme. Porque pese a todas las imperfecciones de la estructura, hay algo en lo que no tiene rival: la vista. Desde aquí el mundo es absolutamente perfecto.

Desdoblo el papel amarillento y lo aliso sobre mi regazo. Las marcas intrincadas y gastadas de mi carta astral no revelan nada que no haya visto un millón de veces. Lo hago solo por hábito, porque conozco la ubicación y grado de cada planeta tan bien como la posición de mi nariz en la cara.

Y ahí está: la reina madre de todos mis temores. *La Quinta Casa.*

Relaciones.

Pasiones.

Amor.

Por mucho que prefiriera ahondar en el estudio de la astrología y su papel en la experiencia humana, no puedo seguir eludiendo mi realidad personal. Porque el reloj sigue avanzando, y para ser exactos me quedan veintidós días.

Veintidós días de alineación planetaria para encontrar a mi pareja perfecta, tras los cuales los astros tardarán otra década en proporcionar condiciones tan idóneas. Y con veintisiete años podría ser un estropajo, convertida en una solterona con once gatos, además de ser un caso perdido de agorafobia.

Pues bien, se trata de un riesgo que no puedo asumir. Sobre todo por haber nacido con una Quinta Casa desventurada que de entrada inclina la balanza hacia una vida amorosa disfuncional. Por lo tanto —¡auxilio!—, si no encuentro la horma de mi zapato ahora, lo que me espera es una chorrada de años colgándome de tipos inadecuados. Diez años —o más— de desengaños, penas y malestar astrológico generalizado.

No tengo elección. Debo tragarme mi miedo y aprovechar esta oportunidad cósmica.

Cierro los ojos, inspiro hondo.

Desde el momento en que mi madre me hizo la carta astral, siempre he seguido su sabiduría orientadora. Al fin y al cabo, su importancia viene predispuesta genéticamente tal como el color azul de mis ojos. No puedo ignorarla, no es una opción aceptable, así de sencillo.

De modo que me pongo a trabajar. Saco libreta y bolígrafo, y también el iPod, que me meto en el bolsillo del vestido. Me pongo los auriculares, doy al *play* y dejo que la música me eleve un poco más. Pero ni siquiera la animada canción sirve. Me levanto y recorro la plataforma de un lado a otro. El movimiento del cuerpo genera movimiento de ideas... *el evangelio según mi abuela*.

Empiezo a buscar la inspiración confeccionando una lista de los doce signos zodiacales. Marco con estrellas Aries, Géminis, Libra y Sagitario por su inclinación intelectual y pasión por la aventura. Añado un par de estrellas con interrogantes a los signos que representan parejas posibles. Analizo a continuación la lista y tacho Tauro y Escorpio, demasiado posesivos; Leo, demasiado concentrado en las apariencias, y Cáncer, demasiado emotivo. Mejor no enredarse con los emocionalmente inestables. Y luego está Piscis. Absolutamente inconcebible. Ni hablar. ¿Por qué lo he escrito siquiera? Garabateo la palabra hasta que queda bajo un borrón de tinta ilegible.

Pero esta mísera lista apenas penetra en la superficie de la investigación de enormes proporciones que tengo por delante.

Tendré que consultar los libros de astrología que guardo bajo la cama y, por supuesto, a mi mejor amiga, Irina.

Irina dice que tiene una sorpresa para mí, algo que me ayudará sin duda en la búsqueda. Mmm... una sorpresa de mi querida colega rusa no es algo que me baje precisamente la presión arterial.

Me reclino hacia atrás, apoyando los codos en la baranda que queda a la altura de la cintura. Sobre mi cabeza, los cúmulos se desplazan con su parte inferior almidonada y planchada. Una de mis amplias ondas retro se suelta de mi melena cortada a la altura del mentón. Se desliza sobre las gafas de montura gatuna y la acomodo tras la oreja, luego vuelvo a perderme en el torbellino de signos natales, decanatos y cúspides en mi mente. *¿Cómo demonios limito la búsqueda? ¿Cómo consigo siquiera...?*

De pronto percibo unas vibraciones que, desde los pies, suben por mis piernas. Y también se oye un ruido. Débil al principio, pero cada vez más alto.

Confundida, me saco un auricular.

—¡... ta! ¿Está bien? —aúlla una voz desde el suelo.

Miro a mi alrededor buscando la fuente de sonido. Un tipo me devuelve la mirada. La distancia entre nosotros es demasiado grande como para distinguir mucho más. Al bajar la vista hacia la parte exterior del depósito detecto a un segundo sujeto subiendo por la escalera de mano como si lo persiguiera la jauría del infierno y su trasero fuera un juguete para morder con sabor a barbacoa.

Hay una camioneta color verde pepinillo estacionada al lado del Buick de la abuela. La portezuela del conductor está abierta.

—¡Llega ayuda! ¡Quédate ahí donde estás! —grita el que está en el suelo.

Llega... ¿ayuda? Entonces se me ocurre pensar en qué pinta tendrá todo esto desde la distancia: chica solitaria en lo alto de una torre, sin responder, garabateando como una maníaca mientras permanece inclinada sobre la baranda. ¡Por el amor del zodíaco, seguro que piensan que estoy escribiendo una nota de suicidio o algo así! Oh, la madre que...

—¡Eh! —grito agitando los brazos—. ¡No! ¡No! ¡Ha habido un error!

—¡Ningún error es tan malo! Solo...

El muchacho baja la cabeza, como si buscara la sabiduría bajo los matojos de diente de león y gramilla que cubren el suelo. Luego alza la vista de nuevo y pone las manos a ambos lados de la boca para amplificar su grito.

—¡No se te ocurra saltar!

Cuánta sabiduría.

El viento levanta una ráfaga violenta. Intento alinearme con el que grita para que me oiga mejor.

—Oye, no intento...

Se me enreda el pie en la correa del bolso y tropiezo. Suelto un resoplido y me doy contra la baranda, doblándome como una muñeca de trapo sobre el tubo de metal.

—¡Aaah! —aúlla el que está en el suelo—. ¡Grant!

Unos brazos poderosos me aferran por la cintura para apartarme del borde. Nos tambaleamos hacia atrás hasta que el tipo se da contra el revestimiento de la torre con un sonoro ¡bumba!

Caigo contra él y noto el golpeteo de su corazón en mi espalda. Mantiene los brazos encadenados a mi cuerpo.

—Todo... va bien —me dice.

La respiración entrecortada del escalador me levanta el cabello a la altura de la nuca. El calor que irradia su cuerpo transporta una fragancia a sudor y algo limpio, como sábanas recién salidas de la secadora.

—Te... te tengo. No te dejaré caer. No permitiré que caigas.

Pese a la fuerza demencial de sus brazos, el resto de su cuerpo tiembla.

Me retuerzo como puedo, ahí atrapada por el desconocido.

—¡Suéltame!

Su corazón sigue golpeando como un martillo neumático.

—Solo si me prometes permanecer alejada del borde.

—¡De acuerdo, lo prometo! ¡Ahora deja de agarrarme así o vas a aplastarme las costillas!

De inmediato él baja los brazos.

—*Gracias*.

Con un suspiro de alivio, me doy media vuelta. Sus ojos son lo primero que reclama mi atención. Castaños. Los ojos castaños no siempre son memorables, pero los suyos sí. Es como si algo los iluminara desde dentro. Aunque tal vez solo sea el resplandor de la puesta de sol.

—¿Qué haces aquí arriba? —pregunto.

—Te estoy salvando, es obvio.

Las últimas palabras surgen casi entrecortadas mientras dobla el alto corpachón para apoyar las manos en las rodillas. Hunde la espalda con otra fuerte exhalación.

—Me estás salvando —repito con una sonrisita desconcertada—. Claro. ¿Y por eso necesitas reanimación cardiopulmonar?

Deja pasar mi comentario, mira abajo entrecerrando los ojos y se aparta el pelo de la frente.

—Mmm... Sí que está alto esto.

Aunque parece que ya no tiembla, tampoco se lo ve muy estable. Se deja caer hasta quedarse sentado contra la torre.

—Bien, sí, ese es el tema, más bien.

La brisa cambia y ahora me pega al cuerpo el vestido *vintage* color amarillo. En otro tiempo me cohibían mis curvas, pero, sin duda, el gen del cuerpo de guitarra no es algo que puedas alterar con dieta o ejercicio, es sencillamente una fuerza de la naturaleza... y resulta más fácil aceptarlo que combatirlo.

Su rostro se pone aún más encendido, y me apresuro a apartar la vista.

—Mira, sea lo que sea, esto no puede ser la solución, porque si piensas que saltar de una torre va a...

—¡No tengo intención de saltar! —grito—. ¿Cuántas veces se los tengo que repetir? A veces vengo aquí a pensar, a aclararme la cabeza, no... *a aplastarla.*

Mi mirada vaga por el paisaje. No me hace falta la luz del día ni llevar las gafas puestas para saber cómo se disponen las casas y negocios de Carlisle en ordenadas hileras. O cómo las vías del ferrocarril suturan la herida entre el adinerado lado este y el oeste de los obreros. O cómo se ve el contorno neblinoso de las tres chimeneas que vigilan el sur, contemplándolo todo con ojos parpadeantes y cansados. Cada cosa tiene un lugar y propósito si tienes la altura suficiente como para verlo.

—Estar aquí arriba me ofrece una perspectiva diferente, ¿sabes? A veces es lo único que necesita una persona.

Me inclino para recoger mis pertenencias esparcidas y me apresuro a meter los papeles en el bolso antes de que él empiece a hacer preguntas acerca de la carta y las listas de signos revueltos.

—Esta sí que es buena. A ver, espera. —Sus oscuras cejas se juntan—. ¿En serio que has trepado hasta aquí arriba solo... para pensar?

Asiento.

Se rasca la cabeza dejando erizado y revuelto su oscuro pelo. De algún modo, tengo la impresión de que ese cabello es rebelde por naturaleza.

—Bueno, he venido a pensar y también por la Vía Láctea.

Doy unos golpecitos en el minitelescopio metido en el bolsillo lateral de mi bolso.

—Me refiero a la galaxia, no a la chocolatina.

—Eso he imaginado.

Mira de soslayo la escalera de mano y traga saliva.

—El verano es la mejor época para observar —continúo—, y desde aquí arriba es más fácil, sin toda la polución lumínica de la ciudad. —Miro entornando los ojos—. Pronto se pondrá el sol del todo; entonces será espectacular. Ey, ¿sabías que algunos nativos americanos creían que la Vía Láctea era una senda para las almas difuntas? Como una especie de ruta aérea astral por la que viajaban hasta encontrar una estrella en la que habitar. ¿Y sabes algo aún más asombroso?

Niega con la cabeza.

—¡Algunos científicos predicen que una supernova será visible dentro de la Vía Láctea en los próximos cincuenta años! ¿Te lo imaginas? ¡Presenciar la transformación de una estrella en supernova en nuestra propia galaxia! En ese momento en que una estrella muere, explota y emite la más brillante…

Mi sonrisa se congela cuando me lo encuentro observándome como si acabara de declarar que la luna estaba hecha de queso.

—Lo siento. No, mmm, no era mi intención acaparar tu atención de esa manera. Soy Wil, por cierto. —Tiendo la mano—. Wil Carlisle.

Sí, igual que nuestra bonita ciudad de la región central de Estados Unidos. Algún cuádruple tío abuelo mío la fundó allá por el año 1847. Y es razón suficiente para que la abuela quiera vivir y morir aquí.

Él se levanta antes de tomarme la mano.

—Eres una chica algo peculiar. Sin ánimo de ofender, Wil.

Sonrío.

—Sí, bien, intenté ser normal una vez y me aburrí un montón.

—Soy Grant, Grant Walker. Y por algún motivo —sacude un poco la cabeza— no me resulta extraño lo que dices.

Cuando finalmente sonríe, la sonrisa es genuina, aparece en sus ojos y la percibo también donde su piel me toca.

Se me altera el pulso de un modo inesperado.

—Entonces, Grant Walker —continúo diciendo mientras retiro la mano y me limpio la palma en el vestido—, ¿te importa pedir a tu amigo que deje la campaña de prevención del suicidio? Como puedes ver, tengo la clara intención de seguir viviendo.

Advierto cuatro líneas de óxido un poco anaranjado en mi cintura, las marcas que ha dejado la baranda de metal. Parezco un plátano a la plancha. Impresionante. Me sacudo las líneas inalterables.

—Sí, bueno, por desgracia, creo que igual ya es...

Niinoo, niinoo, niinoo.

Un gemido distante se aproxima. Levanto de golpe la cabeza.

—... demasiado tarde —concluye con una mueca.

Varios automóviles de policía y un camión de bomberos se acercan a toda velocidad por la carretera secundaria, las luces rojas giran, las sirenas aúllan. Levantan rociadas de gravilla que rebota en la base de la torre cuando el camión se detiene en seco con un chirrido. Observo horrorizada a bomberos y personal de emergencias saliendo de los vehículos. Ladran órdenes mientras despliegan una cama elástica con un parecido asombroso a la bandera japonesa.

Esto. No. Puede. Estar. Sucediendo.

Una voz gangosa se proyecta desde un altavoz.

—*Wah-wah, wah-wah-wah. ¡Wahhhh!*

No entiendo ni jota lo que está diciendo porque el tipo tiene el altavoz pegado a la boca. Imagino que él también me estará pidiendo que no salte.

Entierro la cara entre las manos, y se me tuercen las gafas. Lo único que yo quería era un poco de paz y perspectiva. En vez de eso, tengo todo un circo montado. Mi único consuelo es que en este circo parece no haber payasos.

Por todos los astros del cielo, la abuela va a matarme. Literalmente. Me he metido en situaciones bastante estrambóticas antes, pero esta las supera todas.

—¡Maldita sea! —dice Grant pasándose la mano por el pelo.

Su expresión ofrece una disculpa que su boca no llega a pronunciar. Se deja el cabello tranquilo un rato y pregunta:

—¿Y ahora qué hacemos?

Sacudo la cabeza y suelto una exhalación.

—Ahora bajamos ahí y explicamos el enorme malentendido que ha sido esto. Que es esto.

Grant empieza a desplazarse poco a poco hacia la escalera de mano, con la espalda pegada a la superficie de la torre. Su rostro está pálido por completo.

Me planto a su lado y sigo su línea de visión, que desciende por los ciento y pico peldaños.

—¿Grant?

Tiene la vista desenfocada.

—¿Sí?

—¿Tienes... tienes vértigo?

Hay un meneo afirmativo en su nuez.

—Y ¿qué demonios te ha llevado a subir como un poseso hasta aquí arriba?

—Adrenalina —suelta—. Pensaba que estabas a punto de saltar. Y no dejabas de ir de un lado a otro. ¡Y no respondías a nada de lo que te decíamos!

—¡Llevaba los auriculares puestos! —grito agitando los brazos.

—¡Oh, cool, ahora ya sé que eres aficionada a la música! —grita Grant con sorna por encima de las sirenas ululantes. Levanta una mano—. Lo siento... lo siento.

Se esfuerza por relajar las líneas de pánico en el rostro y añade:

—Mira, no es que tenga fobia ni nada por el estilo. Es que las alturas me ponen un poco... —se balancea— me incomodan un poco.

Lo sujeto del brazo para estabilizar su movimiento tambaleante.

—Calma, calma. Eh, mírame.

Le dedico mi sonrisa *vivirás para contarlo* más tranquilizadora y añado:

—Mantente a mi lado. Va a ir bien, Grant, te lo prometo. He subido y bajado esta escalera más veces de las que puedo contar. Descenderemos por los peldaños de uno en uno. Y además yo iré delante, ¿sí?

El bombero de voz gangosa vuelve a darle al altavoz. Ojalá se callara, solo consigue poner más nervioso a Grant.

—No —dice moviendo las manos arriba y abajo por el pantalón.

Grant aferra el travesaño superior al tiempo que abre las fosas nasales con decisión.

—Yo voy delante.

Le doy una palmadita en los tensos músculos de su espalda, y dudo que haya un punto blando en él.

—De acuerdo, lo tienes totalmente controlado. Puedes hacerlo.

Su boca se tuerce formando una tétrica línea.

—Desde luego.

Espero hasta que ha descendido un tramo decente antes de empezar a bajar yo también. Se está moviendo, despacio y con firmeza... Bueno, con firmeza suficiente.

—¡Vas genial! —chillo.

Mientras seguimos descendiendo, yo no dejo de dar gritos de ánimo ocasionales. No estoy segura de que sean de ayuda. Ahora lleva un rato callado como si participara en una procesión funeraria. Entrecierro los ojos e intento evaluar la distancia que queda.

—¡Casi estamos a mitad de camino! —informo.

Por si sirve de algo.

La brisa, que había tenido el detalle de amainar, vuelve a avivarse con alegría. Me levanta el vestido. He estado tan preocupada por evitar que a Grant le dé un ataque de pánico que no he caído en la cuenta... Tardo otros cuatro travesaños en percatarme del motivo de sentirme tan aireada.

No. Me detengo en seco.

¿Por qué? ¿Por qué hoy? Porque tocaba ocuparme de lavar la ropa, ese es el motivo. Y me había quedado sin braguitas bikini limpias. Por eso he tenido que optar por la miniatura de encaje beige que guardaba hecha una bola en el fondo del cajón. Solo para usos de emergencia.

Una tanga.

Una miserable tanga.

Hundo la frente en el brazo. Al consultar mi horóscopo diario me decía que considerara nuevas perspectivas para los obstáculos ya presentes. En ningún momento, repito, en ninguno, me decía que considerara perspectivas en lo que a ropa interior se refiere.

—¿Wil? ¿Algún problema? ¿Por qué te…?

—¡No mires arriba! —grito.

—¿Por qué? ¿Qué problema…?

Silencio. Un silencio abrumador.

Cierro con fuerza los ojos.

—Si ya has acabado tu estudio de mi trasero, ¿podemos seguir moviéndonos?

—Yo, esto… —Grant se aclara la garganta y baja bruscamente la cabeza—. No sé responder a eso sin decir algo grosero. Pero, gracias —dice reanudando el descenso con un crujido del travesaño.

—No hay de qué. En serio, ni lo menciones. Jamás.

—No, yo solo —suelta una risita nerviosa— me refiero a que por un segundo casi olvido mi vértig…

¡Golpetazo!

—¡Grant!

Tuerzo el cuello para ver que se ha saltado por completo un travesaño y ha resbalado hasta el siguiente. Se oye el gemido del metal oxidado cediendo. Una parte de la escalera está rompiéndose. Bajo como puedo para reducir el espacio entre nosotros, para intentar aferrarle el brazo que agita.

—¡Toma mi mano!

Doblo un poco las rodillas y me inclino hacia atrás. Todos mis músculos se estremecen mientras me estiro para alcanzarlo desde arriba.

—¡Sujétate!

Empieza el griterío. Las sirenas vuelven a aullar. Los bomberos toman posiciones a empujones.

Grant abre mucho los aterrorizados ojos castaños cuando ya no tiene donde sujetarse. Dominado por el pánico, estira el brazo y rodea fuertemente mi tobillo con la mano.

No estoy preparada para eso.

La parte inferior de mi ballerina se escurre, se suelta y cae. La herrumbre me raspa la palma, me doy con la rodilla contra el metal. Chillo.

Y Grant está cayendo.

Corrijo... estamos cayendo.

Nos hundimos como piedras poco gráciles a través del cielo que oscurece. Mi vestido amarillo se agita como unas alas inútiles y rotas. Durante un nanosegundo, me pregunto si estoy exhibiendo al mundo entero mis dos lunas llenas. No debería poder verse un trasero moviéndose a esta velocidad.

Entonces me viene a la cabeza. ¡Puedo morir!

Y ahí estoy, volando a una velocidad bestial, incapaz de formar un solo pensamiento profundo. Reza. Sí, debería rezar...

Querido Dios, por favor, no me dejes morir. Prometo ser mejor persona y tomarme más en serio el lavado y... y no volver a ponerme estas bragas infernales otra vez.

—¡Aaaameeeeén!

Grant chilla también, pero dudo que esté negociando con Dios sobre su elección de paños menores.

Él llega antes abajo, con un golpetazo amortiguado.

Mi impacto no tarda mucho más.

—¡Aaayyy!

La cama elástica me abrasa la piel; y todo el aire sale de mis pulmones de golpe. Mientras reboto, me doy en la cabeza con algo duro.

Veo estrellas y pestañeo para aclararme la vista.

Un montón de rostros revolotean formando un círculo frenético por encima, moviendo la boca, con los reflejos de las luces rojas. Pero no oigo lo que están diciendo por encima del océano que invade mis oídos. Un bombero con un bigote-escoba se queda directamente sobre mí. Suelta baba al hablar. Necesita un bigote mayor.

Si esto es el cielo, que me devuelvan el dinero.

El material de la cama elástica se hunde cuando alguien empieza a moverse, y entonces aparece su rostro a centímetros del mío. Labios plenos, nariz recta prominente, y esos asombrosos ojos castaños buscando con ansia mi atención. *Exuberante*. Si Webster solo me permitiera emplear una palabra para describir los rasgos de Grant, escogería esa. ¿Lo había notado antes? Sí. No. Tal vez. Tengo la mente ofuscada, y su mirada de preocupación me atonta aún más. Veo cómo aprieta los labios formando una línea severa, y quiero decirle que no se preocupe. Estoy viva. Con franqueza, nunca me había sentido tan viva. Y mi corazón late con tal fuerza que sin duda la vibración queda registrada en alguna escala de Ritcher en algún sitio.

—¿Wil?

Mi nombre sale de sus labios dando una voltereta; es el único sonido que oigo. Como si el sonido no hubiera existido hasta ese mismo momento.

—¿Wil? ¿Te has hecho daño?

Me aparta el cabello de la mejilla para inspeccionarme la sien.

La sonrisa en mi rostro parece torcida, como el marco de una foto al que das un toque a un lado y luego a otro, imposible de enderezar.

—Grant...

Él se inclina para aproximarse más con ojos escrutadores. Puedo oler el suavizante de ropa y el verano en él. No aparta los dedos de mi rostro.

—¿Me puedes oír? ¿Te has hecho daño?

—Te oigo, Grant... Parker.

Baja los hombros mientras suelta un risa temblorosa.

—Es Walker, de hecho.

—Lo que sea —respondo entre dientes.

La tierra gira más y más rápido, desdibujando a la gente y el alboroto que me rodea. Unas nubes oscuras crecen en mi visión, filtrando el color del mundo.

Debo de estar cayendo.

Pero ¿cómo puedes caer si ya te has dado contra el suelo?

2

—¿Qué quiere decir con que: «Ha habido un incidente en el depósito de agua»?

El chillido de la abuela rivaliza con el sistema sonar empleado por los murciélagos. Me encojo al instante.

—¿Dónde está mi nieta? ¡Exijo que me informen de su estado!

Soltando una suave risita, me hundo en la almohada del hospital, que es plana como una tabla. Sin necesidad de mover un centímetro la cortina azul que procura cierta intimidad, sé que las líneas del rostro de la abuela se han marcado aún más, y estoy segura de que los cabellos plateados superan ahora a los negros en su cabeza. Probablemente estará apretando ese crucifijo que rara vez ve la luz, pues lo lleva enterrado en su profundo y oscuro seno.

¿Cuántas veces he sido yo el motivo por el que la abuela se agarre el crucifijo? Por desgracia, demasiadas como para llevar la cuenta.

Palpo con cautela el chichón en mi sesera. No es para tanto. Al menos mi peinado proporciona un bonito camuflaje. No puedo quejarme, excepto por el dolor de cabeza fuerte, que atribuyo no tanto al chichón como al desinfectante asfixiante con fragancia a limón del hospital.

—Mire, señora Carlisle…

La voz calmada y autoritaria del doctor llega desde el pasillo en su intento de apaciguar a mi abuela. Buena suerte, machote.

La abuela es toda Tauro, en todo momento. Y aunque le cuesta cabrearse, una vez que lo hace... bien, mejor cerrar las escotillas y prepararse para aguantar la tormenta, porque no tienes ni la más remota posibilidad de escapar.

Cuando el doctor consigue por fin intercalar una palabra, explica que el escáner y el examen físico rutinario confirman que todo está normal, más allá de un pequeño chichón en la cabeza y una buena contusión en la rodilla izquierda. Pero, en serio, ahora mismo soportaría innumerables magulladuras y golpes en la cabeza con tal de evitar enfrentarme a la abuela.

En el más puro estilo Genevieve Carlisle, la mi abuela sale con otra letanía de preguntas.

—¿Cómo ha sucedido? ¡Doctor, las jovencitas no van cayéndose de depósitos de agua así como así! ¿Y quién en los infiernos es responsable de esto?

¿Quién en los infiernos? Pese a la gravedad de mis circunstancias, mi boca forma involuntariamente una sonrisa. Es una expresión que mi madre empleaba con regularidad. Tal vez la heredó de la abuela, o la abuela de ella, pero siempre he considerado que eran palabras de mamá.

Y las palabras de mamá son algo que permanecerá conmigo por siempre. Igual que el olor de la salvia que solía quemar —penetrante y dulce fragancia a hierbas— y la destartalada mesa para jugar a las cartas que convertía en espacio místico con un pedazo de brillante satén púrpura.

Mi madre siempre tuvo debilidad por los colores vibrantes. Colores como los del grabado de Van Gogh que cuelga en la pared del hospital. De hecho, apuesto a que soy capaz de localizar entre esos remolinos de girasoles el matiz exacto de amarillo de su vestido favorito.

Cierro los ojos y dejo que mi mente se pierda hasta recuperar el recuerdo de la última vez que la vi con ese vestido. Un momento que nunca olvidaré. Porque era la primera vez que leía mi carta astral.

Ahí estaba, todo mi destino contenido con pulcritud en el tamaño de un papel de carta. Cada célula de mi cuerpo de seis años silbaba como una lata de soda agitada, a punto de explotar. Y mis ojos abiertos devoraban el papel con su dispersión de raras figuras, espolvoreadas sobre la imagen con forma de rueda. No sabía qué significaba ninguna de ellas.

Pero mamá sí.

—Dime qué ves, Mena —me pidió con ojos relucientes como zafiros a la luz de la vela.

—¡Una carta! Como las que interpretas a la gente. Y muestra dónde estaban los planetas en las constelaciones en el minuto mismo en que yo nací —proclamé con orgullo.

Mamá se llevó el dedo a los labios rojos con una mirada de advertencia.

—Será nuestro pequeño secreto. Tu abuela no lo entendería.

El pequeño espacio olvidado del tercer piso, con sus pilas de cajas precintadas y sábanas polvorientas, era perfecto para guardar secretos. Yo no. Pero lo intentaría.

—Un día dominarás el lenguaje de las estrellas —dijo—. Pero por el momento, voy a interpretarlas yo por ti. ¿Te parece, cielo?

—¡Sí! —chillé.

Luego me llevé a toda prisa las manos a la boca.

Mamá procedió a explicar el significado de un par de líneas zigzagueantes: revelaba que yo era Acuario, alguien que dice la verdad y busca el conocimiento en la vida. También que debía tener cuidado en no permitir que mi espíritu libre y mi incansable necesidad de independencia me llevaran a apartar a los demás. Pese a no erigirme en juez, ni darme aires, *por los cuernos de Tauro*, puedo ser tan persistente como el picor de la hiedra venenosa.

—Estas cuñas de aquí —continuó, dando unos toques a las secciones parecidas a porciones de pasteles— se llaman casas, y son doce en total. Cada casa representa cierto aspecto de nuestras vidas. Por ejemplo, la Casa Primera es la Casa del Yo, *quién eres*. La Segunda, justo aquí —indicó a un lado de la Casa Primera— es la Casa del Dinero y las Posesiones. Luego tenemos...

—¡Ooh! Y esos símbolos, ¿qué? —pregunté saltándome unas pocas casas en la rueda.

Mamá se calló un momento, sus cejas negras se juntaron.

—Esta es la Casa Quinta. La Casa de la Creatividad y...

La palabra parecía atascarse en su boca. Tomó el pedazo de amatista de su collar y empezó a hacerlo rodar entre sus dedos mientras observaba mi carta. Y lo que asomaba ahí, fuera lo que fuese, hacía que el ceño se marcara aún más en su rostro.

—¿Y qué, mamá?

Mi tutú de ballet picaba un poco. O tal vez yo estaba demasiado ansiosa por entender el motivo por el cual los garabatos en mi carta la llenaban de tristeza.

—Ven aquí, Mena —dijo pasándose rápidamente los dedos bajo los ojos.

—Sí, mamá.

Me bajé del asiento, y las chirriantes maderas del suelo del desván gimieron cuando mis pies las tocaron.

Mamá me aupó para ponerme sobre su regazo. Siempre olía a lluvia mezclada con flores.

—La Casa Quinta también es la Casa del Amor... del Corazón —explicó—. Y ahora veo que será el principal reto que deberás superar. Tal como ha sido el mío.

Jugueteé con la piedra que colgaba de su collar intentando entender qué podía haber de complicado en el amor. Porque estaba bastante claro que los chicos eran un asco y había que evitarlos como a los caramelos de goma negros.

—Mira, cariño, hubo un tiempo en que yo pensaba que sabía más que las estrellas. Cuando me enamoré de tu papá, pensé que eso sería suficiente. Pero —sacudió la cabeza— el destino no siempre sigue a nuestro corazón. Sigue a esto. —Dio unos golpecitos sobre el papel—. Nuestra carta astrológica encierra la clave de todas nuestras respuestas. Pero debes escuchar su sabiduría, Mena... sobre todo en asuntos del amor.

Alcé la vista hacia ella.

—Escucharé, mamá, lo prometo.

—Y cuidado con los Piscis —dijo frunciendo el ceño una vez más—. Sería una mala elección, solo te traería disgustos.

Asentí con la cabeza.

—Buena chica —dijo besándome la frente. Luego se quitó el collar y me lo colocó alrededor del cuello—. Quiero que tengas esto.

Pestañeé.

—Pero... es tu favorito —respondí. Y de todas sus bonitas joyas destellantes, era mi favorita también—. ¿Por qué me lo das?

—Porque te quiero.

La abracé y me pegué como una segunda piel a su alegre vestido amarillo.

—Yo también te quiero, mamá.

—Te querré incluso cuando las estrellas dejen de brillar en el cielo —susurró.

El chasquido de la cortina cuando la abuela la descorre con la fuerza de un torero me expulsa con brusquedad del pasado. Y aunque persista la sutil pena por la pérdida de mi madre, me obligo a concentrarme en mi dilema actual.

—¡Mena!

Me abraza brevemente antes de volver a apartarse.

—Por todos los cielos, deja que te eche un vistazo, niña.

No hay duda, las líneas aparecen en su rostro con más decisión mientras inspecciona la magulladura en mi rodilla y el pequeño chichón de la cabeza. Bien, ahora me entero de que es médico, pero tengo la precaución de seguir callada y permitir que acabe su examen.

—Mmm.

Me sujeta la barbilla para mover con suavidad mi cabeza de izquierda a derecha.

—Abuela, estoy bien, te lo juro. ¡Abuela!

Pongo fin a su exploración hundiéndome más en la almohada.

—Estoy bien, ¿de acuerdo?

Le dedico una amplia sonrisa para demostrar de una vez por todas que estoy viva y en buen estado.

—Bien, me encanta oír eso —sentencia colocando sus manos en la cadera—. Porque tienes muchas explicaciones que dar, jovencita. ¿Qué demonios te dio para acabar escalando esa torre?

Consulto la pulsera del hospital en mi brazo, que no ofrece respuesta útil.

—Eh...

Antes de contestar, trago saliva y me encojo bajo la mirada firme de la abuela.

—La Vía Láctea —suelto.

Arruga el gesto como si hubiera tragado vinagre.

—Dime que esto no tiene nada que ver con la *astrología*. Porque creo que ya había dejado del todo claro que lo de pasar tanto tiempo con la cabeza en...

—Es astronomía —corrijo en voz baja.

Es decir, técnicamente, había subido ahí a contemplar la Vía Láctea. No hace falta que la abuela se entere de los detalles superfluos.

—¿Oh? ¿Se supone que eso es gracioso, Wilamena Grace?

Para evitar hundirme más, contesto con la única respuesta que a ella le interesa oír:

—No, señora.

—Bien. Y ahora empieza a hablar.

No está hecha una furia. Al menos ya se le ha pasado. Tras el alta del hospital anoche y mi radiante manifiesto de salud, la abuela y la ciudad de Carlisle me han prohibido volver a subir al depósito de agua. Lo cual equivale a decirle a un pájaro que no vuele. Memorizo sus palabras exactas y juro encontrar una fisura en ellas que me permita volver cuando reparen la escalera de mano.

Pero la debacle de ayer no va a detenerme. Ni hablar. Mi conclusión es que si sobrevives a una caída de más de doce metros, las cosas solo pueden ir a mejor.

Y es domingo, un día prometedor para una Acuario. La tarjeta que tengo en la mano confirma mi racha de buena suerte. Lleva una firma garabateada delante, junto con las palabras: «entrada para dos personas». Doy la vuelta a la tarjeta de presentación del Carlisle Community Hospital para releer la caligrafía concisa e inclinada en la parte posterior:

Wil (alias Diosa de la Gravedad)
  Sinceras disculpas. Por favor, acepta esta rama de olivo.
  Espero que puedas venir.
        Grant (alias Amateur de la Gravedad)
P.D. Esta es tu entrada.
P.P.D. Absinthe - domingo 20:00 h.

Absinthe es un club musical del oeste de la ciudad que está súper de moda, donde tocan prometedoras bandas *indie*. Es casi imposible, así de claro, conseguir entrar si no tienes un contacto, algo que nunca he tenido... hasta ahora.

Doy unos toques con la uña del pulgar en la tarjeta, pasando por alto la inesperada oleada de nerviosismo. Pero no tengo motivos para estar nerviosa, el día no podría estar mejor alineado. Me meto en el bolsillo la tarjeta que la enfermera me ha entregado con discreción, y me aplico un poco más de mi habitual pintalabios Parisian Pout rojo; el único maquillaje que uso la mayoría de los días.

—¿Abuela?

Meto las llaves y el móvil en el bolso y me cargo la mochila de fin de semana al hombro.

—¿Nana? ¡Me marcho! —insisto.

—¡Espera!

Su grito llega desde la cocina, y a continuación aparece en el vestíbulo lo más rápido que le permite su rodilla artrítica. Me pone un cesto en la mano.

—Asegúrate de darle estas a Irina. Nuestro Señor sabe bien que a esta chica le convendría subir algún kilito.

La abuela está convencida de que todos los problemas del mundo pueden arreglarse con la repostería casera. Cuando el aroma de los bollos de plátano y frutos secos alcanza mi nariz, no me siento capaz de discutirlo. La verdad, ¿quién no encuentra la paz en unos buenos hidratos de carbono?

—Gracias. Volveré por la mañana. Oh, y dales una buena paliza en el club de bridge.

Me doy media vuelta para marcharme.

—Mena —me toma por el codo—, ¿seguro que estás lo bastante bien como para salir por ahí?

De acuerdo. La sutileza no es el modus operandi de la abuela, pero recientemente ha caído en la cuenta de que voy a acabar el instituto dentro de un año. Ya no soy una niña y... lo sabe. Aun así, es un cambio enorme según su manera de pensar. *Cambio*. No hay nada más espantoso para un Tauro.

—Ya lo hemos hablado, abuela. El médico dijo que los signos vitales están perfectamente bien. He descansado todo el día y el resultado es cero dolores de cabeza, y nada de visión borrosa ni mareos. Bien, voy a llegar tarde. Y tú también, si no acabas de una vez ese pedido.

Dulces Carlisle ha sido el negocio de la abuela durante tres décadas. Hace deliciosas magdalenas y otros bocados exquisitos para los privilegiados que pueden permitírselos. Es una especie de Monet en el mundo de la repostería. Y no es por fanfarronear, pero también yo me sé desenvolver con los moldes de hornear. La abuela me ha tenido de ayudanta desde que mis habilidades motoras fueron lo bastante fiables como para calcular medidas. Una pena que yo no tenga ni un ápice de su gracia decorativa. Para nada. Dejo eso en sus habilidosas manos.

Le doy un beso en su blanda mejilla, perfumada por la canela y los frutos secos tostados.

—Te preocupas demasiado.

—Me das motivos suficientes, niña —ladra mientras bajo saltando los combados escalones de entrada de nuestra vieja casa victoriana—. ¡Y no te acerques a ese depósito de agua!

—No lo haré.

Al menos eso es algo que puedo jurar hoy.

Me ajusto la mochila al hombro mientras espero a que el tráfico se mueva y se despeje el paso de peatones. Mantengo la vista fija en el único edificio de ladrillo de una sola planta. Su letrero de neón anuncia: INKPORIUM TATOO & PIERCING. No es que la calle Wexler esté en los barrios bajos en sí, pero tampoco es la zona de la ciudad donde quieres andar con aire despistado. Sí, la abuela sabe que vengo por aquí, pero es que ella recuerda Wexler como lo que era, no como lo que es. Ahora consiste en una mezcla de casas de empeño, bares y locales donde cobrar cheques; negocios que se vuelven más mugrosos a medida que avanzas en dirección oeste.

La campana repica cuando entro por la puerta de cristal. Los altavoces están tomados por guitarras de rock duro y voces que recuerdan a alguien con un caso serio de fiebre estomacal.

—¿Qué tal las ovejitas, Pastorcita? —saluda Crater sin alzar la vista de su arte.

Mantiene su escuálido cuerpo encorvado, con cada vértebra sobresaliendo bajo la camiseta.

El fornido cliente que ocupa la silla de Crater se apresura a disimular el dolor en su expresión. Pero aunque ponga cara de valiente, su tez está blanca como el papel, y aprieta el apoyabrazos como si fuera a exprimir toda la vida del asiento.

—Crater, me puse aquel vestido una sola vez y era adorable —chillo por encima del volumen de la música metal—. ¡Solo porque fuera blanco y tuviera un miriñaque, eso no me convierte en pastora!

Pero discutir es una causa perdida. Una vez Crater te busca un apodo, es tan permanente como sus tatuajes. Podría ser peor. Podría tener el apodo de Irina.

—¿Cómo sabías que era yo?

—Porque...

Ajusta el volumen antes de volverse para cambiar los viales de tinta. Luego se aparta la larguísima cresta de mohicano del ojo y de su sonrisa

—Hueles a pastelería. Te delata del todo.

Sonrío irónicamente.

—El riesgo de vivir en un negocio de repostería, supongo.

—Al menos no eres aquella viejita que vivía en su zapato. Imagínate que tuvieras que andar por ahí oliendo a pies.

Me río, luego echo una ojeada a las muestras de tatuajes en la gran carpeta abierta sobre el mostrador. La página exhibe cada uno de los elaborados tattoos de dragones que ha hecho Crater junto con cada lugar donde los puso. *Oh... ejem.* No puedo imaginar por qué querría tatuarme esa parte de mi cuerpo. Cierro a toda prisa la carpeta.

El tipo de la silla se retuerce y hace muecas.

—¿Cuánto falta, hombre?

—Una hora —suelta Crater—. Tal vez más si no dejas de retorcerte como un gusano.

Algo a favor del veinteañero artista del tatuaje es que suple con talento lo que le falta de encanto.

Crater vuelve a lanzar una ojeada hacia donde descansa mi mano en la carpeta.

—Prométeme que cuando por fin te decidas a tatuar algo en esa virginal piel tuya, acudirás a mí. No confíes en nadie más. Yo te lo haré prácticamente gratis.

—Lo prometo.

Y es una promesa que debo reafirmar casi cada vez que pongo un pie en Inkporium. Crater, a su manera, es muy tierno. También es muy Leo, así que le perdono sus modales obstinados y rígidos. No puede evitar que su planeta regente sea el Sol.

La aguja eléctrica gime mientras Crater reanuda su trabajo sobre Gusano Ondulante.

—La arpía ya ha vuelto. —Se refiere a Irina—. Oye, ¿no tienes nada para mí en esa cesta?

Saco uno de los bollos y lo dejo sobre el mostrador.

—Tienes suerte de que tenga el día caritativo.

Haciendo una pausa, el tatuador olisquea el aire.

—¿Plátano y frutos secos?

—Sip.

—Perfecto. Para más tarde, Pastorcita.

Crater guiña el ojo. Es Leo de cabo a rabo. El zumbido incesante ahoga el sonido de su risita por mi expresión molesta. Estúpido apodo.

Me dirijo por el estrecho pasillo hacia el estudio privado de Irina. A mi derecha, la pared de ladrillos está llena de anuncios de bandas locales, grupos de apoyo locales y, bien, cualquier cosa local, lo que se te ocurra. Me paro ante un *flyer* del Absinthe con ocasión de la presentación de una banda llamada Wanderlust. Bonito nombre. Mucho mejor que Charred Biscuits o Pocketful of Lint.

La puerta de Irina está entornada. En este instante confío de veras en que Crate no me haya hecho entrar si hay un cliente con ella. Me desmayaría si la encontrara realizando un *piercing*, por no mencionar los que hace por debajo de la cintura... En serio. Irina ha perforado todo lo que puedas imaginar, y mucho más que ni te cuento.

—¿*Toc toc*?

Empujo un poco la puerta. Me siento más segura cuando veo que la silla reclinable en el centro de la sala está vacía. Gracias al cielo, Irina está sola. El propio estudio es pequeño y está bien iluminado, con un olor perpetuo a alcohol para frotar.

Irina levanta un dedo en el aire, luego indica el teléfono que sostiene en la mano y entorna los ojos. Es su *tetya*, su tía, a quien mi amiga contesta con un torrente de palabras en ruso a volumen regularmente alto. Es rusa-americana de primera generación, pero sospecho que el gritar es multigeneracional.

—Está loca —traduce Iri en perfecto inglés en cuanto cuelga—. Que a ver cuándo voy a establecerme y encontrar un buen hombre americano como hizo ella... bla-bla-bla. Nada nuevo, ¿eh?

Irina tiene la teoría de que su *tetya* habla por dos dado que su tío rara vez abre la boca.

—Oh, y aviso a navegantes, está preparando *borscht* para cenar. O sea que tendrás que fingir que te encanta a menos que quieras iniciar otra guerra fría.

Me da cierta aversión.

—Entonces voy a volverme loca por esa sopa rosa pringosa, porque tu *tetya* asusta a cualquiera.

—Exacto —menciona apartándose de la túnica unos pocos mechones platinos de la larga melena—. Pero es mejor que mi madre.

El hecho de que haya sacado a relucir a su madre es más impactante que oírla pasar del ruso al inglés.

Iri nunca habla de su madre. Como tampoco habla del motivo que la trajo hasta América con su tía a los doce años. Pero he juntado suficientes piezas del rompecabezas como para saber que la pobreza tuvo algo que ver. El abandono. Y que probablemente la madre bebiera. Y que el trasiego constante de hombres a través de la puerta llevara a la tía de Iri a asumir la custodia. También sé que hicieron falta ocho mil kilómetros para poner suficiente distancia con el pasado.

Cambio enseguida de tema.

—Y bien, ¿de dónde ha salido ese cactus en floración? —pregunto acerca de la plantita colocada junto al lavamanos mientras dejo mis cosas sobre el mostrador más próximo.

Sonríe.

—Oh, eso. Vino un cliente antes. Me pidió el número.

Saco la banqueta que parece salida de la consulta de un doctor y tomo asiento.

—¿Y? ¿Se lo has dado?

Su forma alta y delgada se encorva para reaprovisionar de guantes el armario situado debajo del lavamanos.

—Le di un número. Creo que era de algún grupo de apoyo para intolerantes al trigo… «Fuera el Trigo» o algo así.

Encoge los hombros. Aunque solo me lleva un par de años, a veces parece que me saca veinte más bien.

—¡Cómo has podido! —me río—. ¿Y te regaló un cactus por ser tan punzante? Pues me agrada bastante, es ingenioso.

—O tal vez sea porque trabajo con una montaña de agujas. Sea lo que sea, no me creo capaz de salir con alguien que se llame Jordan Lockwood.

—Jordan Lockwood suena a tipo que va de traje.

—De hecho, es así... y de lo más almidonado. Oye, ¿qué pasaba contigo anoche? No respondiste a mi sms.

El destello en sus ojos grises resaltados por el delineador kohl compite con el diamante Monroe que lleva de *piercing* sobre el labio.

—Ah. Anoche fue un desastre espectacular. Es más, creo que me superé a mí misma, en serio.

Iri arruga la frente de inmediato. No cuesta demasiado despertar su vena de leona protectora. No resulta sorprendente que ella y Crater estén siempre dándose cabezazos. Dos Leo bajo el mismo techo solo significa que uno sobra.

—¿Estás bien? ¿Qué pasó, *dorogaya*?

Así que lo suelto, se lo cuento... todo. Hasta lo de enseñar mis bragas.

Irina deja el fastidioso toqueteo de su *piercing* con forma de diamante para preguntar:

—Espera. ¿Desde cuándo llevas tanga? Pensaba que era tu enemigo jurado. Lo llamabas hilo dental para culo.

—Día de lavado.

—Ah.

Asiente con gesto de complicidad. Abre el cajón que contiene sujeciones y un montón de instrumentos medievales de tortura.

Al mirar sus utensilios hostiles, recuerdo el día que conocí a mi amiga rusa, hace dos años, y la sensación de mi ombligo retrocediendo hasta la columna. Mi ombligo no acabó con un *piercing*, pero se forjó un estrecho vínculo entre las dos.

—¿Ya está? ¿Es tu única pregunta?

—Bien, las otras cosas parecían más —hace un gesto con la mano— típicas de ti. Hablando de algo típico, ni siquiera has preguntado por mi sorpresa, y normalmente eres un gatito curioson.

Sin darme tiempo a responder, aparece en la puerta Oscar, otro artista del *piercing* en el Inkporium. Su corto pelo negro tiene un mechón frontal azul intenso, de color similar a la camisa de Irina. Por su aspecto atrevido y rasgos esculpidos, la gente nunca espera que hable con voz tan suave.

—Me voy.

Oscar se mete en el bolsillo exterior de la mochila uno de sus habituales ejemplares maltrechos de Shakespeare.

—Ey, Wil —añade, y me dedica una mirada superficial.

Y yo nunca entenderé por qué el Todopoderoso decidió dotar a alguien de unas pestañas tan espectaculares. Los ojos color avellana regresan brevemente a las medias de malla de Irina cuando ella se inclina para cerrar el cajón inferior.

—Por cierto, Iri —hace crujir sus nudillos—, la nueva marisquería en la orilla del río está teniendo críticas entusiastas. ¿No te gustaría…?

—Lo siento, Wil y yo ya tenemos planes.

—Ah… bueno.

Oscar juguetea con el anillo de su labio inferior, con pensamientos tan crípticos como su expresión.

—Igual en otro momento. Otro día.

—Adiós —digo cuando sale.

La puerta trasera se cierra de golpe y yo giro sobre mis talones para observar a Iri.

—Eh, perdona, pero ¿ha sucedido algo entre ustedes dos?

Irina levanta su bandolera, decorada con remaches metálicos. Hace un gesto con la mano quitándole importancia.

—Tuvimos "algo" anoche en una fiesta.

Abro la boca de par en par. Tengo que luchar contra la fuerza de la gravedad para cerrarla. Irina rara vez rompe sus reglas, y creo que eso es porque sigue muy pocas.

—Pero ¿eso no va en contra de tu estricta política de no enrollarte con los compañeros de trabajo?

—Un lapsus momentáneo. No volverá a pasar.

Una sonrisa nostálgica se dibuja en sus labios antes de añadir:

—Una pena, de todos modos. ¿Por qué siempre los más callados son lo que besan mejor?

Sacude la cabeza.

—¿Tú y Oscar? —suelto, y sé que me arriesgo a recibir un bufido—. Sin duda es muy guapo, pero —arrugo el rostro— diría que hay demasiados componentes con los que lidiar.

Irina entorna los ojos.

—¿Ese comentario es resultado de tu enorme experiencia en cuanto a ligues?

Se ríe cuando le doy un empujón juguetón, y añade:

—Ven, recoge tus cosas. Nos vamos volando.

De camino a su casa permanezco callada. No puedo dejar de darle vueltas a su comentario sobre mi «enorme experiencia». Por supuesto, es muy consciente de que nunca he tenido un novio serio. No estoy segura de si es consciente del porqué.

Irina se detiene ante una señal de stop antes de continuar.

—¿Qué pasa?

Aparto la vista de los carteles que anuncian bebidas y apuestas de lotería en el exterior de la tienda de la esquina.

—¿A qué te refieres?

—Siempre pasa algo cuando respiras de ese modo, como si inexplicablemente te faltara el oxígeno.

Que consiga distinguir mi respiración entre el ensordecedor tubo de escape de su Ford Taurus del 95 —con el encantador nombre de Natasha— es todo un milagro. Me vuelvo hacia ella e inspiro de nuevo.

—De acuerdo, tengo que contarte algo, pero prométeme que no vas a reírte.

Aparta la mirada de la calzada durante un instante para calibrar mi seriedad. Levanta su meñique, que yo engancho con el mío. Los sacudimos.

—De acuerdo, ahí va... Irina, creo que existe la posibilidad de que yo sea... asexual.

Suelta un resoplido y se apresura a pegar de nuevo los labios.

—¡Es verdad, lo sabía! —chillo—. La asexualidad es un estado real y legítimo. Lo he leído.

Irina se esfuerza por mantener la neutralidad en su rostro.

—No eres asexual, Wil. No recibiste ese cuerpo para ser asexual. Sería un crimen contra la naturaleza.

Pongo expresión de desdén, recordando cuando Brody Cooper me besó el primer año de instituto bajo las tribunas del campo de fútbol. Su lengua hizo una exploración de toda la cavidad de mi boca. Fue asqueroso y y no tenía por qué hacerlo, pues yo ya tengo dentista y también tengo mi propia saliva.

Y no es que en segundo curso la cosa fuera mejor cuando salí brevemente con Dylan «Aspirador» Murphy. El tipo se tomó demasiado al pie de la letra el término «beso de tornillo». Si alguna vez necesitara pruebas de mis desventurados esfuerzos románticos, esos dos chicos las aportarían.

—¿Sí? Bien, díselo a mi insatisfecha libido adolescente.

Suspiro y cierro la caprichosa guantera.

—Tal vez estoy siendo demasiado maniática —continúo—. Ya sabes, la abuela tiene esta teoría sobre mi desarrollo tardío. Que resulta trágicamente cómica dadas mis medidas.

—No has conocido a la persona adecuada, Wil. La persona que lo cambiará *todo*.

Niego con la cabeza.

—No sé. El hecho es que me falta... ¡pasión! —La palabra explota en mi pecho—. ¿Cómo se supone que voy a embarcarme en la búsqueda del amor de mi vida sin pasión? Estoy en problemas.

—Le doy en el brazo—. Y pondré fin a nuestra amistad como hagas un chiste de eso.

Nos detenemos en un semáforo.

—*Dorogaya moya*.

Irina mira con una ternura que ninguna cantidad de maquillaje o abundancia de *piercings* puede disimular. Una belleza tan pura y delicada no la endurece ni el metal. Pero lo intenta de todos modos. Rodea mis dedos.

—Vives la vida con más pasión que la mayoría de la gente que conozco. Solo porque no tengas ese ardiente deseo de levantarte las faldas cada vez que un chico te aborda no quiere decir que tengas un problema médico.

—Pff, confundes vida y amor.

Entrecierra los ojos mientras Natasha da sacudidas hacia delante con un chirrido de ruedas.

—Y tú eres una ingenua si crees que hay alguna diferencia —añade, y masculla algo más en ruso.

—*(a)* no soy tonta. Y *(b)* no me llames espinilla.

—No te he llamado espinilla. Estoy hablándole al del Corsica que acaba de cortarme el paso.

Se abalanza sobre el claxon y agita el índice.

—Y tu ruso es demasiado literal, Wil. Pásame el bolso.

Refunfuño expresando mi desagrado, pero me estiro obediente hacia el asiento de atrás para pasar el bolso a la parte delantera.

Da un brusco viraje mientras rebusca en él.

—¡Ajá! —exclama sacando un papel doblado que arroja sobre mi regazo—. Tu cumple se ha adelantado. Esta es mi sorpresa.

Lo desdoblo y me ajusto las gafas.

—¿Una carta astral?

Su boca se eleva por un lado.

—¿Recuerdas que solo tienes veintidós días para encontrar a tu pareja perfecta?

—Ahora veintiún días, pero sí.

—Bien, he optado por la vía rápida. —Sonríe triunfal—. Wilamena Carlisle, saluda a tu príncipe azul.

Vuelvo mi cabeza.

—¿Es esto...?

—Puedes apostar tu tierno culo, obsesiva de los astros. Descubrí esta página donde subes tu carta astral y la cruzas con montones de posibles parejas. Lo que tienes en tus manos es la carta más compatible astrológicamente.

—Pero... ¿cómo es que no tenía ni idea de esto?

Iri se encoge de hombros.

—Seguramente porque siempre tienes la nariz metida en alguno de esos libros. Repite conmigo: *la tecnología es tu amiga*.

Por supuesto había visto ese tipo de webs que seleccionan los signos más compatibles, pero ¿filtrarlo hasta la fecha de nacimiento? Esto elevaba las apuestas casamenteras a una nueva estratósfera. Sigo la forma circular con dedos temblorosos.

—Es Sagitario.

Debería estar dando saltos de alegría, pero no es así. El pánico está colapsando mis arterias como si fueran neumáticos rajados. De hecho, voy a tener que enfrentar esto.

—Pareces muerta de miedo —suelta Irina.

—No, no es eso. Es la cara que pongo cuando pienso —le digo, y ella me mira de soslayo con gesto de incredulidad—. ¿Que no? Pues claro que sí. Estoy bien... de verdad. Aparte, hoy es mi día de suerte. No puedo perder. Y al menos ahora podemos limitar la búsqueda a un Sagitario. Así que... —me aclaro la garganta mirando el papel que se estremece entre mis manos— solo tenemos que encontrarlo.

—¿Por dónde deberíamos empezar a buscar? Eh, conozco a un tipo en el Vault que nos dejaría pasar de seguro.

La tarjeta de Grant con entrada libre al Absinthe empieza a palpitar en mi bolsillo.

—De hecho, yo, mmm, creo que conozco el lugar perfecto.

Mi pareja está ahí en algún lugar esperando a ser descubierta.

Y en secreto confío… confío en que al encontrarla descubra también esas partes mías que permanecen aletargadas.

Y espero que no sea demasiado tarde para florecer al fin.

3

Nuestros tacones resuenan al unísono por el aparcamiento mientras nos acercamos al nada interesante edificio de hormigón. Forma parte de la olvidada y medio desmoronada área de almacenes de Carlisle. El Absinthe, embutido en medio de la zona deprimida de la ciudad, reluce como un faro verde claro en la noche.

Irina se detiene para quitarse algo del tacón... lo bastante alto como para provocarme una hemorragia nasal. Luego se ajusta el corsé negro.

—Por cierto, estás de lo más provocativa.

—Oh —replico mirando con ceño fruncido mi camisa abotonada y la falta tubo ajustada—. Me he decidido por algo discreto, ya sabes, chic informal, nada que proclame a gritos: *Aquí estoy desesperada por encontrar a mi alma gemela.*

Mi amiga estalla en carcajadas.

—Estoy segura, pero por desgracia no hay nada como una bibliotecaria recatada traviesa. Es una fantasía de manual para los chicos... ¿te das cuenta?

Pongo cara de pocos amigos.

—No te enfades —añade—. Ven aquí. Solo quiero hacerle un pequeño ajuste al vestuario... así.

Suelta con destreza el segundo botón de mi blusa.

—¿Por q...?

—Porque —enlaza su brazo con el mío mientras seguimos hacia la entrada del club— daría mi ovario izquierdo por tener unas tetas tan magníficas, y tú ni siquiera las enseñas. La gente paga un fortuna por una delantera así.

Tengo que admitir que ahora respiro mejor.

—Bien, no hace falta enseñarlas —refunfuño—, prácticamente entran en la habitación antes que yo.

La fila para acceder al Absinthe serpentea ante la fachada del edificio y continúa por la esquina hasta muy cerca de los contenedores de basura en la parte de atrás.

Han pasado veinte minutos, pero sigo de pie junto al mismo boli Bic roto y a un envoltorio de chicle.

—Esto es demencial —dice Irina retocándose una uña oscura.

Lanza una mirada torva a las decenas de personas que tenemos por delante.

—No pueden pretender que alguien haga la fila tanto tiempo —añade—. Déjame ver esa invitación.

Se la tiendo y lee la parte posterior arqueando una ceja:

—¿Diosa de la Gravedad?

—Intenta hacerse el gracioso.

Busco la luna en el oscuro cielo, pero recuerdo que es luna nueva. Eso es bueno, ideal para hacer frente a nuevos proyectos.

—No me dijiste que se llamaba Grant.

—Grant Walker. ¿Por qué? ¿Lo conoces? —pregunto.

—Sé de él.

Iri esboza una sonrisa de oreja a oreja, y yo choco mi hombro con el suyo. Se echa los mechones rubios por encima del hombro.

—¿Qué pasa? Solo son rumores. No especulo sobre los asuntos amorosos de los demás —comenta.

—Bien, pues tu cara especula muy bien. Oh, vamos —la incito—, cuéntame.

Está a punto de hablar cuando a las chicas de delante se les cae la botella que se estaban pasando entre risas. Se rompe, esparciendo vidrio roto y un pegajoso licor dulce por todas partes. Se me revuelve el estómago por el olor a aguardiente de cereza de alta graduación.

Irina se balancea sobre su tacón.

—¡*Uff*! Larguémonos de aquí. Estoy harta de esperar.

Me saca de la fila.

Sus piernas son mucho más largas y me esfuerzo por seguirle el paso. También por hacer caso omiso de las miradas iracundas que nos ganamos mientras nos saltamos la cola. Gracias a Dios, no soy inflamable.

Se acerca a mi oído.

—Ya me encargo yo de hablar. Sígueme el cuento, ¿de acuerdo?

Me ajusto las gafas y asiento.

—Confío en que tengas un plan.

—¿Estás de broma? Ya hemos hablado de nuestro plan.

—No de esta parte, no de que necesitáramos un plan solo para entrar en el club.

Nos acercamos al portero de mayores proporciones de los dos apostados cerca de la entrada. No es un hombre, es una pared... una pared de músculo tonificado. Su cabeza afeitada refleja el color verdusco de las luces. Pese a la postura relajada, este segurata afroamericano desplaza su mirada calculadora de un rostro a otro de la multitud.

El otro portero permanece sentado con despreocupación en la entrada del Absinthe comprobando carnets. Leo dos veces el letrero colocado junto a la puerta:

Solo mayores de 18 años.

Sin excepción.

Trago saliva. Mi garganta, seca de pronto, parece pegarse como tiras matamoscas. Irina tiene la edad, por lo tanto el problema no va con ella, pero yo...

—Señoritas —la fortaleza musculosa hace un gesto con la cabeza—, ¿algún problema?

Abro mucho los ojos. Mmm, sí, claro que sí. Un enjambre punzante me pica en el costado, y aparte está la sensación de que mi lengua se ha vuelto del revés como un calcetín, y que tengo algo atravesado en el cuello. Lo toco, oh, espera, es mi carótida. Bien, porque no puedo controlar...

Irina me agarra con determinación la mano y me dedica una sonrisa forzada antes de responder.

—De hecho, sí, lo hay. —Su mirada desciende hasta la chapa del walkie-talkie enganchado al cinturón de él—. Lucien. Y yo creo que solo tú puedes ayudarnos.

Su acento ruso apenas perceptible de pronto reaparece por la puerta grande. Como siempre que piensa que puede sacarle provecho.

Y si seguirle el cuento significa dar apariencia de diecisieteañera aterrorizada, pues, bueno, eso lo hago genial. Intento relajar los hombros y mostrar indiferencia.

—¿En serio? —contesta el vigilante.

Eleva las cejas con sutileza, la intriga domina su escepticismo.

—*Da*. —Irina le pasa la tarjeta—. Mira, Grant Walker nos lleva esperando desde hace treinta minutos. Y —se muerde el labio consternada— bien, ya sabes cómo se pone antes de una actuación.

—Ajá. ¿Entonces él te ha dado esto, dices?

El segurata sostiene la tarjeta bajo la luz, estudiando supuestamente la firma.

—Parece buena —dice mientras la devuelve y nos da otro repaso.

Irina y yo somos tan opuestas y dispares que en cierto modo quedamos bien juntas.

—Dime entonces...

—Irina —le informa ella.

Sus dientes blancos relucen entre las sombras.

—Irina, dime, ¿cuántos *piercings* llevas?

—Muchos.

—¿En algún lugar interesante?

En este momento sé que ella lo tiene en el bolsillo. Es una mosca en su red. Iri se adelanta un paso para envolverlo bien con su hilo de seda de araña y eleva un lado de su boca con seducción.

—Nunca explico dónde hago agujeros.

Lucien suelta una risita.

—Adelante, entonces —dice con un gesto en dirección a la puerta—, no vayan a retrasarse más y, ey... ¡ey!

Giramos las cabezas con cautela. Iri me aprieta la mano, pero yo no me atrevo ni a respirar.

—¡Mucho cuidado ahí dentro! —me dice—. Sí, te lo digo a ti, maestra de escuela. Mejor vigilas esas peras.

Entonces la rabia acaba con mi reciente alivio.

—¿Y qué cuernos quieres decir exactamente...?

—¡Eso haremos!

Irina tira de mi brazo, casi desencajándolo.

—Vas a echarlo todo a perder —me advierte.

—¡*Mudak*! —suelto entre dientes con una mirada hostil.

Lucien ladea la cabeza mientras Irina corre a asumir el control de daños:

—Ah, sí, *mudak* es nuestra forma especial de decir... «gracias» en ruso. Vamos, *dorogaya*.

Una vez que nos hemos distanciado del portero, Iri alza la ceja un poco más.

Yo replico enfurruñada:

—Ni se te ocurra empezar. Ha estado justificado del todo.

—¿*Mudak*? Tras un año expuesta a mi ruso, ¿solo has aprendido a decir insultos? —Irina chasquea la lengua—. No puedo sentirme decepcionada, me llenas de orgullo.

La puerta se abre. La música a todo volumen reverbera en la entrada con forma de túnel. Dirijo una mirada de incertidumbre a Irina.

—Detrás de ti —dice—. Empieza la caza.

Las lámparas flotan en el techo en una exhibición asombrosa de luces esmeraldas. El salón contiguo al bar exhibe una mezcolanza bohemia de sofás y sillas demasiado mullidas, con separaciones de gruesas cortinas de terciopelo. El escenario permanece vacío de momento, y el DJ pasa una combinación de trip-hop y electrónica alternativa que hace que me sienta borracha sin haber bebido una sola gota.

Irina está charlando con un par de chicos cerca de la abarrotada pista de baile donde los cuerpos se mueven y brincan siguiendo el ritmo incesante. Señalo la barra y ella levanta la barbilla en gesto de conformidad.

La Operación Alma Gemela lleva en marcha casi una hora. Irina y yo nos hemos separado para recorrer el club con el pretexto de un «estudio» para un innovador libro de astrología que estoy escribiendo. Parte del motivo de haber escogido mi atuendo esta noche —contrariamente al enfoque de la bibliotecaria cachonda— es su aire *literario*. Contamos con una excusa del todo verosímil para abordar a completos desconocidos y preguntarles el signo del zodíaco y fecha de nacimiento. No es que necesite preguntar tanto, mis habilidades son muy refinadas, soy capaz de precisar a menudo el signo natal de una persona con una certeza abrumadora, basándome puramente en la observación.

Pongamos, por ejemplo, a ese encanto de chico tan moderno de pie a mi lado. Su postura destila seguridad, y cuando habla, sus amigos se quedan con cada una de sus palabras. Que son muchas y describen relatos excitantes sobre paracaidismo acrobático y rafting por rápidos de espuma blanca. Al chico solo le falta llevar un par de cuernos de carnero, pero he preguntado de todos modos su fecha de nacimiento. Como pueden imaginar no me ha sorprendido oír su respuesta: es Aries.

Sigo sin equivocarme.

Pese a mi olfato, el plan de momento está siendo... un fracaso épico. No sirve de nada que el lugar esté rebosante de Escorpios, porque yo no estoy en el mercado para ellos, eso seguro. Y en realidad no ayuda que muchas de mis preguntas astrológicas se topen con miradas socarronas del tipo «lo que tú quieras que sea», y que un tipo proclamara todo engreído que él era lo mejor que podía encontrar.

Como en el Año del Gallo.

Como en el zodíaco chino.

Como que esta va a ser la noche más larga de mi vida.

Llevo toda la noche esquivando a ese fulano. Es uno de esos pocos casos en que ser un poco más baja que la media ha jugado a mi favor.

Una camarera de mesa con un vestido cubierto de lentejuelas verdes se abre paso con la bandeja en la mano. Las alas de hada en su espalda llevan purpurina también verde. Por supuesto, Hada Verde es un sobrenombre para la absenta. Alguien se ha lucido como genio del marketing.

—¡Cuidado! —suelta una pelirroja alta cuando me choco con ella.

—Lo siento.

Parece que el club me ha provocado un trastorno de déficit de atención sensorial.

La amazona se ríe recorriéndome de arriba abajo con sus ojos vidriosos.

—¿Qué se supone que eres, cielo? No sabía que hoy fuera noche temática.

—Soy yo misma.

Suelta una risita antes de desaparecer dentro de un sector indicado como RESERVADO.

—¡Ooh!

El chillido de la pelirroja va seguido de una risa masculina. No me quedo para oír lo que viene a continuación.

Al divisar un asiento vacío en la barra, me abro camino entre la gente. Y, qué casualidad, justo cuando llego al taburete, alguien ocupa el sitio.

Está claro que este sujeto no se ha enterado aún de que hoy es mi día de suerte. Le doy un toque en el hombro.

—¿Perdona? —digo.

Se vuelve.

—¿Sí?

Guau. Qué sexy. Ojos oscuros, pelo oscuro despeinado como si lo hubiera intentado sin conseguirlo. Pese a mi previa declaración de línea plana en el monitor sexual, aún distingo a un chico guapo cuando lo veo. Y hay algo en él de lo más familiar, pero no sé por qué.

—Oh, ¿ibas a sentarte aquí? —Se levanta—. Adelante, todo tuyo.

—¿De verdad? —Me contengo para no darle un beso de gratitud—. ¡Me has salvado la vida, del todo! Estos zapatos me están matando.

—Sé a qué te refieres exactamente. Por eso he dejado los tacones en casa, solo me los pongo en ocasiones muy especiales.

Sonríe mientras yo me subo con torpeza al taburete. Esta falda tubo hasta debajo de la rodilla era mucho más cool en teoría.

Suelto un suspiro cuando finalmente me acomodo, y me aparto el pelo que ha caído sobre mi cara.

—¿Así que esta noche no es especial? —replico.

—Podría serlo —contesta bajando la mirada—. Bonito par.

Me exaspero al recordar el botón desabrochado de la blusa. Considero arrojarle la bebida a la cara, pero luego recuerdo que todavía no he pedido nada.

Él inclina la cabeza hacia mis pies.

—Me refiero a los zapatos.

—Sí, claro, ya lo sabía.

—Qué bien, me alegro, porque por un momento he temido que fueras a darme un bofetón. Por cierto, me llamo Seth.

—No será por la deidad egipcia asociada al caos y la destrucción, espero...

—Lo dudo —comenta con una risita—, pero mi madre tal vez quiera discrepar. —Hace un gesto en dirección a un camarero de ambiciosas patillas—. Casi toda la gente me llama Seth a secas, sin la referencia al egipcio inmortal. ¿Y qué me dices de ti?

—No, nadie me llama Seth.

—Ocurrente, adorable —cuenta con los dedos— y lleva con estilo zapatos que la martirizan. Oh, si al menos tuviera nombre.

Sonrío.

—Wilamena. La mayoría de la gente me llama Wil... a excepción de mi abuela.

—¿Y cómo te llama ella?

Me cruzo de brazos y encojo los hombros.

—Habitualmente, Mena, a menos que me haya metido en algún lío. Entonces hay una escala gradual de nombres en proporción al delito.

—Me preguntaba si ibas a aparecer hoy —dice el camarero reapareciendo para dejar un vaso de líquido ámbar delante de Seth.

—Me emociona saber que alguien me echa de menos. Gracias, Nico.

Inclina el vaso en señal de brindis.

—¿Te sirvo algo, preciosa?

El Patillas, eh... Ahora, Nico se dirige a mí. Su barba crecida se vuelve más sombría mientras espera la respuesta.

—Mmm, un ginger ale, por favor.

—Puedes beber lo que quieras —Seth me dedica una mirada de complicidad—. Nico te servirá con sumo gusto.

—Un ginger ale está bien —repito.

Mis aventuras con la bebida a menudo me han hecho acabar vomitando, y esta noche es esencial mantener la cabeza despejada.

—Tus deseos son órdenes —contesta Nico con un leve ceño.

Seth entorna los ojos.

—Madres, escondan a sus hijas. Deberías saber que es así con todo el mundo. Tiene que coquetear sí o sí.

—Supongo que las propinas serán mejores.

—Supones bien —contesta, y da un trago antes de mirarme entrecerrando los ojos—: Y bien, Wil, tengo que preguntarte... ¿has venido con alguien?

—Con mi amiga Irina, ¿por qué?

Se pone pensativo.

—Porque un chico te está observando desde que te has sentado.

—¿De verdad? ¿Dónde? —estiro el cuello.

—Al otro lado de la barra. Oh, eh... parece que ya no está ahora.

Nico vuelve con mi bebida, sin quitar ojo a algo situado detrás de mí.

Cuando voy a tomar mi bolso, Seth me detiene y dice:

—No te preocupes, ya...

—Invita la casa, se te han adelantado —interviene Nico dedicando una mirada extraña a Seth.

—Qué raro —mascull a Seth, sarcástico, adoptando un gesto serio en el mentón.

—¿El qué? —pregunto.

Pero antes de que Seth pueda responder, mi bolso sin asas empieza a vibrar encima de la barra.

—Oh, mmm... seguramente es mi amiga.

Abriéndolo de golpe, libero como puedo mi celular del bolsillo interior. He metido tantas cosas que ya es un pequeño milagro el que consiguiera cerrarlo.

Seth suelta una risita.

—¿Quieres que te traiga una palanca o algo?

Sonrío algo avergonzada.

—Tal vez. Es lo que pasa cuando eliges un bolso más pequeño sin reducir la cantidad de...

De repente, capto a Iri dando brincos y agitando los brazos a lo loco en mi dirección. Dejo mi abultado bolsito otra vez sobre la barra.

—Seth, ¿puedes esperarme aquí un minuto?

Él ve a Irina rebotando impaciente como si su cuerpo se compusiera de goma en un noventa por ciento y responde:

—Cómo no.

Me abro paso entre el gentío para llegar a su lado a toda prisa.

—¿Qué pasa? ¿Qué hay?

Hace una mueca con sus labios rojos, y el brillo revelador de la cazadora aparece en sus ojos.

—¿Has visto mi mensaje?

—No, no he conseguido mirar el...

—No importa.

Irina me toma por los hombros para girarme un poco hacia la izquierda.

—¿Qué te parece ese? Irresistible, ¿verdad?

—¿A quién te refieres?

La luz estroboscópica parpadea sobre un grupo de chicos.

—¡Él! —responde indicando la silueta más alta, el Hulk del grupo.

Hago una mueca.

—Creo que no saldría con alguien que lleva una camiseta de Charlie Brown. ¿Es Sagitario?

Irina suelta una exhalación.

—No para ti. ¡Para mí! Y la camiseta no es de Charlie Brown.

—¿Esta era la emergencia? ¿Debo recordarte la misión que tenemos entre manos? Caray, Iri, céntrate un poco, ¿quieres?

No me quedo a esperar su línea de defensa.

Al regresar a mi taburete, Seth pregunta:

—¿Todo bien?

—Sí —contesto restando importancia con la mano—. Falsa alarma.

Seth se bebe lo que queda en el vaso y se aparta de la barra.

—Oye, Wil, lo siento, tengo que ocuparme de algo que acaba de surgir, pero espero volver a verte. Es decir, si estás disponible para un poco de caos.

Guiña un ojo.

Bien, si me lo pide así...

—Espera, Seth —le tomo el brazo.

Se queda mirando donde he puesto la mano, y yo lo suelto de inmediato.

—Antes de irte, ¿puedo hacerte una pregunta? Es importante.

Me muerdo el labio. Llevo haciendo la pregunta una cantidad de veces absurda, ¿y ahora me pongo nerviosa? Debería limitarme a mi capacidad de deducción considerando la información disponible y acabar ya.

Su actitud se vuelve más afable.

—Pregunta lo que quieras. Prometo responder.

—De acuerdo... ¿qué signo eres? —suelto.

Seth empieza a sonreír, bloqueando con la mano una sonrisa de oreja a oreja.

—Esa debe ser la peor frase de todos los tiempos. Y vengo mucho por aquí, o sea que he oído de todo.

Alzo la barbilla.

—Hablo en serio.

—Vaya, ¿de verdad? —Ahora su sonrisa es vacilante—. Eh, no sé.

Saca el móvil y da un toque en la pantalla. Los chicos rara vez saben su signo, por lo tanto imagino que lo está buscando. Pero eso es imaginar mucho. Debería haberle preguntado la fecha de nacimiento. Pero tras unos segundos, responde.

—Sagitario.

Una onda expansiva recorre mi cuerpo. *Por supuesto.*

Seth se inclina lo suficiente como para que pueda oler el leve matiz de su colonia.

—Pero si lo que quieres saber en realidad es si estoy o no interesado... la respuesta sin duda es que sí.

Sí. La palabra retiene el calor de su aliento en mi oreja. Más que al sí, me aferro a la otra palabra.

Sagitario.

Mi pareja predestinada.

Sonrío. Todo empieza a cuadrar.

4

—Seguro que tienes que acabar harta de esto —dice una voz familiar—. Todos tratando de ligar contigo cuando menos te lo esperas.

Grant ocupa el lugar que Seth ha dejado momentos antes.

—Me alegro de que te entregaran la tarjeta —añade— y de que estés consciente.

—¡Eh, ey!

Mi rostro se ilumina. Noto mi respiración más entrecortada; debe de ser un efecto secundario de la servilleta… la servilleta en la que Seth ha apuntado apresuradamente su número antes de pasármelo. Doblo la servilleta y la meto en mi bolsito.

Cuando las luces de la pista de baile enfocan el rostro de Grant, detecto otro motivo del efecto de su sonrisa en mí. La ligerísima superposición de sus incisivos. Es un misterio por qué encuentro atractivos los dientes demasiado juntos, pero lo cierto es que me encantan y lo más probable es que le esté sonriendo con cara de tonta.

¿Y yo cómo podría deslumbrarle?

Levanto la vista a las luces verdes colgantes confiando en dar con alguna conversación ocurrente. Él me observa y me siento turbada.

—¡Qué sitio tan increíble!

Poco ocurrente. Vamos, inténtalo otra vez.

—Ah, gracias por la entrada. La verdad, no hacía falta que te tomaras la molestia.

Se encoge de hombros para indicar que no tengo que agradecerle nada.

—Me alegra que estés sana y salva, eso es todo. ¿Cómo te encuentras?

Diminutas arrugas se juntan en el centro de su frente.

—Bien, bien. Muy bien —respondo.

Doy un trago al ginger ale.

—Como sigas poniendo tanto énfasis en la palabra «bien» me voy a preocupar y te llevaré de vuelta al hospital.

Sonrío.

—Bueno, ya sabes, una magulladura sin importancia en la rodilla, pero ningún daño irreparable. ¿Y tú cómo lo llevas? Cuando recuperé el sentido solo me quedaban algunos recuerdos tergiversados y tu nota en una tarjeta de presentación del hospital.

—Vaya, tal y como lo cuentas suena un poco sórdido.

Grant se sube la manga, dejando ver unos pequeños tatuajes negros rodeando su antebrazo. ¿Notas musicales? En el otro brazo no hay nada, a excepción de una muñequera de cuero envejecido.

—Pensé que tus familiares no responderían con mucha amabilidad a la persona responsable de que casi te mataras. Pero estoy bien. Lo más dañado fue mi ego. ¿Qué? —Se fija en el gesto divertido en mi boca—. Para empezar: ¿crees que no soy consciente de que fue idea mía salvarte? Si no hubiera intervenido...

—Entonces no me encontraría aquí ahora. Y tal vez nunca nos hubiéramos conocido. Todo sucede por algún motivo... fuerzas cósmicas o lo que sea.

Hago dar vueltas al cubito de hielo en mi vaso.

No contesta. En vez de ello, las pequeñas arrugas se han vuelto a instalar entre sus cejas. Hace una señal a Nico para que le sirva algo antes de volver a posar la mirada en mí.

Me inclino hacia delante para acercar el sorbete a la boca. Es la intensidad, el modo intencionado con que me mira, lo que resulta tan inquietante. Vuelvo a notar esa curiosa y fuerte palpitación. El calor en la boca de mi estómago se desplaza hasta las mejillas. Trago saliva.

—Y entonces, ¿eres de por aquí?

—Nacido y criado en el lado este. Pero no me lo eches en cara.

—Para nada.

Aunque yo no lo habría supuesto del este dados los tattoos, la dentadura imperfecta o el hecho de no usar ropa de marca. Irina afirma que la sangre del lado este es verde por todo el dinero que manejan, y que son tan estirados que parece que se hayan tragado un sable. Pero según su razonamiento, ese sable es un hueso de dinosaurio hecho petróleo y eso es lo que los mantiene ricos. Pero despreciar a todo un grupo de gente por su posición económica no es el estilo de Irina. De hecho, no estoy segura de por qué los odia tanto.

—Entonces debes de ir a Hartford —digo.

—Iba —me corrige apoyando los antebrazos en la barra—. Acabo de terminar.

Ya está otra vez, estudiándome de ese modo que tanto me inquieta. Y no soy de las que se inquietan fácilmente.

—¿Y tú? —pregunta.

—Pues yo, fiuuu, qué calor. —Me aprieto las sienes con las manos, frías por el vaso—. También soy de aquí. Apellidarme Carlisle significa que prácticamente he brotado de la tierra. Vivo en el barrio histórico y voy a…

—¿Alexander?

Sonrío.

—Sip.

Grant se pasa la mano por la barbilla.

—¿En realidad quiero preguntarte la edad?

—Pues no lo sé. ¿Quieres?

Se prepara para mi respuesta:

—Vamos, dispara —dice.

—Diecisiete. —Luego añado—: ¡Y cuatro meses! Esos cuatro meses son importantes, Grant. Significa que casi estoy a punto de cumplir dieciocho, por lo tanto por qué no redondear...

—Ya, ya —suspira—, pero, para mi tranquilidad, no lo menciones a nadie más por aquí. Normas de la casa... no quiero que te pongan en la lista negra, ¿entiendes?

—No te preocupes, nadie me da mis años...

De pronto mi vista repara en una determinada cara en medio del gentío. *Oh, no, no es posible.*

—¡Oh, por el amor de Venus!

Me bajo a hurtadillas del taburete y me oculto bajo la barra. Si de verdad es mi día de suerte, la tierra debería darme el gusto y desplazar sus líneas de fallas. Se abriría tragándose mi problema.

—¿Wil?

Grant agacha la cabeza por debajo de la barra.

—Eh, he dicho que prometía no delatarte. —Hace una pausa—. ¿O tal vez este numerito de desaparición es parte de tu mística de Chica Poco Usual?

—¡Gallo! —replico entre dientes.

—Ah, claro, así que es la segunda opción.

Rodeo el extremo de la barra para asomarme y escudriñar poco a poco por encima. No hay duda, ahí está el Año del Gallo, abriéndose camino hacia mí. Una de las hadas verdes lo hace descarrilarse momentáneamente. Yo vuelvo a agacharme maldiciendo para mis adentros.

—Voy a atreverme a suponer que tienes un motivo excelente para esconderte ahí en posición fetal. Cuando estés lista para explicarte, me encontrarás aquí, por encima del nivel del mar. —Contiene una sonrisa—. Vaya, no sabes qué ganas tengo de oír una explicación de esto.

—¡Espera un segundo!

Lo tomo de la camisa para jalar de él hacia abajo también. Nuestras narices quedan casi pegadas. Percibo una ráfaga del olor a ropa recién lavada que advertí el otro día.

—Mira, mmm, hay un chico ahí que se ha creído que me interesa.

—¿Dijiste algo que pudiera llevarlo a creer eso?

—¿Qué? ¡No! Le hice un par de preguntas.

Grant empieza a retroceder.

—E... espera, de acuerdo, así ha sido la cosa. —Tomo aliento—. Esta noche he salido... con la idea de encontrar a alguien. —Humillada, le suelto la camisa—. Pero, Grant, créeme, no es él.

—Ya veo. ¿O sea que quieres que le diga que se esfume?

Niego con la cabeza.

—Lo he intentado. No funciona. Su arrogancia es imbatible, solo la supera su persistencia. Al fin y al cabo, es del Año de la Polla.

Me muerdo el labio, la cabeza se me acelera.

Grant pestañea.

—Ah, lo siento, me pierdo con tanto...

—Pollo, Gallo —corrijo—. Ya sabes, astrología china... ¡Uf! Ese tipo no da tregua, es el equivalente social de una verruga plantar.

Me froto las sienes, intentando encontrar un plan de fuga.

—Bien, podrías fingir sencillamente que estamos juntos —sugiere él.

Levanto de golpe la cabeza, dándome suavemente contra la parte inferior de la barra:

—¿En serio...?

La indignación de Grant brilla en la oscuridad:

—Desde luego, ¿quién puede pensar que soy una alternativa peor a alguien nacido el Año de la Verga?

—Lo... lo lamento. No quería decir...

—No, no, tu plan es mucho mejor. Quédate ahí escondida hasta la primavera, ardillita.

Se levanta.

Me quedo mirando los extremos gastados de sus jeans y un destello plateado de cinta adhesiva en una de sus deportivas Converse. Tiene razón, no puedo quedarme hasta la primavera aquí; además, huele a alcohol rancio y a fregonas aún más rancias.

—No se llama ardilla, se llama marmota —replico mientras me levanto reacia de mi escondrijo.

Los ojos de Grant me observan con cautela por encima del borde de su vaso.

Insultarlo y corregir sus conocimientos sobre roedores no va a hacerme ganar puntos. Cambio de táctica. Lo que aquí hace falta ahora es audacia. Le rodeo la cintura con los brazos.

Grant baja el vaso y habla con voz ronca.

—¿Qué... qué estás haciendo?

—Señor Walker, ¿me concederá el estimable honor de hacerme de airbag?

Se aclara la garganta. El preludio de una sonrisa amenaza con dominar sus labios.

—¿Airbag?

—Sí, ya sabes, un parachoques... Solo unos pocos minutos. Porfa.

—Vaya, señorita Carlisle, ¿es así como encandila a los chicos? Aunque resulte halagador —mira por encima del hombro—, no estoy seguro de que hagamos una pareja convincente. Lo tenemos casi aquí. Pelo tieso, cazadora negra de motoquero, ¿me equivoco?

Entro en tensión. Luego me aprieto un poco más, amoldando mi cuerpo a los espacios entre nosotros. Y resulta... es raro lo agradable que resulta. Me mareo un poco. Por las lunas de Júpiter, ¿ahora mi cerebro mostrará los efectos secundarios de la caída? ¡La abuela nunca me permitiría olvidarlo!

Ahora es él quien está en tensión.

—Grant, si continúas ahí de pie como un recortable de cartulina, nunca resultaremos creíbles. Vamos, no puedo ser tan horrible, no te estoy pidiendo que comas coles de Bruselas o algo parecido.

Consigo vislumbrar su adorable dentadura superior.

—Pues da la casualidad de que me encantan las coles de Bruselas.

—Ja, y decías que yo era rara.

Estira la mano, dejando que el dorso de sus dedos siga la elevación de mi mejilla. Tengo una sensación abrumadora de déjà vu.

—Si de verdad saliéramos juntos, yo te tocaría también. ¿Te parece bien? —pregunta.

¿Bien? «Bien» sirve para referir resultados de exámenes mediocres o describir la leche el día de su fecha de caducidad. No es el caso.

Noto un cosquilleo en todo mi cuerpo. Lo atribuyo al grave sonido de los bajos que recorre el suelo de cemento.

—Sí. —Me obligo a tragar saliva—. ¿Sigue acercándose?

—Sí, nos está observando.

Retiro el brazo de la cintura de Grant para rodearle el cuello. Rozo con los dedos el pelo corto junto al cuello de la camiseta mientras murmuro a su oído:

—¿Te importa? He pensado que resultará más real si simulo susurrarte palabras de amor.

Retiene mi nuca en su mano y la sostiene como algo inestimable perdido y ahora encontrado.

—Me parece perfecto.

Entonces nos quedamos en silencio. Y nuestro lenguaje se convierte en el idioma de los latidos y la respiración irregular.

—Hueles bien —me susurra al oído.

Estaba pensando justo lo mismo de él.

—Gr... gracias. Es este jabón francés de vainilla y lavanda. Soy... soy un poco adicta.

Siento la fuerza de su inspiración contra mi pecho, seguida de una lenta exhalación.

—Yo también.

Ahora es imposible no hacer caso al modo en que nuestros corazones laten al unísono. El ritmo conectado va más rápido.

El momento se prolonga durante segundos que parecen horas. Hasta que alguien choca con Grant, reventando nuestra burbuja. La música, la charla y la gente vuelven a fluir.

Desliza la mano por mi espalda y suelta una risita.

—Creo que ha funcionado. El Chorra parece cabreado.

Me aparto, invadida por una especie de agotamiento casi doloroso, y me tomo lo que queda de bebida.

—¿Estás bien?

—Pues claro —respondo—. ¿Cómo no iba a estarlo? Has derrotado oficialmente a mi acosador. No me cansaré de darte las gracias. Creo que estoy en deuda contigo.

—Entonces, ¿eso me da derecho a un baile antes de irme? —Grant baja la voz—. Por seguir la actuación, por supuesto.

—Sí... por supuesto.

Encuentra mi mano y me lleva hacia la pista de baile. No deja de mirar hacia atrás como si yo fuera a salir corriendo. Quizá debería, porque algo ha cambiado, sin duda. Como si... de pronto esto fuera algo más serio que un baile. Roza con su pulgar el dorso de mi mano y yo bajo la vista.

—Callos —explica Grant—, de la guitarra.

—No sabía que tocaras.

Lo cual es un comentario como bastante tonto, porque lo que sé de él no llena ni una condenada cucharilla.

—Pues sí...

—¡Hijo de perra!

Un tipo latino bajito arremete contra Grant, que se tambalea hacia atrás sujetando al recién llegado. Tras un par de palmadas en la espalda se separan.

—¿Qué clase de proeza fue esa? Ryan me dijo que te tiraste de cabeza desde la vieja torre. ¿Y desde cuándo se te da por buscar emociones fuertes, aparte de tu etapa de... bien, *hooola* —dice volviéndose hacia mí—. ¡Maldición! Grant —le da un codazo—, ¿quién es este bombón?

—Ostras, Manny, no es un postre. Es Wil Carlisle. Wil, este es nuestro maleducado batería, Manuel Rodríguez.

—Llámame Manny. Perdóname los malos modales, Wil.

Manny se lleva una mano al amplio pecho y hunde la cabeza como gesto de disculpa.

—Pero es que me han criado en un granero, y tú estás para comerte.

Sonríe. Lleva una camiseta que dice: BAQUETAS PESCAN TÍAS. ¿QUIERES VER LAS MÍAS?

Grant le da un toque en la oreja.

—¡Au! ¡Ey! ¡No he dicho que esté para chuparse los dedos, aunque sea la pura...! ¡Au!

Grant lo vuelve a golpear.

—Volveré a encerrarte en la bodega.

Manny se da un masaje en la oreja.

—Vamos, *vato*, ella ya sabe que lo digo como un cumplido.

—Al más puro estilo Hannibal Lecter, melodioso e inquietante —digo con una sonrisita.

—¿Ves? Me entiende.

Manny le da un puñetazo a Grant en el brazo y luego lo mira entrecerrando los ojos.

—En el camerino dentro de veinte minutos o voy a ser yo quien te encierre en la bodega, pedazo de burro. ¡Me despido de ti, suculenta Wil!

Me río.

—Lo has intentado, pero con halagos no vas a conseguir la receta secreta del coronel. Adiós, Manny.

Sonríe antes de quedarse mirando intencionadamente a Grant.

—Hermano, es única. No pierdas esa oportunidad.

Después de eso, Manny se encamina hacia un grupito de chicas con varitas fluorescentes. Les arrebata un par de color naranja y se pone a golpear el aire como si tocase una batería virtual.

—Todo un personaje —digo—. No has mencionado que tocabas esta noche. ¿Cómo se llama la...? —Intento descifrar la expresión de Grant mientras observa a Manny—. Eh, si tienes que irte, no pasa nada.

—No, tengo tiempo. Aparte, me debes un baile, ¿lo has olvidado?

Me toma de la mano y me saca a la pista en medio de la aglomeración de gente.

La música cambia a algo con un sutil aire latino, con lo cual disminuye el número de danzantes.

—Grupo Fantasma, ¿verdad? —pregunto.

—Una chica que sabe de música.

—Soy aficionada, ¿recuerdas? —bromeo apartándome un poco.

—¿Así que esto es todo?

Vuelvo a acercarme, desconcertada.

—¿Sabes bailar... esto?

Grant se acerca aún más, con una intensa mirada mientras se lleva mi mano al hombro y me sujeta la otra con firmeza.

—Ajá. —Sonríe—. Y bien. Es impresionante que incluso boquiabierta estés tan guapa.

Junto los labios de golpe y sacudo la cabeza.

—No, es solo que no hay muchos chicos que...

Pero pierdo el hilo de pensamiento en cuanto encontramos el ritmo y empezamos a movernos. Es una salsa básica, pero si no me concentro en los pasos, sin duda martirizaré sus pies con estos taconazos.

Grant es una pareja fuerte, y me dejo guiar por él, pero tiene el don de hacerme sentir que es al revés y que soy yo la que lo lleva.

—¡Eres genial! —le digo.

Con una sonrisa, me hace girar.

—Nada de eso, eres tú la que me haces parecer bueno.

Es mentira, pero de todos modos sus pies siguen ilesos, y también me siento agradecida por eso.

Nuestros cuerpos se convierten en reflejos del movimiento del otro. La cabeza me da vueltas, el corazón se me acelera, y en ningún caso es por bailar.

De repente tengo que saberlo.

—¿Grant?

Me roza la cadera con la mano, dirigiendo mi movimiento con delicadeza. Mi espalda choca con su pecho. Su otra mano desciende hasta mi cintura. Me estremezco. *Concéntrate.*

—¿Sabes algo de astrología?

—Cero. Aparte de que cada año parece nevar el día de mi cumpleaños, pero claro —su suave risa retumba en mi oreja—, supongo que eso más bien es meteorología.

Tengo problemas para hilvanar las frases. Su proximidad me confunde las ideas.

—Mmm, bien, ¿recuerdas que dije que quería encontrar a alguien?

—Ajajá.

Me hace girar una vez más para que quedemos cara a cara. Una de mis manos cae sobre su pecho; su respiración es tan irregular como la mía.

—¿Lo has encontrado?

Los ojos oscuros de Grant son ilegibles.

—No... no estoy segura. La astrología es un estudio complicado.

Nuestro balanceo se ralentiza cuando la canción pierde volumen.

—Ah, bien, no tengo demasiada fe en las estrellas.

Me hace dar un giro final, y vuelve a jalar de mí. Aterrizo sólidamente contra su pecho.

—Vaya —digo, casi sin aliento—, qué extraño, porque yo pongo toda mi fe en los astros.

Despliega la mano izquierda sobre mi espalda. Con la otra me aprisiona firmemente los dedos. Noto lo callos de la guitarra. Su mirada desciende hasta mi boca, me abrasa la piel con el aliento.

—Yo pongo mi fe en la gente.

Un rescoldo bajo mi ombligo explota en llamas descontroladas. Un hormigueo recorre cada centímetro cuadrado de piel con nuestra conexión. Los últimos sonidos del bajo me atraen hacia él. Más cerca. Levanto la cabeza.

¡Aún no estoy arruinada! No es demasiado tarde.

Podría ser la persona. Podría ser… y entonces me percato, con la misma certeza de que la Tierra sigue rotando. Grant es encantador, inteligente, apasionado, sensible y creativo, y a menudo nieva el día de su cumpleaños. En conjunto, estos hechos solo significan una cosa. ¡Oh, Dios!

Él es… debe de ser…

Piscis.

Suelto un jadeo.

Al instante el fuego se apaga. El invierno hace estragos en mi sangre y las venas se me llenan de hielo.

La dulce voz de mi madre reverbera en mis oídos. «*Cuidado con los Piscis… Cuidado con los Piscis… Cuidado con los Piscis*».

Su voz espectral repite las palabras hasta marearme.

Mis piernas flaquean de debilidad.

—¡Wil!

Grant me atrapa, sujetándome para que no caiga.

—Wil, ¿qué...?

—No puedo... no puedo respirar.

De repente la piedra de amatista palpita en mi cuello y pesa como un millón de kilos jalando de mí hacia el suelo de cemento. Como si la promesa a mi madre se hubiera convertido en algo tangible.

Y me ahogo. Me asfixio. Todo me oprime al mismo tiempo. Enamorarme de un Piscis sería imperdonable, porque iría contra...

—Vamos, ahora mismo te saco de aquí.

Grant me rodea la cintura con un brazo para sostenerme.

—¡Apártense! —ruge mientras nos abrimos paso entre los mirones.

El gentío se mueve a nuestro alrededor y sus caras se estiran formando imágenes pesadillescas. Las luces verdes dan un aire cadavérico a todo el mundo, enfermizo.

Jadeo, tengo hipo, pero sigo sin recuperar la respiración.

—¡Wil! —exclama Irina cuando aparece.

Apoya su mano en mi rostro sudoroso y su expresión se retuerce de furia.

—¿Qué has hecho? Te destriparé como a un maldito pescado si le has hecho algo... —increpa a Grant.

—Yo no le he hecho nada —suelta Grant—. Necesita aire, solo necesita un poco de aire.

Pero mientras me muevo dando traspiés, jadeando en sus brazos, me percato de que necesito algo más complicado que oxígeno. Necesito superar los escollos de mi destino... realinear las estrellas. Y para conseguirlo, Grant Walker debe volverse tan invisible como ese aire que no consigo respirar.

5

Inspiro. La bolsa de papel se arruga ruidosamente y se desinfla hasta quedar vacía y plana. Y ahí está él otra vez. Mierda. *O sea que no es invisible.* Grant me mira con esos ansiosos ojos suyos mientras se retuerce la muñequera de cuero hasta el punto de preocuparme porque la mano vaya a desprendérsele de golpe.

—Chicos, esto es totalmente innecesario.

Mis palabras ahogadas inflan la bolsa tal como la levadura hace subir la masa. Me hundo hacia atrás en la silla plegable. El ruido sordo del club parece sonar a años luz de la escalera de incendios en la segunda planta donde me encuentro.

Qué espanto. *Humillante.* Si la bolsa de papel permitiera meter algo más que mi pie izquierdo, ahí me metería. No hay nada peor que las miradas de lástima.

Irina frunce el ceño dando vueltas al diamante del *piercing* sobre su labio. Es como si se tomara al pie de la letra lo de «darle vueltas» a una preocupación.

—Sí que es necesario, Wil. Estabas hiperventilando.

Se inclina colocando con cuidado las manos sobre mis rodillas y pregunta:

—¿Qué ha pasado ahí?

Ja, pero qué bien me conoce. Sabe que tendría que pasar algo catastrófico para ponerme a dar vueltas hasta perder el eje de este modo.

Dejo la bolsa.

—Solo... ha sido el calor y el baile. Me he mareado pero... ya estoy mejor.

Me esfuerzo por esbozar una sonrisa. Los ojos de Irina sondean, pero el resto de su persona sigue enmudecida cuando se levanta. A mi pesar, dirijo una mirada en dirección a Grant.

—Por favor, no te quedes. Seguramente te espera la banda. Estoy bien. —Repito una lenta inspiración y vuelvo a exhalar—. Respiración normal.

—No, no me quedo tranquilo si me voy. Esperarán —dice pasándose una mano por el pelo oscuro—. ¿Quieres un poco más de agua?

—No, gracias.

Las persianas verticales de la ventana se separan y revelan parcialmente la cabeza de Seth en el interior del edificio. ¿Seth? Cierro los ojos. ¿Y tiene que aparecer ahora mi potencial alma gemela? La cosa sigue mejorando.

Seth sale como puede por la ventana, sumándose al grupo reunido en la escalera de incendios.

—Wil, ¿qué ha sucedido? ¿Te encuentras bien?

¡Ayuda, por favor! Si alguien más sigue repitiendo estas preguntas voy a ponerme de mal humor.

Seth dirige una mirada a Grant, que ahora se apoya en la pared del edificio.

—Ryan ha dicho que te ha visto subiendo por las escaleras con una chica casi en brazos.

—Me he acalorado —explico mientras retuerzo la bolsa hasta formar una bola de frustración—. En serio, ¿a qué viene tanto alboroto por nada?

—Casi te desmayas —afirma Irina.

—Qué voy a desmayarme.

Fue un colapso temporal, un ataque de pánico provocado por un Piscis, pero antes perdería el conocimiento que confesar esto en voz alta. Ladeo la cabeza hacia Seth:

—Pensaba que, mmm, tenías que irte o algo.

—No me fui. Vaya... obviamente.

Se arrodilla para situarse a mi altura.

—No, de hecho confiaba en verte antes de irme porque quería preguntarte algo.

Suelto una risa nerviosa.

—Mientras no preguntes otra vez si me encuentro bien...

Seth esboza una sonrisa torcida antes de echar un vistazo por encima del hombro.

—¿Tienes algún plan para el viernes?

—Increíble —mascula Grant sacudiendo la cabeza asqueado y apartándose de la pared—. Tienes razón, Wil, mejor me voy. Aquí ya hay demasiada gente.

Sí, demasiada. Porque cualquier espacio disponible ha sido ocupado ahora por la incomodidad que domina a nuestro grupo de cuatro.

Irina lanza una mirada sublevada a Grant y a continuación se desplaza hacia la ventana.

—Bien, hay que aprovechar el presente.

Hace una pausa disimuladamente para guiñarme un ojo. Supongo que se preocupa más de la cuenta por mí, lo cual está bien.

—Te espero abajo cuando estés lista, Wil. Tómate tu tiempo.

Grant sostiene las rejillas metálicas de la persiana con el pie mientras espera a que Irina deje el paso despejado.

—Ejem... —empiezo a decir.

Maldición, la situación es más incómoda que ir en tanga. Una tanga al revés.

—Lo tendré en cuenta —digo a Seth mientras me pongo en pie.

Seth asiente y responde al celular cuando suena.

—¿Grant?

Pero para entonces el guitarrista ya ha pasado al otro lado de la ventana. Y una extraña clase de pánico se apodera de mí ante la idea de no haberme despedido.

—¿Grant? —repito.

Entonces vuelve a asomar la cabeza, sorprendiéndome con su repentina proximidad.

—¿Qué?

Los surcos han vuelto a su frente.

Quiero suavizar ese ceño con mis dedos. No sé por qué. No importa. Lo tengo totalmente prohibido. Pero… ¿no podemos al menos ser amigos?

Sí. ¿Por qué no? De hecho, ya me he hecho a la idea: quiero que Grant Walker sea mi amigo. Amistad… eso sí puedo asumirlo. Esa categoría permite mantener las cosas limpias y simples.

—Oye, gracias por todo lo de esta noche. La entrada, salvarme del Gallo —noto una oleada de calor en las mejillas— y el baile. Te echaré de menos.

Los ojos de Grant se concentran entonces en los míos.

—Quiero decir, tu banda, voy a perderme el concierto… esta noche.

Chist, Wil. ¿Por qué no desenganchas la cinta adhesiva de su calzado y te la pegas en tu bocaza ahora mismo? ¿Te echaré de menos? Me da miedo mirar a Grant y, en vez de ello, jugueteo con las gafas como si tuvieran la culpa de mi extraña reacción. Tomo aire para estabilizar mi respiración, encuentro su mirada finalmente y le pregunto:

—Entonces, ¿alguna posibilidad de verte tocar otro día?

Por favor, di que sí. O no. Ahora ya no estoy segura de qué respuesta prefiero.

Su expresión se suaviza.

—Tengo una solución mejor.

Mete la mano en el bolsillo de los jeans y saca algo que reluce bajo la luz de la calle.

—Ten.

Deja caer un objeto casi sin peso en mi mano.

—¿Una llave?

Es plateada y mide la mitad que mi dedo meñique.

—Me das una llave, no entiendo.

—No abrirá ninguna puerta.

Pues eso aclara muy poco.

—Solo tienes que enseñarla a los de seguridad —explica Grant—. Te llevará a donde quieras aquí; sin disimulos, sin complicaciones. Mi tío es el dueño del club y tenemos unas pocas llaves así para pasarlas a quien nos parezca.

—Pues… guau.

La llave, con el calor de su bolsillo, casi me abrasa la palma.

—Yo…

—Eh, G —Seth interviene detrás de mí—, Ryan va a reventarme el celular. Sales en cinco minutos. Creo que es mejor que te apures.

—Gracias.

Aunque el tono de Grant no sugiere demasiada gratitud que digamos.

Seth contesta con alegría.

—¿Para qué sirven los hermanos?

Me sobresalto.

—¿Hermanos? —repito volviendo la cabeza hacia Seth—. Vaya, chicos, ¿así que son hermanos?

¡Oh, Dios mío! Por eso Seth me resultaba tan familiar. La estructura ósea, el pelo, la constitución…

—Eh, ¿no te habías dado cuenta? Sí, Grant es mi hermano mayor… bien, no mucho mayor. Solo un año y poco más de diferencia —explica encogiéndose de hombros—. Y nos confunden a menudo. Por supuesto… me gusta creer que yo soy más guapo, pero probablemente es por los malditos celos que me provoca que él haya acaparado todo el talento musical, el muy cabrón.

Cuando me vuelvo buscando a Grant, ha desaparecido. Las persianas verticales aún oscilan, recalcando su ausencia. Una punzada de dolor en mi pecho no me deja respirar.

¿Qué probabilidades hay exactamente de que mi pareja astral perfecta y mi perdición astral procedan del mismo árbol genealógico? Y no solo eso, también comparten la misma condenada rama. ¿Una entre un millón? ¿Entre mil millones?

Aquí no hay ninguna coincidencia cósmica.

Es un mensaje para recordarme que la distancia entre la elección correcta y la errónea en el amor es peligrosamente escasa. Bien, a diferencia de mi difunta madre, yo voy a escoger bien. Y empezaré por olvidar ese baile con Grant. Tiene más apariencia de ensoñación que de realidad ahora mismo, y los sueños no reemplazan la sabiduría de las estrellas.

Seth me roza el brazo con vacilación.

—Por favor, dime que no eres de las que se hacen rogar.

—¿Perdona? —pregunto dejando de apretar la llave y apartando la mirada del cielo—. ¿Qué decías?

—Pues, ejem... —se frota la nuca—, te preguntaba de nuevo sobre el viernes. Como no has contestado, y a riesgo de hacer un ridículo total...

—Me encantaría. —Me esfuerzo a fondo y consigo esbozar una sonrisa—. Pero ¿tenemos que esperar? El miércoles en el planetario hay una reunión estival de observación del cielo nocturno. Sagitario asciende por el sureste... tu signo natal. ¿Te interesaría... algo así? —Frunzo el ceño—. ¿O tal vez te parezca cosa de frikis? Seguramente estés ocupado, claro, bueno, el viernes está bien.

Volviéndome, me levanto un poco la falda para evitar rasgar la costura al entrar nuevamente por la ventana.

—Veo que no lo comprendes, ¿verdad?

—¿Eh?

Tropiezo al hacer mi reentrada, y me sujeto a una silla de despacho. Seth aparece en la ventana.

—Pues, mira —él entra también—, tengo debilidad por las frikis excitantes y por los cuerpos celestiales.

La sonrisa de Seth es angelical, pero la luz del monitor de la computadora revela sus ojos de puro diablillo.

—Por «friki excitante» me refiero a ti y por «cuerpos celestiales» a las estrellas y los planetas.

Suelto una risita, notando un leve revoloteo de mariposas en el estómago. ¡Vaya! ¿No está claro? Me gusta Seth. Es un tipo divertido y le gusta coquetear, y por lo visto siente debilidad por las chicas con tendencias obsesivas. Y lo más importante, es Sagitario.

—Bueno, bueno —añade ante mi respuesta silenciosa, y se confiesa con un encogimiento de hombros muy candoroso—: He mentido, no entiendo nada de planetas, pero puedo aprender. Por lo tanto… tal vez solo sienta debilidad por ti.

—¿Cómo dices que se apellida? —pregunta la abuela.

—Walker —contesto—. Y va a Harford, de modo que no vive por aquí.

—Entonces es de buena familia —silba la abuela—. Hay que ver, así que te ha conquistado por eso. Vaya, vaya, ahora lo entiendo. Un buen partido para lo que estamos acostumbrados por aquí.

Se pone de puntillas para fisgonear desde su lugar en la zona del desayuno.

—¡Ey, fuera de la ventana! —exclamo.

La abuela deja caer la cortina.

—No te pongas quisquillosa, Mena. Es natural que tenga curiosidad. Diecisiete años y solo recuerdo verte interesada por aquel chico. ¿Cómo se llamaba? ¿Brogan?

—Brody Cooper —corrijo mientras abro el bolso.

—Ese mismo. Siempre llevaba esos pantalones caídos que sientan tan mal.

La abuela arruga la nariz. Nunca le tuvo especial cariño a Brody, por un montón de motivos. Razones más contundentes que sus pantalones... como el puro disparate cronológico.

—No te caía bien Brody porque estaba en último curso y yo acaba de entrar en el instituto.

Capto mi reflejo distorsionado en el fondo de una de las sartenes colgadas del organizador de cacerolas. Me limpio el carmín del extremo de la boca y enseño los dientes, y me quedo tranquila al ver que no están manchados de pintalabios.

—Bien, eso solo es cierto en parte —responde la abuela mientras sale de la zona del desayuno para retirar del fuego el calentador de agua—. Aparte estaba el tema de su...

—¡Abuela, por favor! Ya estoy lo bastante nerviosa sin que saques a relucir mi antiguo historial de citas.

—Sí, por supuesto. Pues, nada, olvida que he mencionado a ese tal Brogan. —Da ceremoniosamente con la cucharilla en el borde de la taza de té—. Conforme, Mena. Deja que te vea bien.

Para rematar mi estado de histeria, rodeo la encimera central y me preparo para su escrutinio completo.

—¿Y bien?

Me estiro con los dedos la falda del vestido sin mangas para moverme a un lado y al otro. Es un vestido con vuelo de color negro con pequeños ramilletes de cerezas esparcidos, escote en forma de corazón y dobladillo a la altura de la rodilla. Iri me ha asegurado que es un vestido decente para una primera cita.

Entonces, ¿por qué la abuela pone esa cara? Solo le falta llevarse las manos al cuello para que parezca el gesto internacional de asfixia. Oh, no...

—¿Qué? —pregunto llena de inquietud—. ¿Demasiado? ¿Me hace esa doble delantera tan asquerosa?

Frenética, me estiro un tirante del vestido. Ya no tengo tiempo para cambiarme.

Suena el timbre.

—Di algo —suplico.

La abuela cubre la distancia entre nosotras con unos pocos pasos briosos para rodearme con sus brazos.

—Absolutamente maravillosa. El vivo retrato de tu madre.

Me besa en lo alto de la cabeza.

Me aparto sonriente.

—¿De verdad es lo que piensas?

Sus ojos azules parecen firmes, pero la voz le tiembla al contestar:

—Lo juro por Dios. Ahora vete a abrir la puerta antes de que tu caballerete piense que has cambiado de idea. Vamos.

La abuela me hace salir de la cocina.

El momento agridulce es fugaz. Me he vuelto buena centrando la atención en lo dulce y negando lo amargo. Años de práctica. Aparte, ella siempre dice que vivir en el pasado te impide ver los mañanas. Y yo quiero mi día de mañana y todas las promesas que pueda guardar.

Seth Walker permanece tieso ante mi puerta con flores en la mano, pero su sonrisa confiada se desvanece como la luz del día cuando abro la puerta.

Que un rayo parta la casa donde vive Irina. Nunca debería haberme dejado convencer de llevar este vestido. ¿En qué demonios he estado pensando, siguiendo la opinión de alguien que a menudo lleva más joyas que ropa?

—Guau. Estás hermosa —consigue pronunciar finalmente Seth—. Supongo... supongo que debería haberme puesto algo más elegante. —Baja la vista a sus jeans de marca antes de toquetearse la sencilla camisa abotonada. Lleva los puños desabrochados y las mangas enrolladas hasta los codos, dejando ver sus antebrazos.

—¡No, estás genial!

En cuanto lo digo, el alivio ilumina su rostro.

—En fin, siempre voy demasiado arreglada. Tengo un armario con una cantidad de vestidos que nunca tengo ocasión de ponerme.

—Entonces tal vez debamos poner remedio a eso.

Me dedica una sonrisa deslumbrante. No podía tener unos dientes más rectos aunque yo los alineara con una regla.

—Eh, son para ti —añade—. Espero que te guste el púrpura y, mmm, los detalles *old-school*.

Cojo la docena de rosas de su mano y sonrío.

—Mírame, Seth, soy pura *old-school*. Son preciosas, caray, gracias.

Otra oleada de nerviosismo agita ruidosamente mi estómago.

—Oh, vamos, entra.

La abuela ya ha echado su ojo de lince a las flores, malditas cataratas. Por supuesto, también está evaluando a Seth. Su período de valoración lo mide el distintivo *tictac* del reloj del abuelo en el recibidor.

—Buenas noches, señora, me llamo Seth Walker. Encantado de conocerla.

Ofrece su mano, que la abuela estrecha.

Tictac.

—Sí. Genevieve Carlisle, la abuela de Wilamena.

Hombres de menor valía sin duda se fundirían bajo la mirada de acero de la abuela. El Análisis de la Abuela Acosadora. La triple A… Es lo que usa cuando quiere detectar la fibra moral de una persona.

—Sí, señora —responde Seth, con fluidez, sin aturullarse lo más mínimo. Su seguridad es impresionante.

La abuela responde con un contenido gesto de asentimiento, lo cual significa que ha superado… la prueba, diría yo. ¡Ja! ¡Llega a ser una Tauro de lo más desconcertante!

Se retira un mechón plateado que se ha soltado de su broche.

—Me encantará ponerlas en agua si quieres, Mena.

—Gracias, nana. —Le doy un besito en la mejilla—. La verdad es que deberíamos marcharnos ya si queremos llegar a la exposición antes de cenar.

Sacudo la cabeza al advertir la mirada interrogadora de Seth. La abuela llevaba días tan increíblemente eufórica con mi cita que me pareció innecesario aclarar que la *exposición* tenía que ver con temas de astrología, a la luz del incidente del depósito de agua.

—Mmm, lavanda —dice la abuela recibiendo las flores y estudiando el ramo—. No es un color habitual en rosas. Por supuesto —hace una pausa para echar un vistazo a Seth—, seguro que sabes qué significa, ya que las has elegido para ella.

Sonríe, muy consciente de que Seth no tiene idea de las connotaciones de los colores. Por el amor de Dios, ¡el chico no es florista!

Estoy a punto de decirlo cuando la abuela rompe finalmente el silencio.

—Encanto, significa encanto.

—Entonces —Seth se mete las manos en los bolsillos—, supongo que he adivinado de casualidad, señora Carlisle.

Ooh, vaya con el chico, es bueno de verdad. Me siento de nuevo impresionada.

La abuela suelta una risita.

—Sí, supongo que sí.

La abuela se dirige hacia la cocina arrastrando los pies. Y antes de darme ocasión de soltar el aire contenido en mis pulmones, añade:

—Pero asegúrate de no sacarla del pantalón, hijo. Que pasen una buena noche.

La puerta de la cocina se cierra tras ella.

Entorno los ojos, abiertos como platos en mi cara que echa chispas.

—Lo siento —farfullo—. Estoy segura de que quería decir que... bien, no, de hecho, habla en serio, pero...

—¡Eh! —Me da un codazo—. Vamos, no pasa nada. —Levanta una mano—: Y yo, Seth Walker, juro con solemnidad que la mantendré metida en los pantalones. Aunque seas la más encantadora...

Sofoco una risa, sacudiendo la cabeza.

—Solía hacer de niñera para un niño boy scout —digo—, y sé muy bien que solo se usan tres dedos en el juramento solemne.

Baja la mano. Ahora no sabría decidir qué resulta más sexy, si su sonrisita de lado o el destello peligroso en sus ojos.

—Nunca dije que fuera boy scout.

—No, es verdad.

Han regresado las mariposas a mi estómago. Van ciegas de cafeína y enardecidas de esteroides mientras declaran la guerra a mis entrañas.

—¿Estás lista?

—Sí —respondo automáticamente mientras tomo el bolsito.

¿Estoy lista? La pregunta suena trascendental aunque, por supuesto, no pretende serlo. De todos modos, sus implicaciones no dejan de hostigarme. ¿Estoy lista para esta noche? ¿Estoy lista para lo que pueda venir a continuación? ¿Qué esperaba que fuera a suceder tras la maquinación de este plan?

¿La verdad? No lo sé.

No obstante, los planetas han acordado al unísono... que nunca he tenido mejor ocasión para descubrirlo.

6

—¿Ves?

Seth se acerca un poco más. Su pelo me hace cosquillas en el cuello.

—No, vuelve a enseñármelo —me responde.

—Ahí.

Sostengo el puntero de láser rojo. El planetario se ha vaciado al finalizar la presentación. Lo cual significa que se han marchado las otras dos personas aparte de nosotros.

—¿Ves que tiene forma como de tetera? Eso es Sagitario; la constelación representa a Quirón, el centauro. Se sacrificó en lugar de Prometeo, a quien castigaban los dioses por dar el fuego al hombre.

—¿Cuál fue su castigo?

Seth se mueve en el asiento, y su pierna presiona ligeramente la mía. ¿Lo hace a propósito? La oscuridad de la sala parece amplificar cada palabra y contacto, dándoles un peculiar significado.

Me coloco bien las gafas y finjo no percatarme de la manera casual en que sus jeans frotan mi piel desnuda. De lo contrario mi pensamiento se velaría demasiado. ¡Y pensar que días atrás me preocupaba el hecho de ser asexual!

—Prometeo estaba encadenado a una roca y cada día un águila venía a darse un festín con su hígado. Y cada noche el hígado crecía de nuevo por arte de magia. Sí —advierto el gesto crispado de Seth—, como ves, los dioses no se andaban con tonterías. De modo que Quirón ofreció su inmortalidad a cambio de la libertad de Prometeo. Zeus le recompensó aquel acto bondadoso con un lugar entre las estrellas. Ergo, Quirón es Sagitario. Digamos que al fin y al cabo logró mantener su inmortalidad.

Seth suelta un silbido grave.

—¿Cómo sabes todo eso?

—De leer, más que nada. Siempre he encontrado las constelaciones y la astrología algo especialmente… oh, mmm, es igual.

—¿Qué? Cuéntame un poco más.

Mi corazón pierde el compás cuando Seth se inclina de nuevo. Huelo la débil fragancia de la colonia que llevaba en el Absinthe. Me gusta. *Mucho.*

—¿Quieres… quieres que te cuente más cosas sobre la mitología que hay tras las constelaciones? —pregunto con reservas.

—¿Y por qué no? Estas historias vuelven las estrellas mucho más interesantes. Es impresionante lo mucho que sabes, en serio. —Me dedica una mirada de reojo—. Apuesto a que tus citas se quedan totalmente embobadas con tus historias al llegar a este punto, ¿no?

Suelto una risita nerviosa y me estrujo los dedos sobre el regazo.

Seth me da un codazo cariñoso.

—Oh, por favor. No me digas que soy el primer chico que te hace una pregunta así.

—Bien… no es que traiga ligues aquí por rutina —comento retorciéndome el anillo de ónice en el dedo—. Y, mmm, no sabría decir lo que pensaban mis citas de mí ya que la mayoría acabaron en desastre.

Suspiro. La honesta Acuario. Revelarme como arma de destrucción masiva de citas anteriores no es exactamente la manera en que quería estrenar la noche.

Pero es todo cosa del pasado. Será diferente con Seth.

Sus ojos se arrugan en los extremos.

—Apuesto a que exageras, Wil. Seguro que no fue tan horrible.

Ah, sí, de hecho fue fatal. Pero no quiero empezar a hacer la autopsia a todos los porqués.

—De acuerdo —dice Seth con incertidumbre tras mi silencio—, ¿qué es lo peor que ha pasado durante una de tus citas desastrosas?

Apartando la mirada de los puntos de luz artificial, soy consciente de que Seth espera algo banal como un rollo de papel de váter pegado al zapato o restos de espinacas entre los dientes, o alguna tontería de ese tipo. *Ojalá.*

—Bien... en una ocasión le rompí la nariz a un chico.

—¿En serio?

Suelto una exhalación.

—Sí. Bueno, técnicamente no estoy segura de poder clasificarlo siquiera como una verdadera cita. Era solo un chico con quien bailé en la fiesta de inicio del año académico. Supongo que yo le gustaba. Al menos hasta que...

Qué vergüenza.

—¿Qué? —insta Seth.

—¡Me agarró con la guardia baja por completo! Quiero decir, en un momento dado estábamos bailando y al siguiente me dice que le gusto. Algo que era de locos porque hasta entonces no me había dicho más de cuatro palabras. De modo que cuando retrocedí para ver si estaba de broma, se ve que él estaba bajando la cabeza y... le di un cabezazo en la nariz. Se la rompí, no por un sitio sino por dos. —Me hundo un poco más en la silla—. Dios, cuánta sangre había.

Seth se tapa la boca, disimulando la sonrisa tras los dedos.

Cruzo los brazos sobre el pecho y frunzo el ceño.

—No fue gracioso, ¿sabes? Fue traumático... para todos los implicados. Me sentí fatal. A veces creo que habría que ponerme una etiqueta de advertencia.

Sofoca otra risa y yo le doy en el codo que tiene apoyado en el reposabrazos.

—Lo siento —dice apretando mi pierna con más firmeza, y olvido que se supone que debo poner cara de pocos amigos—. Ey, así son los accidentes. Fue mala suerte, cierto, pero no el fin del mundo.

—¿Tú crees? Porque me llaman la viuda negra en clase.

Seth tiene la decencia de mostrarse indignado ahora.

—No hablas en serio, ¿verdad?

Sonrío con ironía.

—No, en realidad no. Para ser justos, ahora te toca a ti —sugiero volviéndome hacia él, ansiosa por oír su relato más humillante—. Vamos, ¿qué ha sido lo peor que te ha sucedido?

—Mmm.

Pensativo, Seth se pasa la mano por el mentón.

—No te sientas presionado, ya sabemos que tu experiencia no estará a la altura de la humillación salvaje que supuso el mío.

—Bueno. Pues... recuerdo aquella ocasión en que me rasgué los pantalones al dar un salto con el skate. Estaba en octavo curso e intentaba impresionar a una chica. Así que estaba elevándome por las alturas cuando me inclino para sujetar la tabla y... *¡ris ras!* Justo en medio de la costura: reventón total. Ella casi se parte de risa.

Oh, Dios. La historia se repite; soy yo la que ahora corre serio peligro de desternillarse. No puedo parar de reír, y resuena el doble en el silencio de la sala circular.

Seth también suelta una risita y añade con aire compungido:

—Lo único que podía pensar era: *Gracias a Dios que me he puesto un bóxer.* Eso sí que no lo superaría jamás. Guau, no puedo creer que te haya contado esta historia.

Se inclina hacia delante apoyando los codos en las rodillas, con la cabeza caída.

Mi risa se desvanece dando paso a una sonrisa.

Seth podría haber quedado hoy con cualquiera de las chicas guapas que babeaban por él en el Absinthe. Chicas que no llevan etiquetas de advertencia. Ni tienen abuelas previniéndole de que *no la saque del pantalón*.

Entonces pienso en algo que me paraliza. ¿Y si lamenta haberme invitado a salir? El alma se me hunde hasta el suelo del planetario en cuanto esta teoría empieza a sonar más plausible.

Me aclaro la garganta.

—Mira, sé que probablemente estarás acostumbrado a chicas mucho más cools... no del tipo planetario. Seamos realistas, ¿cuántas citas van a ponerse a divagar sobre constelaciones e hígados mágicos y las narices que han roto?

Es una pregunta retórica. Porque ambos sabemos que la respuesta es un gordísimo y enorme cero. Alzo un hombro.

—Pero soy así. Y no conozco otra manera, de modo que si no soy lo que espera...

Me hace callar poniendo la punta de un dedo en mi boca.

—Déjalo. Para. Me estás matando, Wil.

Los ojos de Seth descienden hasta mis labios, donde aún mantiene el dedo. Suelta un suspiro y baja la mano.

—Mira, cuanto más intentes disuadirme, más me gustarás. Y no, no eres como las demás chicas con las que he salido, porque tú me agradas un millón de veces más.

Mi sonrisa se extiende de oreja a oreja.

—¿O sea que... te gusto?

Le gusto a mi Sagitario. La esperanza hincha mi pecho. Le gusto, le gusto. Aquí es cuando se me ocurre que puedo echarlo todo a perder ahora con mi parloteo imbécil.

—¿De verdad piensas que estaría aquí si no fuera así?

—No sé. Tal vez no se te ocurre una manera agradable de plantarme —respondo—. Yo solo he intentado darte...

Seth me atrae hacia él.

—¿Qué estás haciendo? —pregunto sorprendida.

Una de mis manos aterriza en su hombro cuando intento sujetarme.

Puedo comprobar que él también es del tipo musculoso, igual que Grant. No, no pienses en Grant. Pero ahora que sé que son familia, no puedo evitar fijarme en las similitudes. Hay pedacitos de Grant esparcidos por todos lados. Por lo tanto me fijo en las partes diferentes. La nariz de Seth es un poquito más pequeña, y su mentón es también un poco menos angular, y... y sus zapatillas no llevan cinta aislante pegada.

Los ojos de Seth también buscan mi mirada. Recorren mi rostro antes de doblar el índice bajo mi barbilla. Mi corazón golpea dentro del pecho.

—¿Que qué estoy haciendo? —repite casi susurrando—. Intentar con sumo esfuerzo no besarte.

Sus labios carnosos forman una sonrisita.

—Principalmente, porque me gusta mi nariz tal y como es... enterita.

¿Habrá advertido que contengo la respiración? Finalmente, exhalo con una risa nerviosa. Ahora mi teta derecha queda totalmente comprimida contra él. Tiene que haberse percatado. Seth apoya la cabeza en el gastado tejido borgoña del asiento, pero no aparta la vista.

Me toca a mí mover ficha. Espera, ¿qué jugada voy a hacer?

—Seth, creo...

En ese momento, se oye un portazo y se encienden las luces de la sala, decolorando nuestro cielo estival.

Me incorporo.

Un portero entra empujando un contenedor de basura con ruedas y un aspirador más grande que el Buick de la abuela. Sin reparar en nuestra presencia, conecta el tomacorriente mientras silba una versión desafinada de *¡Hello, Dolly!*

La máquina se pone en marcha y ya no me permite oír mi galimatías de pensamientos. Seth me toma de la mano y nos reímos mientras salimos a toda prisa del planetario.

Ha escogido un lugar francés adorable —Le Petit Plat— para cenar en la parte este de la ciudad. Hace una noche estupenda, así que nos sentamos en la terraza bajo luces titilantes y sombrillas. Soy incapaz de pronunciar una sola cosa del menú. Y casi pierdo el apetito al ver los precios. Qué bien, en vista de las raciones minúsculas.

¿Será que los franceses tienen estómagos tan pequeños?

¡Dios!, he dicho la última frase en voz alta, porque de pronto Seth se está riendo. Luego pasa a explicar que Le Petit Plat significa «plato pequeño». Oh.

Al menos mi inanición no va a ser aburrida.

Hablamos de cosas que importan y cosas que no. Me entero de que a Seth le encanta viajar y que conoce —con apenas diecisiete años— más lugares que sabores tienen las magdalenas de la abuela, lo cual ya es un decir. Además, tiene una colección de cómics para morirse, y de niño se vestía de Batman por Halloween. Cuatro años seguidos.

Por su parte, también muestra curiosidad por mi fijación con las ropas y peinados *vintage*. Estoy acostumbrada a esa pregunta. Intento explicar el encanto eterno de la moda de los años cuarenta. Cómo el racionamiento tras la guerra llevaba a la gente a hacer más con menos, ese fue el motivo de que nacieran tantos peinados increíbles en esa época, porque el cabello era lo único que tenían que podían modificar.

No menciono que muchos vestidos que llevo de esa década pertenecían a la colección de mi madre.

Cuando regreso del baño, me encuentro a Seth garabateando en la parte posterior del recibo.

—¿Qué dibujas? —pregunto mirando por encima de su hombro. Pero no alcanzo a ver.

—Oh, no es nada —dice apresurándose a arrugar el papel—. Solo... garabatos. Tonterías. ¿Nos vamos ya?

—Claro.

Decidimos dar un paseo por la pasarela entarimada. Es junio, por lo tanto el río Opal todavía no desprende la peste sofocante de agosto.

—Haces mucho eso —dice Seth dándome un apretón de mano.

Aparto la atención del cielo para devolverla al chico que anda a mi lado.

—¿El qué?

Señala hacia el cielo luminoso.

—Oh, lo siento. Un hábito, supongo.

Esquivamos una rama de árbol que se mete en el camino.

—Será un hábito que te viene de... Dame una pista al menos. —Me anima pasándose la mano por el cabello—. Apenas has hablado de ti en toda la noche.

Tomo aliento para replicar.

—Aparte de la narración del planetario y tu amor por la moda retro —añade él.

—Mi madre —informo, obligándome a sonreír.

El viento agita mi pelo oscuro, negro como el vacío entre las estrellas, solía decir ella.

—Astrología, observación de estrellas, es algo que siempre compartimos las dos —le explico.

—Qué bueno.

He dejado de hablar, pero Seth me dedica una sonrisa de ánimo.

—¿Algo más?

Recuerdos felices brotan hasta la superficie de mi mente. Escojo uno, con cuidado de no romperlo, con cuidado de extraer cada uno de sus exquisitos detalles.

—Bien, cuando era pequeña ella me despertaba, a menudo en medio de la noche, y nos escabullíamos hasta el patio trasero. Dios, cómo me gustaba eso. Las dos solas y el cielo desenrollado como una enorme pantalla de cine.

Una gran sonrisa se dibuja en mi rostro mientras revivo el recuerdo. Cómo se mezclaba el olor a hierba cortada con la dulzura de las damas de noche en flor de la abuela. Cómo latía mi corazón algo más rápido ante la perspectiva de hacer algo un poco prohibido. Y salirnos con la nuestra.

—De modo que nos tumbábamos allí en pijama, sobre aquella vieja manta de color melocotón que olía a cedro, mientras mi mamá señalaba todos los planetas y constelaciones que podíamos ver. Luego yo me quedaba dormida, a menudo con el sonido de su voz, como si me contara un cuento para ir a dormir. Estas fueron mis primeras lecciones del *lenguaje del cielo;* así lo llamaba ella.

—Y por eso lo del signo zodiacal es tan importante, ¿eh?

Frunció el ceño y luego arrancó una hoja de un arbusto.

—Ya lo entiendo —suelta Seth—. La astrología es tu Batman.

—¿Mi Batman?

—Sí, algo mágico en lo que creer, aunque otra gente no lo haga.

Suelto una risita.

—Mmm-mmm.

Hacemos una pausa y me quedo mirando el agua ondulante como satén negro sobre la roca del río.

Seth se apoya en la barandilla de madera, grabada con promesas de amor y eternidad, y luego arroja la hoja a la corriente.

—Bien, tu madre tiene que ser increíble. Me encantaría conocerla un día. Suponiendo que te apuntes a otra cita conmigo...

Mi burbuja de felicidad estalla.

—No.

—Oh —se atraganta él—. Mmm, pensaba que te estabas divirtiendo esta noche, pero si quieres volver a casa, te acompaño.

—¡No!, quería decir... —Le tomo las manos, tan suaves y cálidas—. Déjame intentarlo de nuevo. Me gustaría volver a salir contigo.

Su alivio es palpable.

—Pero no puedo presentarte a mi madre porque ella...

Por instinto inclino la cabeza hacia las estrellas; luego me obligo a bajarla. *Sácalo, Wil. Dilo y ya está.*

—Cuando tenía seis años, mi madre salió a comprar almíbar para los pasteles, pero nunca volvió a casa. Otro auto se metió bruscamente en su carril a bastante velocidad... provocó un choque frontal contra ella, de modo que...

Murió en cuestión de minutos. El accidente fue fatal para ambos conductores. Y aunque haya repetido esta historia innumerables veces con los ojos secos, esta vez... estoy demasiado sensible. Es demasiado real. Como si notara el impacto aplastante de la colisión, mi propio ritmo cardíaco desplomándose, mi propio cuerpo apagándose. Cierro los ojos, deseando no volver ahí. Porque es inútil y eso no cambia nada.

Seth pasa los pulgares una y otra vez por el dorso de mis manos. El silencio se prolonga.

—Entonces, ahora ella está ahí arriba —concluye suavemente, volviendo la cabeza hacia arriba antes de observarme otra vez—. Lo siento, Wil, no sabía...

—Ey —intervengo dando un último apretón a sus manos antes de soltarlas—. Ha pasado mucho tiempo, Seth. Quiero decir, la echo de menos, claro que la echo de menos, pero siempre sé dónde encontrarla, ya sabes.

Cruza los brazos sumido en una tranquila reflexión que supongo no durará. Porque por mi experiencia, una vez que has contestado a una pregunta, abres las compuertas a muchas más.

—De cualquier modo, tuvo que ser un infierno para tu papá y...

—Eso no lo sé, no lo he conocido nunca.

Sigo con el dedo el surco de un corazón tallado en la baranda de madera.

—Y, por favor, no hagas eso, Seth. No me mires con lástima. La abuela es más de lo que la mayoría de gente tiene en toda su vida.

Seth se encuentra ahí de pie, enmudecido y paralizado. ¿Puedo culparlo? ¿Qué podría decir él en realidad tras soltar una bomba como esta?

Suspiro mientras me agacho a recoger un puñado de piedrecitas.

—Creo que a esto se le llama ser aguafiestas. He echado a perder oficialmente esta cita. Al menos tu nariz sigue intacta.

Lanzo una a una las piedrecitas al río. Rompen la superficie con un débil *chop*.

—No has echado a perder nada —murmura Seth acercándose—. Y no puedo contradecirte en cuanto a lo de tu abuela porque... bien, tengo la sensación de que me azotará el trasero por responder.

Trato de no llorar.

—Cierto —digo.

Mis labios esbozan un atisbo de sonrisa.

—¿Vas a acaparar todas esas? —pregunta con un gesto en dirección a los guijarros.

Y así sin más, con este sencillo gesto de niño... hace que me sienta como una simple chica de nuevo.

Inclino la cabeza mientras lo miro.

—También tú me gustas, Seth Walker.

Le ofrezco un puñado de piedrecitas. Mi rostro se anima y el corazón se me acelera doblando su ritmo mientras la atmósfera se carga con lo que acabo de admitir. De pronto no soy capaz de mirarlo a los ojos y me fascina hasta lo absurdo de un envoltorio de Snickers tirado en el suelo.

La mano de Seth me rodea la muñeca para volverme hacia él, luego se inclina hasta que nuestros labios casi se tocan.

—Me gustaría besarte, Wil Carlisle.

—Cla… claro. —Me humedezco los labios—. Entonces, ¿no quieres las piedrecitas?

—No —susurra—, te prefiero a ti.

Y Seth pega sus labios a los míos.

El calor poco a poco se propaga por mi cuerpo.

Le doy la bienvenida, no más frío ni miedo ni aislamiento. Como tiene que ser. Nunca había estado tan convencida de algo.

Casi no me entero del repiqueteo de las pequeñas piedras al caer. Estoy tan eufórica por el contacto con esos labios, que no soy consciente de cómo encuentra mi mano el camino hasta su cuello ni de cómo sabe llegar ahí, eso para empezar.

Mi espalda presiona contra la barandilla de madera tal como él aprieta su cuerpo contra el mío. La boca de Seth es más suave incluso que sus manos, y aún perdura el sabor a chocolate y crema del éclair que hemos compartido. Saboreo Francia y tengo la fantasía de que esto no es el Opal, que es el Sena el río que corre junto a la orilla. Y antes de empezar a imaginar que las poco llamativas farolas amarillas de Carlisle son elegantes lámparas de gas parisinas… el beso concluye.

Él se aparta, pero sin permitir que me mueva.

—¿Sabes qué estoy pensando?

—¿Que… tengo sabor a éclair? —pregunto.

Y posiblemente es la pregunta más tonta del mundo. Lo achaco por completo a Francia.

Se ríe.

—No, mejor.

Me estremezco al sentir su aliento irregular junto a mi oreja, y aún más cuando besa el hueco que hay debajo.

—Pero voy a frenarme —añade.

Da un paso atrás.

Yo cierro los ojos. Si soy mejor que un postre, ¿por qué no me besa un poco más? Soy yo, tiene que ser por mi culpa.

Cuando vuelvo a abrir los ojos, su ceño está fruncido.

—Piensas que me detengo porque quiero, ¿verdad? —pregunta.

Aún noto el hormigueo en los labios.

—Bien, he pensado que igual era...

Seth sacude la cabeza y coloca sus manos a ambos lados de mi rostro.

—He parado porque quiero más, Wil. Mucho más.

Pone énfasis en las últimas palabras de forma inequívoca.

La boca se me desencaja, formando una O, pero sin proferir sonido alguno.

—Porque quiero que salga bien esto contigo —añade.

Aparta las manos poco a poco, para gran decepción mía.

—Ven. —Me rodea los hombros desnudos con el brazo—. Tienes frío.

Me frota el brazo con brío para estimular la circulación.

—El viernes deberías traer un jersey, sin duda.

—Vaya, ¿qué vamos a hacer?

—Es una sorpresa.

Me echa una ojeada, entonces reacciona.

—Eh, nada de hacer pucheros o tal vez decida olvidar lo de ir despacio.

Sonrío.

—¿Ni siquiera una pista?

—Será inolvidable.

Más tarde, aquella noche, me quedo dormida rebobinando el beso con Seth. Disecciono los detalles: la suavidad de los labios, la fragancia de la piel, la manera ronca en que dice que quiere mucho más. Reproduzco el bucle una y otra vez. Y me pregunto qué deparará el próximo viernes.

7

Una ventaja de los conocimientos astrológicos es que nunca tienes que preguntarte por mucho rato. La generosidad de Júpiter persiste durante el mes de junio, asegurándome que mi final feliz es casi una promesa planetaria.

Con lo cual la ambigüedad del horóscopo del viernes se vuelve todavía más fastidiosa.

Espera lo inesperado. El día de hoy traerá un curioso giro en los acontecimientos.

O sea que, básicamente, puedo esperar... que pase cualquier cosa esta noche. «Cualquier cosa» parece mucho, incluso en términos zodiacales. Me fijo en el calendario de pared marcado con gruesas cruces resaltadas que cuentan lo que falta para final de junio. Voy diecisiete días adelantada a lo programado. Tendría que estar dando saltos de alegría, ¿verdad?

—Oye, deja de pestañear o voy a clavarte un ojo —me regaña Irina lista para aplicarme la máscara de rizar pestañas.

Anoche se quedó a dormir aquí y por motivos prácticos se trajo su surtida colección de productos de maquillaje, así podemos arreglarnos juntas para nuestras respectivas citas.

—Baja la mirada —ordena—. No, no tanto. ¡Así! Mires donde mires, no muevas los ojos.

Enfoco la mirada en el *piercing* microdermal en el centro de su pecho. El diminuto disco de plata debe haber dolido horrores, aunque Irina me asegura que no. Pero no estoy segura de confiar en la capacidad para evaluar el dolor de alguien que perfora su propia piel con regularidad por pura afición.

—Aún me cuesta creer que hayas quedado con uno del este —refunfuña Iri—. Quiero decir, si les quitas el dinero, la buena pinta, el carisma... ¿qué queda?

—Sí, Seth es un perdedor absoluto. Debería apuntar más alto.

Entorno los ojos.

Mi cita con Seth había sido el tema de conversación anoche mientras cenábamos el famoso pastel de carne con puré de patatas de la abuela. La abuela se mostró bastante complacida con mi resumen. Iri, en cambio, seguía escéptica. Pero es típico de una Leo, va con su naturaleza cuestionarlo todo constantemente.

Igual que va con mi naturaleza entender este hecho y no tomarlo como algo personal.

Irina sacude la cabeza antes de mover la varita arriba y abajo en el tubo de máscara.

—Pero ¿cómo puedes siquiera saber que es el Sagitario que buscas?

—Porque dijo que su cumpleaños es el cinco de diciembre, la fecha exacta de la carta astral de tu príncipe azul. Si es una mera coincidencia no deja de ser extraordinaria.

—Levanta la vista —me indica Iri, aplicando una capa en las pestañas inferiores—. Entonces, ¿cuál es el plan que tienen para esta noche?

—Cena en... mmm bien, no lo dijo. Seguida de algo «impresionante e inolvidable que me va a alucinar».

—Ya. O sea que no sabes nada de lo que vas a hacer.

La desaprobación eclipsa el sarcasmo en su tono. Ahora pone una mueca que yo reservo por lo general para tragarme el *borscht* de *tetya*.

—De hecho, sí que sé, agente de la KGB. La banda de Grant toca en el Absinthe y, ya que me los perdí el domingo pasado, le pregunté a Seth si le gustaría ir. ¿Quieres que arreglemos? Tú y...

Hago un movimiento insinuante de cejas.

—No estoy segura. Ya te dejaré un mensaje si nos va bien.

Iri ha mantenido los labios sellados sobre el misterioso chico del cactus que lleva traje: Jordan Lockwood. Cuanto más pregunto menos cuenta. Cumpliendo su palabra, Iri me da en el ojo.

—¡Ay! Ya, ya, basta de máscara.

Me aparto, voy a cambiar la selección musical y subo el volumen.

—Entonces, ¿qué vas a ponerte para tu cita con *quien tú sabes*? —pregunto antes de desaparecer dentro de mi vestidor y ponerme a pasar las perchas.

—Se llama Jordan, no es el innombrable *Valdyvort*.

—Voldemort —corrijo.

—Lo que sea. Llevo pantalones de piel de serpiente y un top plateado sin mangas. —Me guiña un ojo—. Impacto máximo garantizado.

Suelto una risita.

—Vaya, ¿así que es un vendedor de fondos de inversión mobiliaria? ¿Un leñador amish? Ooooh, ¿es el director de la espectacular tienda de colchones del centro comercial con esas camas ajustables? Iri, puedo seguir toda la noche —advierto.

Retiro un vestido que no puede ser menos apropiado y vuelvo a meterlo bruscamente.

—Mmm, no voy a hablar hasta que yo sepa si hay algo que merezca la pena contarse. *Dorogaya*, ponte el vestido azul con el cinturón —grita por encima de la música y los chirridos de las perchas—. Va perfecto con tus ojos.

—Oh, me olvidaba de ese.

Encuentro el vestido azul con los hombros descubiertos y me quito la bata.

—Eh, Iri.

—¿Qué?

Hago una pausa durante unos instantes.

—¿Cuál era aquel rumor sobre Grant Walker?

—Grant... ¿qué? —Se ríe—. Oh, creo que la pregunta más urgente ahora es por qué estás tan obsesionada por saberlo.

Me animo a salir ya medio vestida.

—¿Me subirías la cremallera? —le pido dándole la espalda—. La única razón es que siento curiosidad precisamente porque no me lo quieres explicar.

Irina se pelea con la vieja cremallera hasta que funciona y suelta un largo y teatral suspiro.

—Ya, listo, no te haré sufrir más. Aquí está: cuentan que Grant Walker hace locuras en la cama, de esas que desatan leyendas urbanas. Tal vez tenga que ver con ese punto sensible de músico o tal vez sea su destreza lo que lo hace tan tremendo...

Me da tos.

Iri me da unas pocas palmadas fuertes en la espalda.

—Eh, eras tú la que *necesitaba* saber.

Me aclaro la garganta.

—Entonces, ¿tiene novia?

Iri abrocha el botón de nácar situado encima de la cremallera.

—¿Y yo qué sé?

—Pues... bueno, ¿qué crees que es lo que hace a alguien tan bueno? ¿Es solo cuestión de número o de tamaño de...?

—¡Oh, no! —chilla Irina.

Me vuelvo y la encuentro hurgando en su mochila.

—Me he olvidado los zapatos —gime—. ¿Cómo es posible que me olvide los zapatos?

—Puedes tomar prestado un par mío. Así te sentirás un poco geisha, ya que son una talla menos, pero por mí ahí tienes...

—¡Excelente! —Se lanza a revolver entre mi calzado—. Un amante consumado no tiene que ver en realidad con el tamaño o la experiencia, bien, tal vez un poco de eso suma también. Sobre todo se reduce a si es un tipo de los de «primero la dama».

—¿Primero la dama? —repito.

—Sí, y eso significa que el placer de la chica es fundamental. Si se preocupa por la satisfacción de ella en la cama, es lógico que lo demás también esté a la altura... —Suelta una risita—. Y créeme, cualquier sujeto que desate la pasión de una mujer siempre será legendario. —Iri sale toda ufana—. ¿Qué tal estos?

Meneo la cabeza, pero estoy descolocada del todo. Las imágenes de Grant se mezclan con las palabras «placer» y «legendario» hasta que no queda sitio para nada más.

Mi amiga me abanica la cara.

—Guau, estás ardiendo, Wil. Eh —alza la barbilla—, ¿es posible que sea algo más que curiosidad? ¿Igual sientes algo por Grant? ¿Qué hay en realidad tras estas preguntas?

—¡No! Qué locura. Quiero decir —sacudo la cabeza con vehemencia—, es el menos indicado. ¡Santo Dios, es Piscis! No podría ser peor. Pero, tanto da, ¿por qué iba a querer a Grant si Seth es ideal?

Me ajusto el cinturón pasando por alto que me tiemblan las manos como si fuera una yonqui.

Iri se encoge de hombros.

—Tú sabrás.

Se quita los jeans y la camisa, y deja su atuendo impacto-total sobre la cama.

—Mira, no iba a decir esto —murmura mordisqueando el interior de su mejilla antes de seguir hablando—, pero los vi a Grant y a ti juntos cuando bailaban la otra noche. —Iri suelta un silbido grave—. Química pura, Wil.

Irina está ahí, de pie en sujetador y braguitas transparentes, entonces, ¿por qué me siento desnuda? Me acerco al tocador y abro el joyero, rebuscando entre mis complementos.

—No fue para tanto.

—Ya. Pues bien, a veces es divertido visitar la Tierra de la Negación, pero no deberías construirte una casa ahí.

—¡Mierda! ¡No me digas que he perdido uno de mis favoritos!

Saco un puñado de pendientes para seguir a la búsqueda del que falta, el pendiente de clip con dos hileras de imitación de zafiro. Fueron un regalo de cumpleaños de la abuela por mi decimocuarto cumpleaños, y había recorrido varios mercadillos de *antiques* hasta dar con ellos. Perder uno sería... ¡Ajá!

—¿Hola? Sigo aquí hablando. Wil, ustedes dos estaban completamente compenetrados. La manera en que se movían juntos por la pista de baile... digamos que se percibía la pasión desde el otro lado del club.

—¿Cuáles? —Sostengo dos pares: uno es el *vintage* del cumpleaños y el segundo es más sencillo.

Da un toque al par de los zafiros colgantes y suelta un suspiro.

—Con sinceridad, pensaba que esa carta astrológica sería el empujoncito necesario para lanzarte al mundo de las citas. Algo para superar ese complejo que te ha dado con tu maldición romántica. Pero ahora... no sé, quizá fuera un error.

—¿Error? Eso es una exageración total. Y creo que te preocupas más que la abuela, lo cual quiere decir que la Tierra igual ha empezado a girar al revés.

—Pues yo creo que tú no te preocupas lo suficiente. Sé por qué te aferras a esto, *dorogaya*, yo lo sé.

Le lanzo una mirada de advertencia.

—Déjalo ya.

Pero ella sigue sin inmutarse:

—La astrología no la hará regresar, Wil. Ni tampoco te la devolverá el vivir en perfecta armonía con una ridícula carta astral.

Eso me toca la fibra y percibo mi furia mientras arrojo el resto de los pendientes dentro del tocador.

—¿Crees que no sé todo eso? —ladro—. Mi madre ya no está, Iri, y la manera en que decido honrar su ausencia es asunto mío y solo mío.

¿Cómo se atreve a despreciar mis cartas astrales y llevar esto a un tema tan diferente como el de mi madre? ¡Al fin y al cabo, yo no saco a relucir a la suya nunca!

—De acuerdo —contesta ahora con más calma—, ¿entonces por qué se lo ocultas a tu abuela? ¿Por qué tanto secretismo en lo referente a la astrología?

—Ya sabes por qué.

Aprieto y abro la mandíbula sucesivamente.

La abuela tiene una opinión muy firme en cuanto al tema de la astrología, o *esa patraña cosmológica* como dice ella para referirse a la cuestión. Pero qué demonios, la abuela es inflexible en todo. Y aunque tolera que me ponga de vez en cuando alguna camiseta con lemas zodiacales, si supiera hasta qué punto me obsesiona el tema, me da que todos sus átomos se fisionarían.

—Wil, escúchame por favor...

Irina busca mi brazo, pero yo me suelto. Frustrada, levanta hacia el techo las manos.

—¡No puedes enamorarte de alguien por obligación! El amor no se mide ni se cuantifica como los astros. Es desordenado e impredecible. Qué demonios, a veces incluso sale mal. Y a veces lo que sale mal está bien.

Me pongo derecha y cruzo los brazos.

—¿De verdad? ¿Lo dirás por lo bien que le resultó a mi madre que salieran mal las cosas con mi padre? La abandonó antes de que yo naciera, ¿recuerdas?

Iri descarta mi razonamiento sacudiendo la cabeza, y eso enciende aún más mi fuego interior.

—Bien, ¿y qué te hace ser de pronto una autoridad en el amor? Porque tener unas cuantas parejas por ahí repartidas no significa que seas una experta.

Iri separa los labios y baja la mano hasta el estómago. No hay enfado en sus ojos grises, solo pena. Me da la espalda y poco a poco se sube los pantalones.

Me he pasado.

Oh, no. No puedo creer lo que acabo de decir. Quiero borrar todas esas palabras. Quiero aplastarlas, triturarlas, quemarlas, para que no vuelvan a hacerle daño otra vez.

—Iri —gimo—. Cuánto lo lamento. No quería decir...

—¿Que soy una zorra?

Termina mi frase en un hilo de voz, casi imperceptible. Pero oh, Dios... yo me siento infinitamente más imperceptible y descompuesta. Cuando se desabrocha el sujetador y deja que la prenda de encaje caiga al suelo, mi corazón se hunde con él.

—Sé lo que dice la gente a mis espaldas.

Toma el top plateado sin mangas antes de darse la vuelta.

—Pero no pensaba que tú también fueras como ellos —añade.

—¡No!

Le sujeto el rostro con ambas manos para obligarla a mirarme.

—¡No soy así, Iri! Estaba... estaba enfadada, no lo pensaba. Sé que es una mierda de excusa que no justifica haber dicho algo tan terrible, que no es verdad en absoluto —mientras hablo le paso los pulgares por la piel pálida—. Escúchame, eres la chica más valiente, guapa e inteligente que conozco. Y para mí es un honor, ¿me oyes?, un honor, tenerte como mi mejor amiga. Por favor... ¿puedes perdonarme?

Creo que nunca llegaré a entender por qué Iri toma las decisiones que toma. Tal vez no sea cosa mía. Lo único que sé es esto: Irina Dmitriyev sencillamente... es. Trasciende todas las etiquetas. Quiere a quien quiere, odia a quien odia, y en las brechas intermedias cabe poco más.

—Mierda. —Le brillan los ojos—. Si lo dices así...

Le echo los brazos para estrecharla con fuerza. Suelta un sollozo silencioso y acaba de romperme el corazón.

—Pero tú eres más que mi mejor amiga, Wil —consigue añadir—. Eres mi hermana también —susurra la chica indestructible.

—Hermanas para siempre —murmuro a mi vez, estrechándola aún más.

Y trago saliva, lo cual no es fácil ya que mi garganta se ha encogido hasta quedar en una octava parte de su tamaño normal.

—Ey, juro por Acuario —añado acariciándole el cabello— que no lo decía en serio. He reaccionado como una completa idiota.

—No pasa nada. —Nos separamos—. En realidad eso no tenía que ver conmigo, ¿verdad?

Sus ojos vidriosos estudian los míos.

—No, tenía que ver con... —me esfuerzo por precisar qué es lo que me ha puesto de mal humor—. Supongo que estoy... asustada. ¡Dios! ¡Estaba bien hace diez minutos! —Me hundo en la cama—. Pero no me asustan las cosas que pensaba que iban a asustarme. ¿Los sentimientos, los deseos que me preocupaban...? Pues, bien... ahí están.

Irina se sienta a mi lado.

—Eso es genial, Wil. ¿Lo ves? Ya te dije que si encuentras al chico adecua...

—No, no es eso. Porque ayer tuve un sueño, y cuando me desperté, pronunciaba su nombre.

Agarro la almohada para tapar mi rostro ruborizado cuando los vivos recuerdos vuelven a aflorar.

—Debe de haber sido un beso de buenas noches de campeonato. —Me da con el hombro—. Cuidado, otro de esos besos de Seth y sufrirás combustión espontánea mientras duermes.

Suelto un gemido de compasión, arrojo la almohada y me dejo caer de espaldas. Me quedo mirando el estucado del techo, con picos como los del merengue.

—Sí, excepto que pronunciaba el nombre de Grant, no el de Seth.

Iri emite un largo suspiro y se acerca a mi lado.

—Oh, eso es...

—Exacto.

Me acerco las palmas de las manos a los ojos.

—Eh, eh, el maquillaje —me reprende retirándome las manos de la cara—. ¿Sabes qué? No importa. De todos modos, la gente da demasiada importancia a los sueños.

Me apoyo en los codos.

—¿Te parezco ridícula?

—Sí. —Iri me da un toque en la mejilla—. ¿Por qué crees que nos llevamos tan bien? —Las dos nos reímos—. Ey, ¿me harías un peinado diferente para esta noche? Estaba pensando en tu especialidad: ese clásico glamuroso de Hollywood. —Se acomoda en el suelo a mis pies y pregunta—. ¿Cómo se llaman esos grandes recogidos con rizos que usas a veces?

—¿El peinado pin-up? No, necesita toda una noche con los ruleros puestos.

Deslizo los dedos por su sedoso cabello platino.

—¿Y qué tal unas ondas? ¿Grandes y onduladas como las de Verónica Lake?

—Suena alucinante. Sí, vamos.

Me sujeta la mano y alza la mirada por encima del hombro.

—Todo va a salir bien, Wil, ya verás.

Hago un gesto de asentimiento, disipando las nubes oscuras de duda. Seth estará aquí dentro de una hora. *Esta noche será perfecta,* me aseguro a mí misma.

Porque miles de millones de estrellas no pueden equivocarse.

Seguramente hubo un tiempo en que los farolillos de papel del restaurante coreano Seoul no tenían roturas ni esa fina capa de polvo que los cubre. Y apuesto a que las plantas eran verdaderas antes de que llegaran las de seda. Incluso los reservados están hundidos como viejas sillas de montar que se amoldan a tu trasero.

La línea divisoria entre el elegante local francés y este cuchitril es tan brutal como la distancia que separa Europa Occidental de Asia. ¿Estoy sorprendida? No tanto, en realidad. Hoy supuestamente debo esperar lo inesperado.

Me llega el olorcillo del plato que tengo delante y arrugo la nariz.

—Bien, ¿cómo podría decirlo con diplomacia?

—Tú dilo, no te inhibas —contesta Seth.

—Apesta.

Él arruga sus ojos castaños.

—Bien, sí, es col fermentada.

—Lo sé. Quiero decir, he comido kimchi otras veces. Nunca me ha convencido del todo.

Me acerca un cuenco con rodajas de color amarillo fluo.

—El kimchi se condimenta de muchas maneras. Tal vez este te guste más... es más dulce que otros.

—Eso promete.

Sostengo el reluciente vegetal en equilibrio con los palillos y me lo meto en la boca antes de darle la oportunidad de salir volando por encima de la mesa.

—Mmm, vaya, pues está bastante decente, de hecho.

Seth ladea la cabeza.

—¿De hecho? —repite fingiendo indignación—. ¿Tan poca fe tienes en mí?

Dirijo una ojeada al mostrador de la comida para llevar, donde cuelga un colorido dragón suspendido como una piñata asiática. Las telarañas en la boca de la criatura consiguen un efecto de humo muy logrado. Disimulo una sonrisa.

—De acuerdo, te doy la razón, este sitio no es deslumbrante…

—Oh, al contrario —digo yo con una sonrisita, maravillada por el asombroso toque vulgar del tigre de terciopelo que cuelga en la pared—. Creo que hay mucho con lo que alucinar.

Seth suelta una risita antes de servirse un poco del kimchi con aspecto de compost.

—Espera a probar el bibimbap. Es uno de los mejores que he probado en los Estados Unidos.

Se mete en la boca el material de desecho de jardín y mastica poco a poco.

—Hace una eternidad que no comía un buen…

—¿He oído a Seth? ¿Eres tú?

Dado el marcado acento, la *h* queda silenciada, y el nombre suena como Set. Una diminuta mujer coreana con voz demasiado profunda para su metro y medio aparece en nuestra mesa y deja dos platos más.

—Más kimchi. Ah —exclama abriendo mucho los ojos oscuros—, ¿y has traído una guapa novia?

Ahora soy yo quien abre mucho los ojos.

—Oh, no soy… quiero decir, bien, solo soy, digamos que…

Jamás pensaría que el inglés es mi lengua materna, porque parece que de repente solo domino los galimatías.

Seth traga con tanta brusquedad que podría hacer un cambio de sentido antes de intervenir:

—Mmm, Soo-Jin, esta es mi cita, Wil. Wil, Soo-Jin, la dueña del restaurante.

Soo-Jin desplaza su adorable sonrisa de Seth hasta mí.

—Nunca trae chica aquí. Seguro eres muy especial.

—Me encanta su dragón —suelto, porque no hay mejor distracción que una criatura mitológica y multicolor. Pero mi comentario ni la inmuta.

Soo-Jin se inclina con gesto conspirativo y baja la voz.

—¿Cuánto tiempo hace que se mete contigo? ¿Mmm?

Casi me saltan los ojos de las órbitas.

—¿Cómo? ¿Qué...?

—Ah, se refiere a cuánto tiempo llevas saliendo conmigo —se apresura a traducir Seth—. No demasiado, Soo-Jin. Gracias.

Hace una inclinación con la cabeza y añade:

—Pienso que estamos bien de momento.

Las mejillas de Soo-Jin se inflan todavía más con su sonrisa.

—Está todavía más guapo con cara roja, ¿verdad?

Contengo una risa y hago un gesto afirmativo. Que Seth no capta porque está preocupado con la ordenación feng shui de todos los platos sobre la mesa.

Cuando Soo-Jin se marcha por fin, él se encoge de hombros.

—Bien, podría haber sido el doble de incómodo.

—Cierto. Podrías haberte roto los pantalones.

Sonríe y levanta la tetera de metal abollado para llenar nuestras tazas.

—Tiempo al tiempo, la noche es joven.

Tomo mi taza y rodeo con la mano la porcelana caliente.

—Ey, me agrada que me traigas a un sitio tan especial para ti.

—Pues sí lo es —responde levantando la taza—. Así, ¿por qué brindamos?

—¿Por la col fermentada? O... mejor, ¿por las costuras reforzadas?

Nos reímos.

—¡Vamos! ¿Y vamos a dejar de lado las increíbles obras de terciopelo de las paredes? —añade y se sirve otra taza—. Podríamos brindar por aventurarse, en la comida o... lo que sea.

Me gusta cómo suena eso.

—Por aventurarse.

Entrechocamos nuestras tazas.

—Mmm —trago el té—, hablando de aventurarse, ¿qué vas a hacer cuando termines el insti el año que viene? —Mis palillos van cada uno a su suerte y acaban rodando sobre la mesa—. ¡Yeepa! Maldición, tendría que dominar esto un poco mejor.

Seth sonríe.

—Es cuestión de mejorar un poco la técnica, mira, así, sujeta el palillo superior de este modo.

Siento una minisacudida cuando me rodea la mano. Dobla con paciencia mis dedos en torno a los palillos para estabilizarlos.

—¿A largo plazo? Ni idea. ¿Y tú? Igual me vienen bien algunas ideas.

—Tampoco lo sé —confieso—. Lo de hacer carrera en el mundo de la astrología no parece viable. Además, a la abuela le daría un ataque. He considerado la astronomía, pero, con franqueza, las matemáticas no son mi fuerte, y de cualquier modo ese campo ya está bastante saturado. Supongo que me encantaría viajar, en realidad. —Frunzo el ceño—. Y tampoco eso es lo más realista.

—¿A dónde irías? En caso de que pudieras ir a algún sitio…

—Florencia —respondo al instante sin dudar—. Ya sabes, es la cuna del Renacimiento.

Aprovecho la salsa del cuenco para dibujar pequeñas nubes en el plato con el goteo del extremo de los palillos.

—Italia es tan rica en cultura e historia —añado—. ¡Por no hablar del helado! Sería un sueño hecho realidad para mí.

—Qué curioso que digas eso, me atrae la idea de vagabundear un poco por Europa después del instituto, unos pocos meses al menos. Italia sin duda sería uno de los destinos.

—Espera —digo dejando los palillos a un lado y extendiendo las manos sobre la mesa—, necesito un segundo para dar rienda suelta a mi envidia.

Seth levanta un hombro.

—Igual deberías apuntarte. —Sonríe con malicia—. Ya sabes, si no me has roto la nariz o nada parecido para entonces.

—Ja, ja, qué gracioso. Pero eso requeriría que me sonriera la suerte en muchos aspectos, como ganar la lotería o algo así. En serio, Seth, ¿a tus padres no les dará un infarto?

Termina de mascar.

—No, para nada, la verdad. Ya tendré dieciocho años y eso me dará acceso a mi fondo fiduciario. —Al percatarse de que levanto la ceja añade—: Maldición. ¿Ha sonado tan odioso como me temo?

—Sip. En una escala de uno a diez de cosas detestables, le daría un ocho.

—Vaya, en fin, la cuestión es que a mi abuelo Walker se le daba bastante bien la Bolsa. Todo lo que tocaba el hombre, y cuando digo todo significa todo, se convertía en oro. Mi familia heredó un buen pellizco de su fortuna.

Eso explica el flamante Lexus nuevo, y la ropa de marca. Y lo de irse a vagabundear por Europa al acabar el insti. Me sonrío.

—Ok, diez, lo elevo a diez. Igual once.

Me da un toque en el pie por debajo de la mesa.

Soy incapaz de controlar mi lengua dominada por la curiosidad.

—Entonces, ¿Grant va a empezar alguna carrera este otoño o viajará como tú?

—Estudiará. Se va a otro estado... a la Universidad de Michigan. Creo que allí tienen un buen programa de administración empresarial.

—¿Empresarial? —repito con voz ronca.

La pasta cae en el plato sin alcanzar su destino. Vuelvo a atraparla.

—Habría... habría dicho que seguiría con la música.

Seth se limpia la boca.

—Bien, Grant es un genio para los números, igual que el abuelo y papá. Y como mamá tiene esa obsesión con lo de desarrollar las aptitudes de cada uno... lo colgaría si no continuara con la empresa de auditoría de papá.

Suelto un resoplido.

—Sí, y tú que pensabas que los griegos eran malos —dice él.

—Ella suena terrible.

—Estoy bromeando. De hecho es bastante cool, cuando no entra en modo mamá sobreprotectora. Lo juro, a veces me sigue tomando por un niño. Aun espero que tome un paño mojado y me restriegue el bigote de zumo de la cara o algo así.

Se me escapa una risita.

—Sin duda son todas iguales. Tiene que ver con lo de ser madre o... A la abuela seguro que le habría gustado congelarme con diez años, si no fuera por aquel incidente con el pececito.

—¿Tuviste un incidente con un *pececito*?

—¿No lo ha tenido todo el mundo?

Consigo mantener la cara impertérrita durante tres segundos hasta que la sonrisa de Seth me funde.

—Eh... pues no. Supongo que algunos tenemos infancias con carencias educativas. Pero basta ya, pasemos a hablar del futuro.

Alza la vista desde esas oscuras pestañas suyas y mi corazón da bandazos, sin una idea clara de a dónde lleva todo esto.

—¿Quieres venir conmigo el sábado a una fiesta? Tristán, el cantante de la banda de Grant, monta todos los años una juerga descomunal a principios de verano durante la semana que sus padres se ausentan. DJs, servicio de comida, barriles de cerveza... toda esa movida.

Dejo de picotear la pasta inocente en mi plato y dejo caer las manos sobre el regazo. No tengo motivos para dar una respuesta negativa. Sin embargo, mis cuerdas vocales parecen paralizadas por el sí. ¡Reacciona!

—Vamos, será divertido. Algún año ha habido incluso chicos en taparrabos con cascos vikingos.

Sonrío al oír esto, mis cuerdas vocales se relajan apenas.

—¿Eras tú uno de ellos?

—Prefiero no incriminarme. A menos que esta respuesta cuente como un sí...

Su expresión es de esperanza vacilante. Se pasa la mano por el cabello oscuro.

—Mira, no te sientas presionada, vengas o no vengas, solo he pensado que te lo pasarías bien.

En el fondo sé el motivo de mi vacilación. El mismo motivo por el que ahora trituro la servilleta en mis manos. ¿Y si Irina tenía razón? ¿Y si siento algo por Grant? ¿Algo fuerte?

Una vez más, estoy a punto de fastidiar el cuerno de la abundancia de las maravillas que el universo ha puesto ante mí con tal generosidad.

—Me apunto —digo con decisión—. Quiero ir.

—¿Sí? Genial.

Pero por la manera en que se toca el lóbulo, me da que hay algo que se me escapa.

Empiezo a estirar la mano para buscar sus dedos sobre la mesa, pero de pronto me siento una pesada y pierdo el valor. Decido redirigir los dedos hacia un lado de la tetera abollada.

—¿Hay algo más?

—Tal vez.

Apoya los dedos en los míos, tan calientes y suaves como los recuerdos del paseo junto al río.

—Aquella noche en el Absinthe, cuando accediste a salir conmigo, ¿qué hubiera pasado si yo no...?

—¿Dos de bibimbap?

El camarero se detiene junto a nuestra mesa. Lleva la bandeja cargada con dos pesados cuencos de piedra de calentísimo arroz con carne y verduras. Un perfecto huevo frito remata el plato.

—Aquí, gracias —responde Seth, y a continuación se relaja en el respaldo—. Mejor nos apresuramos, la siguiente parada queda a cuarenta kilómetros en auto de aquí.

Siguiendo el ejemplo de Seth, me relajo también.

—¿No puedes darme ni una mínima pista? —pregunto suplicante.

El vapor se eleva desde el cuenco mientras pincha la hinchada yema del huevo, mezclándola con otros ingredientes.

—Oh, pues no sé. —Se inclina hacia delante y baja la voz—. Digamos que me gusta bastante verte ansiosa de curiosidad.

8

Seth tiene razón. Nunca habría imaginado esto en un millón de años, ni en un trillón. Y... me encanta. Ni siquiera Iri negaría que la sorpresa es formidable.

Me frota los brazos desnudos con sus cálidas manos, que consiguen que mi piel parezca helada en contraste. Estamos casi a mitad de junio, pero no es raro que al anochecer las temperaturas tengan un toque de dislexia estacional. Esta noche parece más primaveral que estival.

—¿Ya has entrado en calor? —me pregunta.

El piloto abre la válvula.

—Sujétense, vamos a elevarnos —grita.

Los quemadores de propano rugen sobre nuestras cabezas mientras aumenta la altitud. La ciudad se vuelve cada vez más pequeña. Incluso el río Opal se ha encogido hasta quedarse como una delgada vena de azul verdoso serpenteante.

—¿A quién le importa? ¡Estoy en un globo! —chillo.

Esto ridiculiza por completo la vista de la torre del depósito. Puedo verlo *todo*.

Mi mirada hambrienta engulle Carlisle desde la distancia mientras ascendemos a través de la envoltura de volutas de nubes. Cuando los quemadores dejan de arder nos quedamos en silencio, flotando como un penacho de diente de león atrapado en una delicada brisa. Me sujeto del borde de la cesta y apenas me entero de la piel de gallina que eriza mi cuerpo mientras absorbo el paisaje de retazos más abajo.

—¿Ves? Por eso dije que trajeras un jersey —dice Seth abriendo su abrigo y envolviéndome también a mí en él—. Aunque... tener que calentarte ahora tiene sus ventajas.

—Pues sí.

Me acurruco pegada a él, disfrutando del calor y del contacto de su cuerpo contra mi espalda.

—Todavía no puedo creer que hayas organizado todo esto. Me parece que quedará en la memoria como una de las mejores sorpresas que he tenido en la vida. ¿Y a cuántas chicas exactamente has dejado flotando con este gesto del globo? —Hago una pausa—. Por cierto, el chiste no ha sido intencionado.

Seth se ríe.

—A ninguna. También es mi primer paseo en globo.

—¿De verdad? —contesto con una nota de sorpresa.

Dados los recursos y el espíritu aventurero de Seth, no habría imaginado que era su bautizo aerostático.

—¿Y de dónde salió la idea?

Noto cómo se encoge de hombros tras mi espalda.

—De ti. Al oírte hablar. Este es tu sitio, Wil.

Descanso la cabeza en su pecho mientras contemplo la puesta de sol. Y el silencio es impresionante, juro que puedo oír el momento en que la gran esfera toca la curva de la tierra, desplegándose en un millar de cintas de amarillo, naranja y rojo.

—Impresionante, ¿verdad?

Silencio.

—¿Seth?

Inclino mi cabeza y descubro que no mira en absoluto el horizonte espectacular.

Me está mirando a mí.

Trago saliva.

—Esto debe de haberte costado una fortuna, y te lo estás perdiendo.

—¿Estás contenta? —pregunta—. Quiero decir, ¿contenta de verdad?

Su corazón late acelerado, contagiándome su velocidad.

—Más que contenta —respondo casi en un susurro.

Él baja la cabeza y me da un beso ligero como una pluma en los labios. Mis ojos parpadean muy abiertos cuando Seth retrocede.

—Entonces no me estoy perdiendo nada. Porque desde aquí mismo —me dedica una mirada intencionada— la vista es perfecta.

Llegamos al Absinthe justo cuando el primer grupo deja el escenario. Seth y yo nos abrimos paso poco a poco entre la muchedumbre que abarrota la pista.

El aire está cargado de lociones corporales y feromonas que batallan entre sí. Miradas nómadas saltan de persona a persona con valoraciones y rechazos en milésimas de segundo; las evaluaciones son instantáneas y vinculantes.

Seth saluda a voces o choca la mano o alza la barbilla a varias personas junto a las que pasamos. Ni en un momento me suelta la mano, no hasta que alcanzamos nuestro destino delante del escenario.

—Gracias, hombre.

Seth da una palmada en la espalda de un grandulón que nos guarda sitio.

—No es nada. Me agrada salir de detrás de la barra y entrar en acción.

Es Nico. Reconocería esas abundantes patillas en cualquier sitio.

—¿Ya has visto a Tessa? ¿La chica que hace la ronda esta noche? —Silba entre dientes—. Cristo, espera y verás lo que se ha puesto...

—Ejem, Nico —Seth tose—, ¿te acuerdas de Wil, verdad?

Se estira hacia atrás para ponerme delante de él en medio de la multitud.

—Hola, de nuevo —saludo.

Nico guiña un ojo y recupera al instante su sonrisa depredadora.

—Por favor, Seth, nunca olvido una cara bonita. —Su sonrisa se agranda—. Cielo, ¿estás segura de que vas con el Walker correcto?

Y... me quedo tan paralizada que soy incapaz de articular palabra y responder.

Seth le da un golpe en el brazo.

Nico suelta una risita mientras se frota el bíceps.

—Au, ey, solo bromeaba. Aparte, Grant fue quien me dio luz verde para servirle lo que quisiera en el bar. Cuando los vi bailar, pensé que estaban juntos, ¿qué quieres? No es que tu hermano fuera como ant...

—¿No tienes otra cosa que hacer por ahí?

El tono de Seth se vuelve gélido.

Nico mantiene la sonrisa, pero la mirada es dura, sin humor.

—Claro, por supuesto. Pero permite que te dé un pequeño consejo. Tómatelo con calma. Los celos no van contigo, no empieces ahora.

La postura de Seth continúa tensa incluso cuando Nico desaparece entre la multitud de cuerpos que nos rodean. Y aunque suene ridículo por lo banal, mi mente regresa a lo que ha dicho acerca de Grant el pasado domingo invitándome el ginger ale, lo cual significa... La desaparición repentina de Seth, ¿fue provocada por... la llegada de *Grant*?

El silencio se prolonga entre nosotros. Aunque el volumen ha subido en el club, de algún modo lo único que oigo es nuestro silencio. Siento la necesidad de volver a encarrilar la situación.

Destierro las palabras idiotas de Nico, entrelazo los dedos de Seth y lo acerco a mí.

—Pensaba que lo estábamos pasando bien. ¿Ya te aburre mi compañía?

La boca de Seth se mueve.

Bingo.

Me acerca un poco también. La sangre repiquetea en mis venas cuando sus labios se acercan a mi oreja.

—Tú y el aburrimiento no comparten espacio en el mismo universo.

Estoy a punto de poner objeciones porque, de hecho, llego a ser bastante aburrida. Como cuando me quedo enganchada a un especial del Discovery Channel, sentada catatónica en el sofá con una bolsa de patatas fritas que desaparece antes que una estrella fugaz en el firmamento.

La voz del maestro de ceremonias rompe el clamor monótono de la multitud.

—Entonces, ¿De verdad quieren que salgan?

Estallan los vítores. El presentador sonríe.

—No sé si eso es suficiente. Tienen que intentarlo con más fueeerzaaa —dice al tiempo que acerca el micro al gentío y sus gritos ensordecedores—. Ah, eso está mejor. Ahora, demostremos nuestro amor a las bandas principales: la banda de Absinthe… ¡*Wanderlust*!

¿Wanderlust? Es la banda del *flyer* que vi en el Inkporium.

El escenario explota con luces brillantes y destellantes. Y la multitud… enloquece por completo.

Manny levanta las baquetas y las entrechoca en una rápida sucesión.

—¡*Tres, dos, uno*! —grita.

El ritmo capta la atención de todo el mundo, y no afloja. Manny acapara las luces durante el solo de batería de apertura.

Son solo dos baquetas, pero el efecto de tan rápido movimiento consigue hacer que parezcan un centenar.

A continuación entran el teclista y el guitarra. Cada capa instrumental se incorpora al hechizo musical. Más silbidos y vítores. La gente da saltos moviéndose al rápido ritmo de la música.

El cantante rubio de pelo enmarañado salta hasta el centro del escenario. Así que este es Tristan. Guau, vaya pantalones más ceñidos. Desde la primera fila soy capaz de contar el cambio que lleva en los bolsillos: suma dos dólares y setenta y cinco centavos en monedas apretujadas ahí. Pero mi atención se aparta de su mitad inferior retractilada en el instante en que empieza a cantar.

Su voz de tono perfecto cuenta con la dosis correcta de agallas —suave con matices ásperos— para verter emociones a flor de piel en sus letras.

El tecladista aporrea los sintes al ritmo de la batería. Su gorra de repartidor de periódicos luce un poco ladeada mientras menea la cabeza siguiendo la música.

Finalmente, después de haber explorado con la mirada a cada miembro de la banda, me doy permiso para fijarme en Grant.

Seguramente, es el menos llamativo de todos con su sencilla camiseta gris, sus jeans deshilachados y zapatillas con cinta adhesiva. Bajo las brillantes luces, compruebo que estaba en lo cierto: los tattoos del brazo son notas musicales.

Y me hipnotiza la manera en que sus dedos se desplazan por las cuerdas de la guitarra. Mientras toca, los tendones de sus antebrazos quedan marcados y luego destensados. Grant parece perdido en la música como en un sueño. Se balancea siguiendo el ritmo, y una especie de sonrisa eufórica delinea sus labios. Y yo quiero ir a ese lugar, seguirlo ciegamente a donde sea que vaya. Aunque solo sea durante una canción.

Como si oyera mis pensamientos, Grant elige ese momento para alzar la vista de la guitarra. Me contempla directamente a mí.

Tomo aliento. Aparto la vista. Aparto la vista y miro a cualquier otro sitio... que no sea Grant. Pero ni siquiera los giros y entonaciones guturales de Tristan me sacan del trance. Porque todo lo demás se ha desmoronado, desvaneciéndose hasta quedar en nada. Excepto Grant; él es real. Tan real y verdadero y brillante como la mismísima estrella polar.

Luego alza la barbilla en mi dirección.

Y... tengo la impresión de que me voy a fundir.

Esto es un espanto.

Para cuando nos dirigimos hacia el camerino he logrado recuperar el control. Grant no es más que polen. Una alergia. Solo es cuestión de volverse insensible. Exponerme en pequeñas dosis y así, finalmente, la reacción desaparecerá.

Y Seth se merece a una chica digna de su generosidad y amabilidad. Igual de enamorada que él. Por el amor de Venus, juro que esa chica seré yo.

—Espera —digo.

Lo sujeto por el dobladillo de la camisa para que se detenga, justo antes de abrir la puerta donde las celebraciones posteriores a la actuación van subiendo de tono. Me pongo de puntillas y pego mis labios a los suyos, sellando mi renovada promesa silenciosa con un beso.

—Mmm. —Alza una ceja—. ¿Y eso a qué viene?

Desciendo al suelo.

—Pues... solo... viene.

Su boca se levanta por un lado mientras engancha mi cinturón con el dedo para atraerme un poco más.

—Motivo suficiente para mí. Ya sabes —mira a hurtadillas a izquierda y derecha—, el Absinthe está lleno de rincones oscuros. Solo tienes que pedírmelo y te llevaré a hacer un recorrido privado.

Agradezco que la luz sea tan tenue porque estoy segura de que tengo las mejillas encendidas. Noto su aliento caliente sobre mi piel mientras me roza el hombro con los labios. Mis rodillas se olvidan de que están ahí para sostenerme. Seguir en pie resulta complicado.

—Suena como si hablaras por experiencia —murmuro.

—Bien, por supuesto. ¿Puedes guardar un secreto?

—Sí —contesto con inquietud.

Seth baja la voz, transformada en un susurro grave.

—Aquí es donde guardo el Batimóvil. Tenemos este intrincado sistema de cuevas subterráneas donde oculto el...

Se ríe cuando le doy un manotazo en el pecho, luego me acerca un poco más hacia él. Entonces su expresión se vuelve más seria.

—Escucha, Wil, hay algo más que debería...

Seth se muerde el labio inferior con incertidumbre.

¿Incertidumbre? *Qué poco Sagitario.*

La puerta de la zona de camerinos se abre de golpe. Una chica con una salvaje melena rizada se detiene en seco sobre sus tacones de aguja. Su minifalda es... digamos que he visto tiritas flexibles que tapan más.

—Bueno, bueno, no puede ser Seth Walker. —Su tono suena letal como las puntas de sus tacones—. ¿No has tardado mucho, verdad?

Seth me suelta y se cruza de brazos.

—Hace meses que lo dejamos. ¿Qué quieres, Tessa?

—¿Que qué quiero? —Suelta una risa malvada—. Quiero que alguien meta en la trituradora tu inútil corazón, ¡y a ver qué te parece! ¡Lo que quiero es no volver a ver jamás tu estúpida cara! Ni encontrarte metiéndole mano a alg...

—Entonces quizá fuera mejor que no vinieras a un club propiedad de mi familia —contesta con frialdad—. No es más que una sugerencia.

Tessa cierra la mandíbula de golpe y bufa furiosa.

—Toma nota de mis palabras, Seth. Un día alguna chica te hará ponerte de rodillas. Y entonces nada, ni siquiera esa sonrisita perfecta te salvará.

Farfulla unas pocas frases subidas de tono antes de largarse a buen paso.

—Sí, yo también me alegro de verte, Tess. Y, ah... qué uso tan creativo de los insultos. En serio.

La joven no se da la vuelta. En vez de ello su dedo corazón tiene la última palabra.

—Quiere ser actriz, por eso le gusta tanto montar el número.

Seth me dirige una mirada de disculpa.

—Diría que tiene un futuro prometedor por delante —contesto—, parece sentir a flor de piel sus emociones.

Seth suelta una risita de evidente alivio.

—¿No te has enfadado?

—Bien, el drama no me va, en general.

—Dios, nos parecemos en muchas cosas —dice empujando la puerta—. Bien, vamos a saludar. Lo justo para que los chicos babeen al comprobar lo atractiva y nada teatrera que eres, pero luego te quiero para mí.

Sonríe haciéndome pasar al interior de la guarida de la testosterona.

El camerino no tiene nada de la sofisticación que había imaginado. De hecho, se encuentra un escalón por encima de un garaje en el escalafón, con cajones y cajas que sirven de asiento y un sofá a cuadros que parece donado por la bisabuela de alguien. El lugar está abarrotado de gente y cosas repartidas al azar, como un gnomo de jardín con gafas de sol y un puro en la boca. En el rincón posterior hay un esqueleto con una gorra de béisbol ladeada vigilando una máquina de palomitas. La mezcla de cosas raras es total. Y por eso mismo me encanta.

Absorbo todo esto en menos tiempo del que tarda el tecladista en abrir el tapón de su botella con el mechero.

—¿Qué hay, hombre? —dice mientras da con el puño a Seth.

—Wil, este es Ryan. Maestro del teclado y hermano de otra madre.

Sonrío.

—Han estado increíbles esta noche.

—Gracias —responde ajustándose el sombrero; unos hoyuelos aparecen cuando sonríe—. Y en cierta forma ya nos conocíamos.

—¿Ah, sí? —pregunta Seth desplazando la mirada de uno a otro.

Yo estoy tan perpleja como él.

—Lo siento pero no recuerdo…

—Oh, es imposible que te acuerdes. Yo era el sujeto que estaba en tierra. Ya sabes, el que te daba instrucciones para que no saltaras de la torre del depósito.

—Oh, Dios, ¿eras tú?

—En carne y hueso —responde con una risita cuando se hace obvio mi sonrojo—. Sí, íbamos en auto de camino a la tienda de instrumentos para buscar los nuevos amplis, por fin había conseguido convencer a Grant de que era hora de cambiar esas reliquias… —Ryan sacude la cabeza— y de pronto Grant saca la furgo de la carretera y se pone a desvariar acerca de que hay una chica a punto de saltar. Totalmente fuera de sí, que en parte es lógico teniendo en cuenta…

—Como lo ponen las alturas —apunto yo sonriendo servicial.

Los hoyuelos de Ryan se desvanecen cuando dirige una mirada peculiar a Seth. Este responde meneando sutilmente la cabeza. Bien, por lo visto estoy al margen de esa conversación silenciosa.

—Eh, algo así —acaba Ryan vagamente—. De cualquier modo, sobrevivieron los dos —levanta la botella— y brindo por ello.

Suelto una risita, en parte de vergüenza y en parte de resignación.

—Me encantaría decir que algo así es insólito, pero...

Me encojo de hombros.

—Es cierto. Deberías haberla visto hoy en un globo aerostático —añade Seth deslizando el brazo sobre mis hombros—. Consiguió seducir al piloto para que le enseñara los conceptos básicos para manejar un globo, justo antes de que casi nos hiciera aterrizar en un árbol.

Le doy un codazo en las costillas.

—Ey, no es ningún delito ser preguntona. Además, ¿y si el piloto estuviera impedido de pronto?

Los ojos verdes de Ryan centellean.

—¿Y por qué iba a estar impedido?

—No sé. Ataque hostil de... piratas del aire —concluyo sin convicción.

Seth me da un apretujón en el costado, haciéndome cosquillas.

—Piratas del aire, ya...

—¡El globo no iba a aterrizar solo! Y estábamos a más de seis metros del árbol. ¡Para ya! —Suelto una risita doblando el cuerpo—. Deberías estar agradecido por mi preparación.

—Oh, estoy agradecido.

Luego añade con voz ronca en mi oído, a un volumen que solo yo puedo oír:

—Y prometo demostrártelo más tarde.

Me estremezco.

Ryan saca el móvil.

—Ya que van a hacerme vomitar. Tengo que reunirme con Ginger. Juro que esa chica solo atrae desastres. Pero, claro, mira con quién me relaciono —me dice con un guiño—. Vuelvo enseguida.

Seth continúa con las presentaciones informales.

—¿Por dónde íbamos? Oh, el pagano de ahí es Tristán. Es quien organiza la fiesta el sábado que viene. Eh, Tris —llama Seth—, esta es Wil.

Tristan hace una pausa en su conversación con un par de fans y se sacude el pelo rubio de los ojos.

—Eh, ¿qué hay? —responde proyectando esa voz capaz de derretir a cualquiera.

—Hola —devuelvo el saludo.

—Y el retrasado junto al refrigerador es…

—¡Wil la suculenta! —grita Manny desde el otro lado de la sala—. ¿Esta noche traes la receta secreta o solo vienes en plan sexy?

—No he oído nada —me río.

Seth alza las cejas de inmediato.

—Por lo que veo ya se conocen.

—Desde luego. —Sigo sonriendo mientras Manny se acerca—. Manny el maleducado. Has estado realmente alucinante esta noche.

Me da un abrazo de oso como si fuéramos amigos de toda la vida. Y por algún motivo, parece que lo seamos. Por supuesto, se debe en parte a su encantadora euforia de Libra.

—¿Realmente, dices? *Chica*, por favor, hago arder los tambores, y hablando de fuego… —Nos separamos—: Me gusta el vestido.

Suelta un silbido grave de admiración.

—Iba a decir lo mismo de tu camiseta.

En la de hoy se lee: ¡MENOS CALORÍAS! ¡QUÉ SABOR!

Manny se sonríe, luego mira a Seth.

—Lo siento, *vato*, la estoy acaparando. Tenemos asuntos confidenciales de los que hablar.

Antes de que Seth pueda oponerse, regresa Ryan.

—Ey, hombre, ¿tienes pinzas de batería? El auto del Punto de Venta de Ginger no arranca, va a tener problemas en el trabajo.

Seth vacila, recorriendo durante un momento toda la zona de camerinos.

—Manny, ¿has visto a Grant?

—No me ocupo de vigilarlo —bromea el batería—. La última vez que le he visto estaba con Lila.

Ryan juguetea impaciente con el sombrero.

—Entonces, dime, Seth, ¿tienes pinzas o no? Hoy he tenido que prestar el auto a mi hermana, o sea que estoy en problemas.

—Ah... sí. —Seth se vuelve un momento hacia mí—. Lo siento, Wil. ¿Te va bien quedarte un rato aquí mientras les echo una mano?

—Claro, no pasa nada.

Seth me acerca una vez más tomándome por el cinturón.

—Bien, porque la noche no ha acabado. La noche es larga.

Sus ojos están llenos de promesas que confirmarán más tarde sus labios.

—Te tomo la palabra.

—Eso es música para mis oídos. No tardaré, ¿de acuerdo?

Mi Sagitario me suelta, pero hace una pausa antes de salir por la puerta.

—Y, Manny, vuelvo enseguida por ella, o sea que nada de tonterías.

—Lo que tú digas —responde Manny entre dientes, tomándome del brazo—. ¿Tienes sed, Wil?

—Una botella de agua si tienes.

Abre el refri, decorado con tantas pegatinas de bandas indie que no sabría distinguir el color original del electrodoméstico. Me tiende una botella de agua antes de elegir un Red Bull para él. Sí, esta dosis adicional de energía le hace la misma falta que a una liebre anfetaminas.

Manny me indica un grupo de cajas.

—Toma asiento.

Me acomodo.

—Gracias. Entonces, eh, este asunto confidencial… ¿de qué se trata?

—Estoy intentando pensar la manera de decirlo con tacto.

Manny se rasca la nuca. Sus ojos se desvían hacia la puerta.

—Ya, eso no presagia nada bueno —suelto—. ¿Y si dijera que intentaré no darme por ofendida?

—Es una ayuda.

Abre la lata y da un trago. Luego me mira directamente con sus ojos café.

—¿Qué estás haciendo con Seth?

Mi estómago da un vuelco, como un barco atrapado por una tormenta. Tomo el control de mis tripas, que en realidad no tienen motivos para que esta pregunta les afecte.

—Se llama una cita.

Se sienta a mi lado.

—Sí, eso he imaginado. Lo que no imagino es por qué.

—Bien, no es exactamente uno de los grandes misterios del universo. Me invitó a salir y dije que sí. Y no creo que deba darte ninguna explicación.

Lo digo en broma, pero lo cierto es que encuentro raro ese interés por con quién quedo o dejo de quedar.

—No, claro —reconoce—. Simplemente que creo las cosas hubieran ido de otro modo si Seth no se hubiera interpuesto como lo hizo. Un poco sucio, si me preguntas.

Frunzo el ceño.

Me da un codazo.

—Está bien, sé que no me has preguntado. Mira, hace mucho que conozco a Grant.

—¿Del insti? —pregunto dando un trago al agua.

—Vamos, ¿tengo pinta de calaña ricachona de Hartford? Carajo, no. Mi padre tiene una empresa que diseña jardines. Trabajamos para la mayoría de casas de su vecindario, y de eso lo conozco.

Da otro trago a la bebida energética.

—Al final no me ha dado por la jardinería.

Me dedica una sonrisa pícara.

—Pero podría explicarte el color y estampado de todos los bikinis del lado este —añade.

Lo golpeo con el hombro.

—Eres terrible. ¿Por qué me cuentas todo esto?

—Porque Grant es como un hermano para mí. Y aquí es a donde quiero ir a parar... No dará un paso si piensa que hay algo entre tú y Seth. No hay términos medios para él en cuestiones así.

—¿Y qué diablos te hace pensar que yo querría que Grant diera un paso?

Manny me mira como si fuera más dura de entendederas que una roca en la luna.

—Oh, *chica*.

Estalla en carcajadas.

Me sujeto una onda oscura tras la oreja.

—Manny, somos amigos, solo amigos. ¿Por qué te cuesta tanto creerlo? Grant es maravilloso pero no encajamos... en términos astrológicos. Nunca sucederá. Jamás.

Manny deja de sonreírse y me rodea los hombros con el brazo para hablarme al oído en voz baja.

—Dirás lo que quieras, Wil, pero lo que yo sé es que Grant no ha bailado así con una chica en más de dos años.

Junto las cejas.

—¿En serio? ¿Por qué?

—Esa historia te la tiene que contar él. Y como acaba de entrar, mejor me callo.

Y quién lo iba a decir, ahí estaba Grant.

Con una rubia explosiva detrás.

9

El camerino se reduce de dimensiones. El revoltijo de cosas, charla, cuerpos, de repente resulta sofocante.

La rubia murmura algo al oído de Grant con una de sus manos enlazada a su hombro. La otra la desplaza hasta su torso, dándole con el dedo mientras sigue hablando. Él asiente. ¿Asiente? ¿A qué? Mi mente repasa el sinfín de posibilidades y escenarios por los que Grant puede haber asentido. La misma sensación que si me hubieran dado un puñetazo en las tripas. Cuando la chica se va a hablar con Tristan, experimento una extraña oleada de alivio, hasta que se vuelve y dedica a Grant un guiño sugerente.

—¿Está con Grant esa chica?

Observo el vestido sin mangas que marca las curvas de esa guapa rubia. Su cuerpo es largo y esbelto, cuerpo de bailarina, como el de Irina. Algo a lo que el mío nunca podrá aspirar.

—¡Ja! Ya le gustaría. Es la hermana de Tristan, Lila —responde Manny chasqueando los dedos delante de mi rostro—. Y, notición, tú y Grant no se miran como amigos. Está claro, deberías dejar pasar a Seth.

Se baja de un salto.

—Veo que tienes opiniones para todo. ¿Cómo dice ese refrán...?

Toma mi mano y me da un beso en el dorso.

—Solo digo lo que veo. Hasta más tarde, *chica*.

Manny finge dar un puñetazo a Grant en el estómago al pasar.

—Ey —digo a Grant cuando se acerca—. La actuación ha sido... guau. De verdad. Venía preparada para una banda mediocre de garaje, pero me han fascinado.

Me levanto, pero de repente no sé qué hacer con mis brazos. Cuelgan a mis lados como espaguetis reblandecidos. Los cruzo y los vuelvo a bajar. ¿Le doy un abrazo? He abrazado a Manny. ¿Resultará más sospechoso que no lo haga? Qué idiotez. Le daré un abrazo.

—Gracias —contesta Grant, pero no se mueve para abrazarme ni tocarme de ningún modo.

Ok, ha quedado claro. Así que somos amigos que no se abrazan. Está bien saberlo. Vuelvo a sentarme.

—Walker, ¿qué demonios te ha pasado durante la segunda parte?

Tristan se ha dejado caer sobre el sofá a cuadros, arrastrando sobre su regazo a una adorable morena con un corte de pelo a lo duendecillo. Llama la atención la gran cantidad de agujeros de sus pantalones, resulta muy rockero.

La chica suelta una risita y le da un manotazo en el pecho.

—Lo siento, hombre, supongo que andaba un poco perdido esta noche —responde Grant.

Espera... ¿acaba de mirarme? No, se ha vuelto para tomar una botella del refri. Estoy alucinando. *Grant es polen*, me recuerdo.

—¿Dónde está Seth? —pregunta Grant.

Polen. Polen. Polen...

—¿Qué? Oh, ha ido a buscar pinzas de auto para alguien que se llama Ginger, creo.

Grant se sonríe.

—Entonces pronunciaré una oración y haré una ofrenda a nuestro gnomo en nombre del auto. Seth tiene la misma habilidad para la mecánica que Manny. Diría que menos incluso.

—¡Te he oído!

Una lata vacía de Red Bull pasa zumbando por el aire.

Grant se agacha. La lata no le da por centímetros.

—¿Quieres compañía? —me pregunta a continuación.

—Mmm, claro. Pues, sabes, hace falta un oído más crítico que el mío para detectar que te perdías esta noche, como dices. Me he quedado impresionada.

Da un trago:

—Eres un encanto, pero la he pifiado —contesta con una mirada de reojo—. Estás hermosa de verdad esta noche.

Me digo a mí misma que está siendo amable y nada más. Solo es eso. Pero mi corazón exultante no lo tiene en cuenta.

—Tú también —suelto al instante, percatándome entonces de la estupidez de mis palabras.

Me pongo como un tomate mientras el comentario queda suspendido entre nosotros.

—Quiero decir... no sé por qué he dicho eso.

Grant se inclina hacia delante pestañeando.

—¿Por qué va a ser? Soy guapo.

Se acicala su pelo revuelto, y los dos nos echamos a reír. Como por arte de magia, la incómoda situación pasa a ser un momento perfecto.

—Bien, te lo consiento mientras no me pidas el pintalabios. Por ahí no paso. No me importa lo que piensen esos amigos músicos tuyos tan bohemios y vanguardistas. No me sacarás el Parisian Pout... Además, no tienes el tono de piel apropiado.

—Qué pena. —Sonríe—. Y yo que pensaba que las cosas se ponían interesantes.

Suelto una risita, ya más relajada. ¡La alergia al polen no me afecta! Miro la pared del fondo entrecerrando los ojos.

—¿Dardos? Parece peligroso, digamos, dado lo lleno que está esto.

—Nah —responde Grant dejando la botella en el suelo—. No mientras te hayas puesto todas tus vacunas.

Alguien sube la música. Mis orejas se levantan al reconocer un remix del clásico de Dinah Washington *Is You Is Or Is You Ain't My Baby?*

Se oye un sonoro silbido.

—¡Grant! —grita Lila—. ¿Bailas conmigo?

Menea las caderas mientras formula la pregunta. Luego da una vuelta para que todo el mundo contemple su trasero de bailarina, perfectamente esculpido y ceñido en licra.

Es un milagro que mis ojos no se peguen en la parte posterior de mi cabeza, dado lo rápido que los revoleo.

—Lo siento, Lila. Esta de aquí —Grant indica con el pulgar en mi dirección— ya me ha desafiado a una partida de dardos.

Los tipos que contemplan a Lila babean lo bastante como para subir el nivel freático de Carlisle.

—¡Eeh! —aúlla uno de los babeantes cuando Tristan abre una lata y lo salpica.

—Contrólate, pedazo de puerco, que es mi hermanita.

Grant se da la vuelta y me indica sin sutilezas la parte posterior de la habitación.

Oh, mejor sigo sus pasos.

—¡Dardos, sí! —exclamo bajando de un salto y siguiéndolo hasta el pequeño espacio abierto situado delante del blanco—. Grant, tengo que confesar que, la verdad, no llevo al día lo de las vacunaciones.

Retira de la diana los dardos de plumas rojas en su extremo y los de plumas azules.

—No te preocupes. Yo sí. Soy buen lanzador. La pregunta es —me tiende los rojos—, ¿y tú?

Echo hacia atrás los hombros. No importa la paliza que pueda llevarme. Lo aguantaré con estilo. Sobrellevaré con gracia que me pateen el trasero... y saldré del apuro con elegancia.

—Bastante buena como para destruirte.

Sonríe torciendo la boca.

—Oh, prepárate para el sacrificio, corderita.

—¡Fuá! —suelto un resoplido.

Mi dardo sale volando, y hace diana. Soy la primera sorprendida. Me controlo, camuflando mi asombro antes de darme la vuelta.

—La suerte del principiante —refunfuña Grant, añadiendo una marca inclinada en la pizarra—. Dos lanzamientos más. ¿Sabes algo de cricket?

¿*Cricket*? Apunto al centro confiando en lo mejor. ¿No resume eso bastante bien el juego de dardos? Bajo el brazo.

—Solo necesito dar en el centro, ¿cierto?

Niega con la cabeza, sofocando una risa.

—Eso pensaba.

A continuación Grant pasa a explicarme algunas cuestiones específicas del juego: reglas, números donde debo acertar, puntos, etc. Pues, vaya. Mi versión del cricket era mucho más sencilla.

—Por lo tanto, si logras anotar la primera todos los números y la diana, entonces ganas —concluye.

—¿Qué ganas?

Grant se encoge de hombros.

—Derecho a burlarte. Contrato de servidumbre —responde mientras retira un trozo de corcho de la punta del dardo—. Lo que sea.

—¿Lo que sea? Eso queda muy abierto a interpretación, ¿no?

Inspecciono las puntas de mis dos dardos restantes y veo que no hay restos de corcho.

—Entonces supongo que mejor que no pierdas.

Su sonrisa maliciosa acelera el flujo de sangre por mis venas. Pero no permito que se note mi reacción.

—Sigamos jugando, Walker.

Entrecierro los ojos y lanzo mi dardo. Se clava en el número dieciocho. Lo atribuiré a la suerte, y confiaré en que esa suerte endiablada continúe durante el resto de la partida.

Pasa media hora y llevo anotados ya casi todos los números. Solo me falta el diecisiete y el veinte para ganar. Grant aún necesita el diecinueve.

Mientras está sacando los dardos del último lanzamiento me descubre estudiando su trasero. *Oh, Dios mío, ¿cuándo me ha dado por mirarle el trasero? ¿Y desde cuándo soy una miratraseros?*

Dominada por el pánico, lanzo una granada en medio de la conversación.

—Y… entonces, ¿por qué no has querido bailar con Lila?

Mientras planteo la pregunta dirijo una miradita y veo a la chica echando la cabeza hacia atrás entre risas, bailoteando junto a una de sus amigas.

—Es muy bonita y… —rebusco en mi cerebro algo agradable que decir— por lo visto se mete de lleno en la música.

—Y, ojo al dato, no es mi tipo. Te toca —dice.

—Entonces —apunto mi dardo—, ¿cuál es tu tipo?

Lo lanzo y da en el diecisiete. Me vitoreo a mí misma mientras ejecuto una danza anticipada de la victoria.

—Bien, Lila no lo es. ¿Sabes que cada vez que te concentras sacas la lengua por un lado de la boca? Lo has estado haciendo durante toda la partida.

Por supuesto que lo sé, pero no voy a cambiar un hábito de diecisiete años justo ahora.

—Me ayuda a acertar. ¿Por qué lo dices? ¿Te molesta?

Me sitúo para lanzar, centrando la atención en la franja del número veinte.

—Déjame pensar… —empieza él.

Lo veo cruzarse de brazos en mi periferia visual.

—¿Me molesta tu lengua? Mmm…

Suelto el dardo mientras él hace consideraciones sobre mi lengua, y el dardo se desvía hundiéndose en el anillo exterior del seis. ¡Me ha fastidiado el tiro! Y, para que su afrenta sea aún más ofensiva, está sonriendo y regodeándose satisfecho.

Suelto un bufido.

—¡Lo has hecho a propósito!

Estalla en carcajadas.

—Ahora sí que te has puesto roja. Ojo, no necesito hacer trampas para ganarte; podemos repetir este último lanzamiento si te parece justo. ¿Conforme?

Alzo la barbilla.

—Bien, pero nada de hablar cuando es mi turno. Pierdo la concentración.

—Prometo quedarme callado mientras hago una lista mental de las cosas que tendrás que hacer para cumplir con tu servidumbre. Empezando por lavar y sacar brillo a mi auto, y luego está esa ropa que debo recoger de la tintorería…

Arranco el dardo clavado en el tablero. Al darme la vuelta detecto los ojos de Grant apartándose con culpabilidad de mi trasero. Se sonroja igual que hizo en lo alto de la torre del depósito. Ahora yo podría comentar lo rojo que se ha puesto, pero con ello reconocería algo más que una amistad. Y no voy a hacerlo. Finjo que no ha sucedido nada y alineo las puntas de mis pies sobre la desgastada cinta adhesiva negra y amarilla pegada al suelo.

Contengo la respiración, cierro un ojo y lanzo el dardo.

Directo al blanco. No. Es. Posible. ¡No puede ser, ni yo me lo creo!

—Imposible —Grant se hace eco de mis pensamientos, agrandando sus ojos castaños.

—¿He ganado? ¡He ganado! ¡He ganado! —chillo y doy aplausos antes de sacudirle en el brazo—. ¡Vaya paliza te he dado! ¡He ganado!

Su mandíbula se agita.

—Lo de la paliza es una exageración; has ganado a duras penas. No tendrás tanta suerte en la revancha.

—Te tomo la palabra. Confío en que tu delicado ego masculino pueda tragar y digerir ser aplastado dos veces en una noche.

Busco el móvil en mi bolso mientras Grant borra la pizarra. Iri ha dejado un mensaje para decir que ella y el del Traje no vendrán esta noche, y que yo no debería hacer nada que ella no hiciera. Sonrío intentando aplicar toda mi materia gris en dilucidar qué querrá decir con eso.

Me percato de que además hay un mensaje de voz procedente de un número que no reconozco. Tapándome el otro oído con el dedo, intento bloquear el alboroto y concentrarme en la voz distorsionada. Mi sonrisa se desvanece.

—¿Wil? ¿Qué pasa? —pregunta Grant.

—Ah... Es mi abuela. —Alterada, cuelgo el teléfono—. La señora Kessler, una de las mujeres de su club de bridge, quería comunicarme que ha tenido un mareo esta noche y casi se cae.

Grant junta sus densas cejas con gesto preocupado.

—Está bien —me apresuro a añadir, tanto para tranquilizarlo a él como a mí misma—. Creo que la señora Kessler daba por supuesto que la abuela no iba a contármelo. Lo cual... seguramente sea así.

Frunzo el ceño. *¿Y si la abuela me oculta algo más? ¿Y si algo no va del todo...?*

—¿Tienes que marcharte?

Consulto el viejo reloj de Coca-Cola que cuelga en la pared. ¡Ahí va! Tampoco me había percatado de que falta poco para mi toque de queda.

—Sí, probablemente debería ir a ver cómo está. Seguro que se encuentra bien, pero...

El germen de la duda ya está sembrado y, si no me voy ahora, con toda probabilidad se transformará en completa angustia.

Me pongo de puntillas para escudriñar la zona de vestuarios y digo:

—Me pregunto qué retiene a Seth tanto tiempo...

Grant saca su teléfono del bolsillo.

—Lo llamaré para asegurarme de que no ha hecho saltar nada por los aires.

El celular de Seth suena, por desgracia lo puedo oír porque se lo ha dejado en el bolsillo de la chaqueta, colgada en el hombro del esqueleto gángster.

Grant guarda su móvil y saca las llaves del auto.

—Mi hermanito lo entenderá —explica mientras ladea la cabeza en dirección a la puerta—. Mejor que nos pongamos en marcha.

—Lo siento, Grant. Si fuera otra persona en vez de mi abuela no...

Me apoya la mano en la parte posterior de la cintura, despertando recuerdos de la noche en la pista de baile.

—Ni disculpas ni explicaciones, Wil. Ya te llevo a casa.

Grant me empuja suavemente hacia delante.

—Eh, ¿a dónde van ustedes dos? —pregunta Tristan, retirando la chapa de otra cerveza—. La fiesta acaba de empezar. Aparte —me señala con la botella— pensaba que esa era la chica de Seth.

Su hermana, Lila, ha dejado de bailar. Su labio inferior sobresale con la exhalación de decepción por la temprana partida de Grant. Enseguida el mohín se transforma en un gruñido en cuanto advierte que además de irse... se va conmigo. Me entran ganas de decirle que está malgastando un logrado bufido, porque mi único objetivo es llegar a casa, tanto da quién me lleve.

—Lo que pasa es que Seth sigue afuera ayudando a Ryan y Ginger, y Wil tiene que irse ya mismo. Los alcanzo luego, chicos.

—Adiós —digo a cualquiera que escuche.

Tristan se aparta el pelo con su perfeccionado movimiento de cabeza.

—¿Vendrás a mi fiesta del próximo finde, verdad, Cenicienta?
Su voz consigue atravesar el ruido.
¿Cenicienta? Me doy la vuelta.
—Seguro, parece un buen plan.
—Genial.
Su boca se ladea con una sonrisa astuta y añade:
—Y tendrás una semana para encontrar la manera de quedarte pasada la medianoche. Todo el mundo sabe que entonces empieza lo realmente interesante.
—Eso mismo —contesto, preguntándome cómo demonios convenceré a la abuela para que levante su estricto toque de queda.
Manny deja de hacer girar sus baquetas y se las mete en el bolsillo de atrás.
—Nos vemos muy pronto, Wil. —Me da un abrazo de despedida—. Y piensa en lo que te he dicho antes, ¿trato hecho?
Niego con la cabeza.
—Lo siento, nada de tratos.
Explicar el cosmos y su influencia en nuestras vidas a menudo se me hace cuesta arriba, una batalla para la que no hay tiempo esta noche.
—Adiós, Manny.
Sigo el paso decidido de Grant a través de las tripas del Absinthe, pasando junto a antiguas calderas y calentadores de agua por el camino. Los tacones resuenan más que nunca con la prisa, reverberando contra el cemento. La luz roja de un letrero de salida aparece más adelante.
—¿Vives en el centro, verdad? ¿El barrio histórico? —me pregunta haciendo girar la llave en torno a su dedo.
—Ajá, Turner Street.
La pesada puerta trasera nos permite salir al aparcamiento, aún lleno de autos. Pero no detecto el de Seth entre ellos.
—Cruzaremos la ciudad en un instante, ya verás. A estas horas apenas hay tráfico. Este es el mío —dice Grant cuando llegamos al

último vehículo estacionado en una hilera de aparcamientos reservados.

Desbloquea la cerradura.

Es la camioneta de la torre del depósito. Vaya, la verdad, nunca me ha importado qué clase de vehículo conduce una persona, los autos para mí siempre han sido una manera de ir del punto A al B. Quiero decir, Dios, debería sentirme afortunada de tener a mi disposición un vehículo sea cual sea, incluso color pepinillo. Y, de todos modos, estoy sorprendida.

Grant se estira sobre el asiento delantero para abrir manualmente la puerta del pasajero.

Me meto dentro. El interior está bastante limpio, a excepción de las púas de guitarra dispersas por el suelo, partituras y un par de amplis con apariencia de haber vivido épocas mejores, tirados en la parte posterior. Deben de ser las reliquias que supuestamente había que renovar.

—Lo sé. No es un elegante Lexus como el de Seth. —Arranca el motor—. Pero es mi primer vehículo, lo compré con mi propio dinero. Todo un verano llenando bolsas en World of Food.

—Eso son muchas verduras. Deberías estar orgulloso.

Salimos a la calle principal.

—¿Música?

La mano de Grant enreda con un saliente de metal, en otro tiempo cubierto por una perilla de plástico.

—Algo tranquilo puede ir bien. A menos que prefieras...

—¡No! No. Cualquier cosa tranquila está bien.

Nuestros brazos descansan en el asiento, uno al lado del otro. No nos tocamos, pero es la misma sensación que tener su piel sobre la mía. Como dedos invisibles haciéndome cosquillas en la piel. Al bajar la mirada, veo la separación nada despreciable de más de veinticinco centímetros entre nosotros.

Decido no jugármela, de todos modos, y vuelvo a poner el brazo sobre el regazo.

—Gracias otra vez por llevarme. Me preocupa convertirme en la amiga necesitada a la que sigues sacando de apuros.

Desvía mi atención el ruido metálico que produce la cadena de la llave de contacto mientras damos botes sobre una serie de baches. La cadena es una placa de identificación de estilo militar con un mensaje grabado que soy capaz de leer una vez que deja de bailar a lo loco. Dice: ¡FELIZ CUMPLEAÑOS, G! Con la fecha 23 DE FEBRERO inscrita debajo. Una prueba evidente de lo que siempre he sabido.

Grant es inequívocamente Piscis.

Experimento una extraña oleada de melancolía. Como si una parte microscópica de mí hubiera esperado equivocarse, como si pensara que tal vez...

—Pues no. —Sus ojos se apartan de la carretera—. No te preocupes, quiero decir. No hago cosas que no quiera hacer, y estoy seguro de que si tú tuvieras una preciosa furgo verde como la mía, harías lo mismo.

—Al instante.

Me dedica una sonrisa maliciosa.

—¿Lo has pasado bien esta noche? Quiero decir, dejando a un lado este final repentino.

—Sí, ha sido genial. Y, oye, ahora sé oficialmente jugar al cricket o sea que...

Miro por la ventana del copiloto mientras pasamos junto a un vehículo lleno de adolescentes. Cinco de ellos van amontonados en el asiento posterior, cantando a pleno pulmón.

—Me ha encantado oírlos tocar. Tienen verdadero talento, en serio. Me vuelven loca las combinaciones de géneros musicales: un poco de rock, otro poco de folk, un toque punk.

Vacilo antes de mencionar alguna cosa sobre la cita que en realidad tenía esta noche, porque no sé cuánto contarle del rato que he estado con su hermano. Hay una especie de trasfondo incómodo con respecto a este capítulo.

—Me alegra que hayas disfrutado.

El suave relumbre de las luces del tablero de mandos ilumina los rasgos de Grant. Su frente está arrugada y los músculos de la mandíbula aparecen tensos mientras tamborilea con los dedos sobre el volante.

—¿Sabes? Creo que le gustas a Seth... mucho.

Puedo sentir su mirada sobre mí mientras ocupo mis manos inquietas en toquetear el hilo que cuelga del dobladillo. Mi respiración es superficial, y cuanto más se prolonga mi silencio más pone de relieve mi nerviosismo. Y, una vez más, *no* tengo motivos para ello.

—Él... ha sido un cielo en todo. Incluso ha tolerado que acaparara las albóndigas durante la cena.

—Vaya, ahora sí que estoy convencido de cuánto le gustas.

—Eh, mmm, me sorprendió también con un paseo en globo. Ha sido algo maravilloso.

Grant suelta una risita para sus adentros, que consigue relajar un poco la tensión en mi cuerpo.

—Sí, Seth es un fanático de los grandes detalles, siempre ha sido así. El clásico ejemplo, cuando estaba en quinto grado, se enamoró perdidamente de una chica de séptimo... Morgan Mitchell.

—Una buena diferencia a esa edad.

—Oh, desde luego, escandalosa. Así que cuando el día de San Valentín estaba próximo...

—Espera, espera, deja que adivine, le regaló una paleta industrial llena de esos dulces en forma de corazón.

—Casi. Hizo que enviaran una docena de rosas a su chica en plena clase.

—¡Ay, qué detalle tan encantador!

—A cada hora en punto.

Grant se detiene ante el semáforo y se ríe al ver mi expresión boquiabierta.

—Lo sé, al final fueron como cinco docenas, y cada envío incluía un mensaje de una sola palabra, que enlazaban formando la pregunta: ¿Quieres-ser-mi-enamorada-hoy?

Sacude la cabeza.

—Por supuesto, ella dijo que sí.

—¡Basta o me va dar algo! —Intento respirar—. ¿Y eso cuando solo estaba en quinto?

Aunque, conociendo a Seth, no era tan exagerado como sonaba.

—Pero ¿cómo consigue un chico de diez años pagar algo así?

Grant mueve el puño como si fuera un martillo.

—Asesinando al cerdito alcancía. Llevaba mucho tiempo ahorrando para un cómic raro o algo así. Supongo que le costó un dineral.

—Eso es devoción —digo maravillada—. De acuerdo, y qué me dices de ti, ¿cómo convenciste a tu enamorada?

—¡Ja!, no recuerdo ese año. Pero recuerdo cuarto. Yo era todo un fenómeno en las barras de los juegos infantiles. Era el chico más alto de la clase y mi destreza en el patio era insuperable. Ni te cuento cómo jugaba a las cuatro esquinas. A lo que fuera. Era una fuerza imparable.

—Oh, vamos —suelto una risita—. Me lo imagino, conquistando a las niñas colgado de la estructura de barras.

—Al final, seguramente fue mi bolsillo lleno de dulces de gusanos de goma calientes lo que se ganó a Amanda.

—¿Calientes? Oh, vaya porquería. —Sacudo la cabeza—. Cualquier cosa de goma es un asco, pero encima a temperatura del cuerpo humano...

Grant sonríe.

—Eh, estaban en una bolsa. No es que los sacara cubiertos de pelusa del bolsillo ni nada por el estilo.

—No importa. Mi postura en cuanto a todo lo de goma es firme.

El aviso de entrada de un mensaje resuena en mi móvil mientras dejamos la autovía por la salida que lleva al centro. Lo leo deprisa.

—Seth y Ryan acaban de volver al Absinthe.

—¿Qué les ha hecho retrasarse tanto?

Eh… oh, invirtieron los cables. Acabaron friendo la batería de Ginger y su alternador. Además de la computadora del tablero de Seth. O sea que han tenido que esperar a que llegaran dos grúas para los autos.

Él se ríe.

—¡Ajajá, soy adivino!

Poca broma. Es Piscis. Por sí solo eso garantiza alguna percepción extrasensorial. Respondo a Seth, explicando mi apresurada partida y sugiriendo una película para mañana por la noche. El celular suelta un chirrido.

—Qué pena —digo entre dientes.

—¿Qué?

—Oh, resulta que a Seth le toca hacer inventario mañana y estará fuera el resto del fin de semana.

Me reclino en el asiento.

—Es verdad —asiente Grant—, creo que se va a hacer piragüismo cervecero con nuestro primo Jonah y otros colegas en el norte de Lannister.

—¿Piragüismo cervecero?

Me responde con una risita.

—Deduzco que nunca lo has hecho —comenta sacudiendo la cabeza—. Ir en canoa y tomarse un montón de birras.

—Ah. Entiendo.

El móvil vuelve a hacer ruido. Este último mensaje de Seth me reanima un poco. Está claro que no puedo compartirlo con Grant, por las implicaciones…

—Seguro que está decepcionado por no haberte traído él mismo, ¿verdad?

Su tono es burlón, pero no cuadra con la tensión que refleja de nuevo su rictus.

—Sí, ¿cómo lo sabes?

—Porque yo me habría sentido igual.

Se apresura a desviar la mirada.

—Quiero decir, así funciona en lo que a citas se refiere. Es ahora cuando normalmente... —Grant se aclara la garganta—, ya sabes.

El corazón me late con fuerza en el pecho. Lo sé. Y también Seth, y ese es el motivo de que esté tan decepcionado; no hemos tenido tiempo a solas antes de mi partida. Ni beso de buenas noches. Y Grant también lo sabe, y todos estamos pensando en el beso que no llegó a suceder.

Giramos para entrar en mi calle flanqueada por árboles. Las antiguas casas victorianas se apoyan hombro con hombro en sus estrechos terrenos desproporcionadamente largos.

—¿Qué casa?

La sangre burbujea como si tuviera gas. La efervescencia incesante brinca por mis venas.

—Cinco cincuenta y dos. La... la penúltima a la derecha.

La abuela no ha dejado la luz del porche encendida. Tal vez sea una señal de que aún no se encuentra bien. Tal vez indique que sí se siente mejor y se ha puesto gafas de visión nocturna.

Grant conduce el auto por nuestra entrada, y antes de aparcarlo yo ya estoy soltando frenética el cinturón. Tengo que salir de aquí. *Ahora*. No puedo pensar en besos mientras me encuentre a solas y a oscuras con él. Con la prisa, el bolsito se me cae al suelo; llaves, pintalabios, algunas monedas... todo se esparce por el suelo.

—¡Maldición!

Refunfuño palpando las ásperas alfombrillas del suelo en busca de mis cosas. Cuando encuentro el más comprometido de mis elementos, respiro un poco más relajada. Tras meter el tampón de nuevo en el bolsito, continúo con la búsqueda.

—A ver, deja que te ayude —dice Grant mientras se inclina y busca a tientas por el suelo—. Voy a encender la luz interior, aunque la instalación está como quiere. Hace tiempo que tengo pendiente arreglar…

Nuestras manos se tocan en la oscuridad. La impresión del contacto recorre mi cuerpo. Los dos nos quedamos inmóviles. Oigo su respiración. No debería ser consciente de su respiración ni de la manera sutil en que se acelera, pero es así. Que Dios me ayude, es así.

—Qué collar tan interesante —dice Grant en voz baja—. ¿No es la llave que te di?

Al bajar la vista advierto la llave de plata que cuelga junto a la amatista. El chorro de luz procedente de la farola atrapa y refleja su superficie metálica. Las pulsaciones se me cuadriplican.

Me incorporo y meto la llave bajo el escote del vestido una vez más, apretándome con fuerza el corazón acelerado.

—Suelo… pierdo las cosas con facilidad.

Es cierto. La pura verdad. Sería la clase de objeto que perdería rápidamente. Y es la llave que me abre las puertas del Absinthe.

—Bien —dice volviendo a sentarse con movimientos lentos—. Supongo que mientras no vayas perdiendo el corazón por ahí, siempre sabrás dónde encontrarla.

Los segundos pasan como si fueran horas. Oh, Dios, esto es peor que enseñar la tanga. La llave me ha traicionado, sugiriendo cosas que no debería, que quedan ahora como ilícitas e importantes. Por lo tanto, esta misma noche la arrancaré del collar.

Pero lo cierto es que si no fuera porque he quedado con Seth o porque las constelaciones adoptaron una disposición tan peligrosa el día que nació, esta noche podría haber sido *nuestra* cita. De pronto me encuentro preguntándome qué podría haber pasado. No habríamos paseado en globo, eso seguro. Pero nos habríamos divertido. Nos habríamos reído. Y apuesto a que él me habría besado justo aquí mismo, en la camioneta verde, con la media luna como testigo único de lo nuestro. Y yo le habría preguntado por el significado de los tatuajes en el brazo.

Porque, en secreto, me muero por saberlo.

Además de la sensación de pérdida de lo que podría haber sido, está la certidumbre de lo que hay. Lo que está destinado a ser. *Seth.*

Las manos de Grant rodean el volante, marcando las diez y las dos en la circunferencia. Contempla nuestra casa victoriana de tres pisos, con sus tejas planas sueltas tan necesitadas de remplazo.

—Confío en que tu abuela ya esté mejor. Buenas noches, Wil.

Su despedida me devuelve a la realidad. Busco a tientas la manija, recuperando también mi desesperación por salir.

—Sí. Yo... buenas noches, Grant.

Subo a toda velocidad los escalones del porche sin mirar hacia atrás. No quiero que vea lo afectada que estoy. Una vez dentro, cierro la puerta y me pego a ella, arrojando el bolso sobre el banco de la entrada.

La casa me reconforta con sus fragancias a vainilla y azúcar que impregnan las paredes. Me voy andando por el pasillo hasta el dormitorio de la abuela, donde la encuentro roncando a poco volumen bajo el edredón de cuadros tejido por su madre. El edredón asciende y desciende, marcando el ritmo constante de la respiración, la certeza de su descanso.

Suelto una exhalación entrecortada antes de agacharme para besar su sien.

—Estás bien —susurro.

Pero he necesitado verlo con mis propios ojos para sentirlo de veras.

Al regresar al vestíbulo, me percato de que todavía no he comprobado si he vuelto a guardar todas mis cosas en el bolsito. O sea que hago inventario a toda prisa.

Es entonces cuando la veo.

Justo ahí, metida entre las llaves, el móvil y el Parisian Pout.

Una púa de guitarra.

Reluce, como un pedacito de Grant, perdido y esperando a ser encontrado. Cuento siete *tictacs* de reloj antes de poder moverme otra vez.

—Esto se tiene que acabar.

Contemplo el techo y visualizo el cielo estrellado que se expande más allá de las capas de yeso y madera.

—No te voy a defraudar —añado.

Luego apago la luz y me voy escaleras arriba.

10

La alerta de un nuevo mensaje resuena en mi móvil. Mi horóscopo diario. Excelente.

Manifiesta tus intenciones en las relaciones actuales y descubre revelaciones felices.

Hablando de sincronización divina. Esto es precisamente la confirmación que necesito para lo que estoy a punto de hacer. El semáforo se pone verde mientras guardo de nuevo el celular en el bolso.

Es sábado por la mañana y soy el único ser viviente en la zona de almacenes. Aunque el centro sea un hervidero de actividad con la gente preparándose para el mercado de productos agrícolas y la feria artesanal… aquí, donde estoy, es un cementerio. Edificio tras edificio, estructuras de cemento deteriorado se suceden como filas de lápidas, aún más espantosas bajo el manto de niebla. Doy al parabrisas para limpiar su humedad.

El Absinthe se halla en el otro extremo de la calle, un poco más elevado y orgulloso que los demás almacenes, como si percibiera un objetivo más esplendoroso que alojar neumáticos sobrantes o tejidos baratos.

Avanzo poco a poco sobre el badén y estabilizo los cafés que viajan en el asiento del copiloto. Quiero pescar a Seth antes de que salga de camping para su aventura cervecera, y disculparme en persona por mi desaparición anoche. Y no hay nada que diga: *Cuánto me gustas* mejor que una de las enormes caracolas de canela de la abuela, regada por un café grande.

Café con un chorrito de culpabilidad.

Por las barbas de Capricornio, ¡si no pasó *nada*! Nuestros dedos se tocaron, fíjate, qué pecado. Entonces la púa de guitarra de Grant es un espíritu agorero en mi bolso. Una vez que exorcice eso, estaré libre por completo de malos presagios.

Hoy comunicaré a Seth mis intenciones. Mi horóscopo es irrefutable en su última predicción.

Mientras estoy aparcando en la parte delantera del edificio, las nubes pasan de empañar la ciudad a acribillarla a base de gruesas gotas de lluvia. Aunque he tenido la prudencia de elegir mi calzado de goma favorito, las botas rojas, he olvidado el paraguas que completa el equipo. Fabuloso.

Me lanzo a la carrera para cubrirme bajo el toldo. El vestido de algodón a rayas se pega a mi piel; el pelo cuelga húmedo. A la vez que intento mantener en equilibrio el bolso, los dulces y nuestros cafés, engancho con un dedo la manija de la puerta y siento alivio al comprobar que no está cerrada.

—¿Hola?

Mi voz reverbera a través del túnel de entrada, las botas chirrían a gran volumen.

—¿Hooola?

La magia del Absinthe se ha transformado. Sin música ni hadas, ni las misteriosas luces verdes, parece tan… ordinario.

—¿Hay alguien…?

—¿Wil?

Grant aparece al final del pasillo, con un lápiz metido tras la oreja y un fajo de clasificadores en los brazos.

—¿Qué… qué estás haciendo aquí?

Me tropiezo con mis propios pies y casi dejo caer los cafés.

—¡Alto! —dice arrojando los clasificadores sobre una mesa próxima—. Ya recibo yo ese cargamento precioso, ¿sí?

Se apresura a acercarse.

Perpleja, miro a través de mis gafas salpicadas de lluvia.

—Eh... eh, la puerta de entrada no estaba cerrada. ¿No está...? ¿Está Seth aquí?

La pregunta suena casi desesperada. Pero, sí, estoy desesperada. Tengo que dejar claras mis intenciones, dejar claro que Grant no formaba parte de la ecuación de la mañana.

Retumba un trueno. Es la carcajada que suelta el universo a mi costa.

—Le tocaba venir por aquí, pero se ha quedado dormido, mira por dónde. Se ve que ha agarrado los bártulos y ha salido directo para Lannister. —Mira el reloj—. Lleva ya un par de horas en la carretera, es probable que esté a medio camino.

Sigo a Grant, medio atontada, pasando junto al revoltijo de sillas y sofás hasta llegar a la barra, donde deja el cartón con los cafés. Me tiende una toalla que saca de debajo de la barra.

—Estás empapada. ¿Te ha dicho Seth que se verían aquí o algo?

Genial. Aparte de estar calada hasta los huesos, mi misión es un fracaso de grandes proporciones. Dejo la caja con los dulces sobre un taburete para recibir la toalla.

—Gracias. No.

Frunzo el ceño mientras empiezo a secarme con pequeños toques.

—Iba a darle una sorpresa —añado.

—Oh, entonces lamento tener que decírtelo, pero has hecho el viaje en balde: estoy yo solo aquí.

Grant se sacude el polvo de la camisa de franela antes de subirse la manga. Una vez más me entran esas ganas terribles de decodificar el tatuaje musical.

—Y bien, ¿qué llevas en esa caja? ¿O solo lo puede ver Seth?

—¿La caja?

Me quedo observando el cubo como si su geometría fuera la cosa más intrigante del planeta.

—Ah, caracolas de canela. Sobraban algunas de una hornada que ha hecho la abuela esta mañana.

—Entonces, ¿se encuentra mejor?

—Claro. Rebosante de salud, según dice.

—Buenas noticias.

Los ojos de Grant siguen devorando el paquete.

—¿Quieres una?

Se limpia la barbilla.

—¿Me ha delatado la baba?

Suelto una risita mientras se alivia la tensión en mis hombros, porque Grant tiene la capacidad asombrosa de aplacar mis nervios.

—Solo un poco. Bien, la baba y el hecho de que devoraras con la mirada la caja de repostería.

—Me he saltado el desayuno y llevo una hora muriéndome de hambre. En serio, creo que mi estómago se engulle a sí mismo.

Se acomoda en un taburete. Pero mis botas siguen pegadas al suelo. ¿Por qué no puedo moverme?

—Wil, no muerdo. A menos que te conviertas en caracola de canela también; entonces no garantizo nada.

Toma uno de los cafés. Envidio su mano firme, y también su conversación ingeniosa. Y esa clase de naturalidad que exhibes cuando alguien no te tiene embobada.

Y mientras Grant sigue con su cháchara fluida, yo empiezo a preguntarme si ha desarrollado amnesia en las últimas diez horas o si de algún modo su atracción por mí se ha marchitado o desvanecido durante la noche.

Que sería lo mejor. De la que me he librado, de hecho. Ya tengo la Casa Quinta lo bastante complicada, y encima el planeta

Urano ocasionando repentinos enamoramientos que tienden a esfumarse de forma tan abrupta como empiezan.

Eso mismo. Estoy segura de que eso es todo, un tonto encaprichamiento de nada... a causa ¿de qué? ¿Un baile, que te lleven en auto a casa, una estúpida llave?

—No es por parecer un ingrato total, pero ¿es esto alguna de esas cursiladas? Sé que a Seth le gustan esos macchiatos de moca y no sé qué más.

Contrólate, Wil. Mi mente sigue enredándose en su propia idiotez.

Suelto una exhalación y me ubico en un taburete a su lado.

—Pues no. Son solos, pero he cogido leche y azúcar por si acaso.

Tras dar un buen trago al café, Grant apoya los brazos en la barra y se acerca un poco más mientras yo abro la caja de repostería.

—Entre tú y yo, no voy a sentir ningún remordimiento por comerme la caracola de canela de Seth.

Sonríe cuando le paso un tenedor envuelto en una servilleta:

—¿Hay algo en lo que no hayas pensado, Carlisle?

Capto su mirada y aparto la vista al instante. *Ajá. En Cómo estar a solas contigo y no pensar cosas que me hagan sentir culpable después.* Pero esto no lo puedo decir, obviamente.

Sacudo la cabeza para dispersar pensamientos no deseados.

—Considéralo un pago por los servicio de taxi prestados.

Mete el tenedor en el rollo caliente y da un mordisco.

—Dios, está... de muerte. Increíble.

Parto un trozo y lo mezclo con el abundante glaseado.

—Oh, lo sé. Algunas cosas merecen incluso una ingestión calórica de cuatro cifras.

Él traga y entorna los ojos, que luego vuelven a una posición neutral.

—Por favor, dime que no estás contando. Porque no tienes que preocuparte por toda esa basur...

—Mmm, mmm, desde luego que no. —Acabo de masticar—. Y aunque me obsesionaran las calorías, nunca querría ser un fideo. Es lo que hay —añado—. Prefiero ser feliz. Y esto —señalo con el tenedor las pegajosas caracolas de canela— es delicia pura.

Grant se está chupando el glaseado de un lado del pulgar. Me olvido de pestañear o respirar o cualquiera de esas cosas supuestamente involuntarias.

Se limpia la boca con la servilleta. Y entonces dice algo que creo que recordaré toda la eternidad.

—Wil, estás mucho mejor que cualquier fideo.

El aguacero matinal va amainando hasta quedar tan solo en el repiqueteo de una llovizna. Me he demorado demasiado en el Absinthe. Pasar el rato con Grant ha sido tan divertido que he perdido la noción del tiempo.

Cuando regreso del baño, me sorprende una melodía irresistible que llega flotando desde la parte posterior del club. Y ahí está Grant punteando con su guitarra, y con las largas piernas colgadas del lateral del escenario elevado. Una única luz forma un círculo difuso que destaca una mitad de su cuerpo, dejando la otra en penumbra.

Levanta los ojos de la guitarra. Entrar en una habitación con botas de goma y pasar desapercibida es una hazaña imposible. Tan complicado como intentar sorprender a alguien con pantalones de esquiador.

—Mmm, lo lamento, no quería interrumpir. Solo que ya es hora de ponerme en marcha.

Pero la música sigue atrayéndome con su vibración seductora. Me sorprendo acercándome un poquito más.

—Es mi canción favorita de los Beatles. Qué bien la tocas.

—¿Ah, sí?

Detecto el destello de sus dientes ligeramente torcidos. Mi estómago da un vuelco, como si fuera una moneda.

—*Blackbird* es la primera canción de verdad que aprendí... sin contar *Hot Cross Bells* o *Jingle Burns*. ¡Eeeh! —Sonríe cuando se me escapa una risita—. Ya sabes a qué me refiero. De cualquier modo, me encerraba en el cuarto con doce años y la tocaba una y otra vez hasta conseguir no equivocarme. —Sus dedos se detienen suspendidos sobre las cuerdas—. ¿Tocas?

—¿La guitarra? No, me temo que mis dedos no tienen coordinación para eso.

—¿Otro instrumento?

—En el cole tocaba una humilde flauta de pan. Hice un solo y todo.

Grant resopla y se pasa una mano por el pelo.

—Espero que sepas que eso se sitúa un paso por delante de la pandereta.

Me pongo las manos en las caderas.

—De acuerdo, pues apunta la flauta de pan y también los dos años de coro en secundaria. —Bajo los brazos—. Y, ahora que lo menciono, eso es lo que duró mi breve carrera musical.

—Bien, podemos aprovechar la voz.

Da una palmada en el espacio situado junto a él. El polvo que levanta danza como purpurina bajo un foco.

—Ven aquí.

Estudio el escenario elevado en un intento de decidir el mejor modo de subirme sin parecer una de esas morsas que vi una vez en el Muelle 39 de San Francisco. Gracias a Dios por las escaleras que advierto a mi derecha.

Una vez me he acomodado a su lado, me aliso el vestido sobre las piernas.

—Bueno, maestro, ¿y ahora qué?

Reanuda el rasgueo.

—Ahora cantamos. Sabes la letra de *Blackbird*, ¿verdad?

—¿Cantamos? Como si... ¿ahora mismo?

—A menos que tengas alguna norma que prohíba cantar los sábados... —responde Grant con un gesto divertido en la boca.

—No, pero tal vez sí que tenga una gran aptitud para destrozar la canción. —Me retiro uno de los negros mechones caídos—. Luego no me culpes si tus oídos no lo soportan...

—Mis oídos lo soportarán. Y no vas a destrozar nada —asegura.

Pero yo no estoy tan convencida. Mi garganta parece de pronto repleta de virutas de madera que absorben toda la humedad.

—¿Te importa si...? —pregunto indicando la botella de agua.

Y me la pasa. Doy varios tragos generosos.

Aun así, razono que si fui capaz para la Chocha, es decir, la señora Crotchler, mi malvada directora de coro en bachillerato, puedo cantar para Grant. Porque nadie puede ser tan aterrador como la Chocha.

Marca el compás dando unos toquecitos secos en la guitarra. La melodía surge a continuación, y la seguridad de sus dedos me cautiva una vez más; la manera en que se deslizan ligeros por el mástil, sin perderse en el recorrido. Mis dedos se perderían, por supuesto, se tropezarían unos con otros.

Asiente con la cabeza, indicando el comienzo del dúo.

Y cantamos. La voz de Grant es magnífica, como la versión masculina de las sirenas legendarias. Rompería en pedazos mi barco contra las rocas solo por ir tras ese sonido.

—Más fuerte, Wil.

Oh, pues preferiría que no. Preferiría cerrar los ojos y dejarme inundar por esta canción tranquila, y su voz suave y fluida. El chirrido ocasional de las cuerdas de la guitarra me arrulla también. Y así, porque quiero captar el momento, cierro los ojos y confío en que la letra encuentre el camino entre mis labios.

Nuestras voces se superponen creando una agradable armonía. Tal como consiguió que yo pareciera mejor bailarina, creo que lo ha vuelto a conseguir con su canto.

Y cuando concluye la canción, me deleito en el acorde final antes de abrir los ojos.

Grant me está mirando. Se sonríe.

—Sí, qué manera de destrozar una canción.

Le empujo el brazo.

—Y tú te acabas de quedar sin futuras caracolas de canela, chico listo.

—¡Estoy bromeando! —se ríe—: Ha sido una broma, en serio. Tienes una voz impresionante.

—Gracias. Aunque lo digas solo para que me sienta mejor.

—En serio, Wil. —Baja la vista a la guitarra—. Eh, esto, podría enseñarte a tocar también… si quisieras. Es una pena apreciar la música de esta manera y no tocar algún instrumento.

¿He dicho que sí? Supongo que sí, porque me pone la guitarra en el regazo con desaforado entusiasmo.

Siento la calidez del instrumento contra mi estómago y muslos.

—Lo he comprobado, tienes talento natural… —dice, radiante—. Bien, pero creo que te irá mejor sostenerla… así…

Se levanta de un salto para acuclillarse tras de mí. Sus brazos forman una jaula a mis lados.

—Mira, así. Baja el codo. Bien. Ahora sujétala sin forzar. Relájate, Wil —me murmura al oído.

Su tronco me roza la espalda mientras me coloca en la posición correcta.

¿Que me relaje? Tiene suerte de que no haya destrozado aún la pobre guitarra. Siento todos los lugares donde tengo a Grant cerca, tanto si me toca como si no. Quiero reclinarme hacia atrás y fundirme con él. Y el corazón ya no golpea; ahora produce explosiones sónicas. Su voz está más próxima a mi oreja cuando me pone las manos en el lugar correcto.

—Deja que tus manos se acostumbren al contacto con el instrumento. No te preocupes por cómo suena. Tú ponte a tocar. ¿Ves cómo varía la tensión en las cuerdas?

Continúa con esta lección improvisada, deshaciéndose en detalles sobre puentes, cajas y cabeceras, ejem, cabezales.

Entre tanto, la carne de gallina se propaga por mi cuerpo como si hubiera iniciado oficialmente una Marcha del Millón de Hombres. Y me espanta que Grant se dé cuenta. Sabrá que el motivo es él: ¡él y su maldito encanto de Piscis! Necesito reforzar mis defensas. No prestes atención a su olor, ni a su manera de hablar. Concéntrate solo en la guitarra acústica. ¿Ves cómo presto atención? Ahora ya sé qué clase de guitarra es.

—¿Así? —pregunto.

El instrumento retumba sin nada de la belleza audible extraída por las habilidosas manos de Grant.

—Ajá. Eso es.

Sus palabras me abrasan el hombro. ¿Tiene que hacer eso? Levantar tantas... ¡ampollas!

Mi piel se eriza, y vuelvo a concentrarme en el tacto de las cuerdas. La aspereza de las gruesas, y las delgadas que se deslizan más fácilmente por los dedos. Pero... no funciona. No con Grant rodeándome como la noche envuelve una estrella. Justo cuando estoy a punto de salir huyendo del escenario como una maníaca chillona, suena el celular.

¡Existe un Dios en los cielos! ¡Gracias!

Suelto el aliento que retenía como si fuera un rehén.

—Debo atender la llamada —digo pasándole la guitarra, que dejo sobre su regazo, y me pongo en pie deprisa.

—Podría ser Seth —replica Grant con un deje de malestar antes de darse la vuelta.

Saco el móvil del bolso, cerca de las escaleras.

—No, es la abuela. ¿Hola?

Grant aprovecha para recoger su guitarra.

—No. No, cuenta conmigo. Sí, en media hora.

Mi pausa es seguida de inmediato por el torrente continuo de histeria jadeante de mi abuela.

—Abuela, cálmate. Lo haremos todo. Sí. De acuerdo, hasta luego.

—¿Todo bien?

—Bueno, no hay ninguna crisis de salud, más bien de repostería. Las Hermanas de la Compañía han hecho un pedido de última hora, doce docenas de magdalenas para un acto mañana. Aunque últimamente la abuela ha intentado recortar poco a poco el volumen de trabajo, la cuestión es que pagan bien, en realidad, no se puede negar...

—Ciento cuarenta y cuatro magdalenas, ¿es eso? Mejor nos ponemos en marcha.

Baja del escenario de un salto.

—¿Nos ponemos?

—Parece la ocasión perfecta para reclamar uno de los favores por tu victoria al cricket, Ave Cantora.

Grant me tiende una mano encallecida.

La tomo y doy el salto apoyada en él.

—Mmm, eso es un gran favor. No estaba enterada de que supieras hornear.

¿Y Ave Cantora? ¿Me ha buscado un apodo?

—No sé.

Se acerca a un tablero en la pared y empieza a dar a interruptores. El club va oscureciendo poco a poco.

—Pero ya he acabado aquí, y te veo bastante desesperada por poner las manos en la masa.

—Grant —balanceo la cabeza—, no tienes que hacerlo. No hay obligación alguna de ayudarnos a la abuela y a mí haciendo magdalenas. Te libero de tu servidumbre.

—Mira, los chicos salieron ayer hasta muy tarde. Nadie recuperará la verticalidad hasta las tres de la tarde más o menos. Será un puntazo hacer algo de utilidad en algún sitio.

—De acuerdo —contesto con incertidumbre mientras nos dirigimos hacia la entrada principal—. Pero la abuela va a insistir en pagarte por tu tiempo.

—Por suerte, acepto tarjetas de crédito y la mayoría de clases de bollos.

Abre la puerta a la llovizna de última hora de la mañana.

—¿Lo tienes claro? Supone renunciar a todo el sábado, Grant. Quiero decir, seguro que puedes pasar el día de mil maneras…

—Wil. Lo tengo clarísimo. Vamos, voy a cerrar y a conectar la alarma. Espérame con el auto en la entrada principal.

Me quedo mirando sus ojos castaños, que también poseen una bonita maraña dorada. Ese debe de ser el motivo por el que siempre parecen tan cálidos. Tan fascinantes y…

—¿Wil? Ahora sería el momento perfecto para decir *gracias, Grant,* e ir a buscar tu auto.

—Mmm, exacto… gracias —respiro y salgo corriendo a la lluvia.

11

La voz aterciopelada de Dean Martin entona canciones de alcohol y amores perdidos mientras subimos correteando los combados escalones de entrada a mi casa.

—A la abuela le da por Dean cuando tiene un plazo de entrega apretado; es su Red Bull. Grabó unas quinientas canciones, o sea que, ya sabes... prepárate para acabar con cara de Dean —le digo a Grant mientras meto la llave en la cerradura.

Miro por encima del hombro:

—Aún estás a tiempo de darte media vuelta.

Grant está sonriendo.

—Vaya, ¿te asusta que posea un cinturón negro secreto en repostería?

Se sacude la lluvia del pelo.

—No —me río, segura de mi superioridad a la hora de hacer magdalenas—. Pero no digas que no te avisé.

Entramos. Grant me imita cuando me quito las botas rojas y las dejo sobre la alfombra debajo de una banca. Sus gastadas Converse se quedan al lado, con aspecto de encontrarse como en casa.

Escudriña el vestíbulo y luego entra a la sala ocupada por dos sillas excesivamente mullidas y un gran sofá modular verde, que están ahí desde la administración Reagan. Antiguas placas cuelgan de las paredes, junto con un gran collage enmarcado con bocetos, acuarelas y pinturas a dedo que yo misma hice en diversas etapas de crecimiento. El reloj del abuelo da las horas con sus campanadas. Los ojos de Grant se pierden por la trabajada ebanistería, desde los zócalos al techo en arcos.

—Este lugar tiene mucho carácter, cuánta historia. Es como si tuviera alma propia. —Su expresión parece un poco avergonzada—: Suena un poco loco, ¿eh?

—En absoluto. El alma, el carácter, creo que eso es lo que hace un hogar. ¿Cómo es tu casa? —pregunto colgando mi bolso de una percha.

—Diferente, no es así.

—Oh. Ven, la cocina está por aquí.

Empujo la puerta para entrar y saludo:

—¿Abuela? ¡Estoy aquí! Y he traído refuerzos.

Bajo varios decibelios el volumen del canturreo de Dean.

—¡Ángel misericordioso! ¿Refuerzos, dices?

La abuela tiene la cabeza parcialmente metida en el horno para introducir otra bandeja de magdalenas. Tras cerrar la puerta, se sacude las manos en el delantal cubierto de violetas.

—Nana, es mi amigo Grant.

Su cara adopta una expresión confundida.

—¿Nos conocemos?

—No, señora. Es probable que le recuerde a mi hermano pequeño, Seth. El parecido es notable.

—Ah.

La mirada de la abuela tras las gafas se fija en la camisa arrugada de franela, los pantalones gastados y pies descalzos. Sus ojos azules centellean.

—Y deduzco que ahí acaba toda similitud.

Él le sonríe con esos dientes delanteros, torcidos con tanto encanto.

—Deduce bien, señora Carlisle.

—Por favor, llámame Eve.

Levanto la cabeza de golpe para observar a la abuela. ¿Perdón?, ¿se ha convertido Grant de pronto en miembro de su club de bridge? ¿Qué cuernos...? ¿Y dónde en el anillo de Orión está la miradita AAA, el Análisis de la Abuela Acosadora? Se lo dedica a cualquiera que le presentan por primera vez. ¿Solo porque Grant está siendo amable y servicial pasa automáticamente al trato informal? ¿O es porque no se trata de Seth? Frunzo el ceño considerando esto último.

—Bien, no te quedes ahí parada, Mena, hay mucho trabajo que hacer. Dale un delantal a este chico tan encantador.

Me acerco a la pared y selecciono el delantal menos floreado del montón. Me quedo con el que lleva fresas bailando y bananas sacudiendo maracas.

La abuela se vuelve hacia Grant, que se está desabotonando la camisa de franela para librarse de ella y quedarse solo con la característica camiseta gris que asoma debajo.

—Muy bien, hijo, quiero que me des tu palabra de que lo que vas a presenciar hoy —su voz no presagia nada bueno— *no saldrá* de estas paredes.

Él arruga la frente adoptando una expresión muy seria del tipo *puede confiar en mi palabra*.

—Lo juro, Eve.

—¿Estás seguro? Porque esa vieja bruja de Rima Bazinski se muere por clavar sus zarpas con manchas de vieja sobre mi receta de la Tortuga de Caramelo. Y si supiera cómo consigo que el caramelo...

—Abuela —interrumpo, poniéndome el mandil cubierto de amapolas—, lo ha entendido.

—Entonces, ¿por qué sigo despotricando? —Da una palmada—. ¡A hacer magdalenas! Y, Mena, vuelve a subir al viejo Deano, casi no lo oigo.

Intercambio una mirada con Grant, que contiene una risa.

—Te lo advertí —digo moviendo los labios.

La tarde pasa en un trajín de harina y glaseado. Seis docenas acabadas. Las magdalenas que quedan en la lista son las de Coco Tostado y las de Bomboncito de Almendra. Acabo de meter la última hornada de Limalicia del Cayo en el horno y de ajustar el temporizador.

Por desgracia, la abuela tiene que volver a ir a la tienda, ya que Grant ha ennegrecido el coco en lugar de tostarlo con suavidad. El pobre se ha quedado observando los apestosos tirabuzones de color alquitrán como si hubiera cometido un pecado capital. Que, supongo, para el coco lo era: muerte en horno tostador Black and Decker.

Además, nos morimos de hambre, así que la abuela se ofrece a traer unos emparedados de Valentine's Deli a su regreso de la tienda, tras una parada estratégica en el banco. Por lo general, son la clase de recados que pueden realizarse en menos de una hora, pero el indicador de velocidad de la abuela rara vez pasa de los 60 kilómetros. Espero volver a verla el próximo martes.

Y me quedo a solas con Grant. *De nuevo*. Empieza a parecer una maldita conspiración cósmica.

—No entiendo tu camiseta —dice Grant pasándome la bandeja de hornear para que la seque—. ¿Qué significa?

Tras el incidente del coco, me he quitado el vestido que está ahora colgado en el porche trasero para orearse. Me he puesto jeans (imitación) y una camiseta marinera que exhibe un muñeco de palotes que lleva un jarro desbordado. Debajo pone: LOS ACUARIOS SIEMPRE SONRÍEN Y AGUANTAN BIEN.

—Bien, soy Acuario. Es el signo del aguador, que no debe confundirse con un signo de agua en sí... que es lo que tú eres. Yo soy aire.

—¿Cómo sabes qué soy? —pregunta Grant tendiéndome otra bandeja.

—Una conjetura hecha con muy buena base; mi mamá era una especie de experta en el tema, por lo tanto supongo que nací con cierta afinidad con las estrellas. Incluso después de que ella...

Junto los labios. No era mi intención revelar eso. Reinicio la explicación de la camiseta antes de que él haga alguna pregunta.

—Sea como fuere, la camiseta... el agua dentro del jarro representa la verdad, que los Acuario distribuyen por el mundo voluntariamente. Lo de «sonríen» hace referencia a nuestro rasgo más popular: la simpatía.

Mis ojos saltan por un instante hasta Grant, que enjuaga la bandeja del horno bajo el grifo.

—La tuya es la compasión, por si sientes curiosidad.

Y no debería tener dudas, porque es esa compasión la que lo tiene ahora fregando platos aquí en la cocina de la abuela.

—Interesante —afirma y luego sus labios se elevan un poco—. ¿Así que no mientes nunca? ¿Nunca?

—Grant, sigo siendo humana. Sin duda, ha habido algunas mentiras inocentes, y en el Absinthe hice una especie de alusión a que estaba escribiendo un libro de astrología, pero, en general, digo la verdad, sí. Incluso cuando resulta difícil.

—De acuerdo, pues vamos a ver. Dime una verdad que duela.

Vuelve a la encimera y toma un montón de recipientes sucios.

Oh, Dios, podría mencionar innumerables verdades de las que duelen, pero no debería. Tomo un cuenco del escurridor y lo seco.

Malinterpreta mi reticencia.

—Mira, no te preocupes, no me lo voy a tomar a mal.

—Mmm, está bien —digo con tacto—. Pero luego tendrás tu oportunidad de hacer lo mismo y decirme una verdad que duela. Tengo una luna en Libra que pide equilibrio.

Grant aprieta los labios para disimular la sonrisa que amenaza con dibujarse ahí.

—Conforme, Wil, me he quedado solo con la mitad de lo que has dicho, pero, sí, recojo el guante, verdad por verdad.

Guardo más platos, dándome tiempo para encontrar alguna cosa que no resulte demasiado comprometida.

—Eres un músico de gran talento —digo dándome la media vuelta.

—¿Esa es tu verdad? —Suelta una risita—. Qué decepción, Ave Cantora.

—No he acabado, impaciente. Pues, bien, tal y como decía —regreso andando al fregadero consciente de su talla— tienes este increíble don para la música. Casi te iluminas como la aurora boreal cuando me enseñabas esta mañana. Por lo tanto —me planto con firmeza—, es un auténtico crimen que te vayas a estudiar Administración de Empresas a la Universidad de Michigan en otoño. ¿De empresas, Grant?

—Es lo que debo hacer.

Friega con un poco más de brío, salpicándose agua sucia por el torso. No le importa. Por supuesto, tampoco le ha importado rescatar de la basura las cáscaras de huevo para el compost de la abuela. Intento visualizar a Seth haciendo alguna de estas cosas y la imagen no acaba de enfocarse del todo.

—¿Lo que tienes que hacer? —repito con escepticismo—. Mira, Seth explica todos esos planes aventureros por Europa después de acabar los estudios el año que viene. Entre tanto tú vas a iniciar una carrera poco vocacional que te vinculará al imperio familiar. Estás haciendo lo que se espera de ti.

Le toco el brazo; se estremece un poco.

—Grant, vas a lo seguro, y eso no es asumir la vida. Eso no es vivir. La cruda verdad: el chico que he visto sobre el escenario abraza la vida, le exprime hasta la última gota.

—Todo eso es muy poético, Wil, pero tu visión es parcial.

Aprieta el mentón, luego lo relaja.

—Se lo debo… a mis padres.

—¿Por qué?

Me encuentro observando su tatuaje una vez más.

—Digamos solo que no siempre he sido un hijo modelo. Y pongamos que si no fuera por su apoyo incondicional... mi vida habría sido muy diferente. —Cierra los ojos—. Por lo tanto, se lo debo todo. Creyeron en mí cuando nadie más lo hizo.

Han pasado varios segundos antes de que vuelva a abrir los ojos lentamente.

Quiero hacer preguntas pero me controlo. Porque sé que si se invirtieran nuestros papeles, no me apetecería satisfacer su curiosidad sacando a relucir mi pasado.

De pronto su estado de ánimo cambia, se vuelve más ligero.

—Y en realidad, para mí tiene sentido tomar las riendas de la empresa, finalmente. Soy el mayor, y mucho más responsable. Y a la hora de tomar decisiones, a Seth le cuesta tirarse a la piscina.

Me río.

—Cierto. A no ser que sea una piscina de diseño supercool.

Grant asiente.

—Bueno, me toca a mí —dice mientras retira el tapón del fregadero y el sumidero borbotea—. ¿Estás lista?

Siento un mareo. Será que estoy baja de azúcar en sangre. Meto el dedo en un cuenco con restos de glaseado de crema de mantequilla.

—Adelante —digo lamiéndome el dedo.

—Me gustas cuando te pones jeans.

Le pego con el paño de cocina. Lo atrapa por un extremo y me lo arranca, empleándolo para limpiarse la camiseta mojada.

—Eso no es una verdad que duela —digo empleando sus palabras contra él.

—Dulzura, no he acabado —se burla. De algún modo, su uso de la palabra «dulzura», aunque sea en broma, me altera aún más que sus palabras sobre mis jeans—. Eres audaz. Y tienes... un maravilloso... toque extraño. —Encuentro su mirada—. Esa última parte era un cumplido.

—Ajá, percibo un gigante «pero» aproximándose.

Me cruzo de brazos. Las opiniones de la gente nunca me han importado mucho, pero en este instante me aterroriza saber lo que piensa Grant. De hecho su «pero» me hace sudar sangre.

—Pero creo que usas todo esto de la astrología como una muleta.

¿Eso es todo? Mi cuerpo vuelve a recuperar su estado sólido. Sacudo la cabeza y sonrío. Porque podría rebatir esto incluso dormida.

—¿Y por qué no emplear un sistema respaldado por miles de años de investigación y estudio exhaustivo? Ayuda a orientarse, Grant, es una herramienta que da sentido al mundo que nos rodea.

Me traslado hasta la isla central y empiezo a disponer moldes para magdalenas en las latas limpias.

—La astrología da otra dimensión a nuestros propósitos y amplía la comprensión de lo que estamos haciendo —añado.

Junta las cejas cuando se aproxima a mi lado:

—No estoy de acuerdo con tomar decisiones importantes en la vida en función de aspectos *aleatorios* de las estrellas. Excluye toda responsabilidad —afirma.

Tiendo a Grant un puñado de moldes.

—Bien, yo discrepo. Se llama tomar decisiones con cierta base. Y no es nada aleatorio, es una ciencia.

—¿O sea que la ciencia lo dicta todo? ¿Incluso con quién sales? ¡Pss!

El sonido desdeñoso remata su tono despectivo.

Me quedo helada.

—¿Qué estás insinuando exactamente, Walker?

—Mira, lo único que digo es que no soy yo quien se presentó en un club con una guía sobre con quién puedo o no puedo salir. Wil...

Sus ojos me perforan. Me niego a seguirle el juego, pero mi sangre lo hace. Oh, cómo hierve.

—¿No puedes ver el poder que otorgas a todo esto? Una verdad que duela: necesitas ser dueña de tus opciones —añade.

La injusticia de esa simplificación excesiva enciende llamaradas en mis mejillas. Tomo la lata ya preparada y la dejo caer sonoramente sobre la encimera pegada a la cocina.

—Bien, si todo tu sistema de fe en la gente es tan superior, entonces ¿por qué no encuentras novia? ¿Mmm? ¿O también te organizarán eso tus padres?

Deja caer el último molde en la lata antes de plantarse de cara a mí. Sus ojos bailan con las llamas de mi cara, o tal vez es él mismo quien las crea.

—Igual no quiero tener novia. Tal vez me gusta lo de tantear el terreno.

—Qué extraño, no te veo como un jugador —suelto entonces, pese a la tentación de emplear otro insulto. Pero es la verdad. No me parece del tipo que se aprovecha de las inocentes. Nada en él dice que sea de los de usar y tirar. Pero recuerdo ese estúpido rumor que Iri me metió en la cabeza.

—Muchas chicas afirmarían lo contrario, Wil.

Nuestros ojos se encuentran. Apoyo mi mano sobre la encimera porque de repente la habitación parece estar patas arriba.

Suena el temporizador. Las Limaliciosas del Cayo ya están acabadas.

Y también esta conversación.

Paso junto a Grant para detener el temporizador y sacar las magdalenas. Con mis prisas, en mi estado distraído e irritable, mi antebrazo roza la rejilla superior.

—¡Aaah! —grito, casi sin poner a salvo las magdalenas—. Mier…

Sacudo el brazo; la quemadura parece tener su propio palpitar, que late por toda mi extremidad.

Grant se acerca al instante y abre el grifo.

—Déjame ver.

Sin darme tiempo a hablar, me toma por la cintura y me sienta sobre la encimera. Y entonces mi cintura arde donde estaban sus manos. Tendré que darme un baño en un tanque de ungüento para quemaduras al final del día.

—No es nada —farfullo cuando estira mi brazo bajo el chorro de agua.

La quemadura de una pulgada tiene un violento color rojo.

—Grant, en serio, tengo un montonazo de marcas así en el otro brazo.

Lo levanto. Delgadas líneas blancas se esparcen aquí y allá por la piel.

—¿Ves? Las heridas de guerra de las magdalenas. Por eso la abuela mantiene esa monstruosa planta de aloe vera en la ventana del jardín.

—Lo lamento, Mena.

Me quedo sin respiración. Aunque él continúa acunando mi brazo bajo el fresco chorro, en realidad no noto el fresco. ¿Cómo voy a sentirlo, con él tocándome el brazo y llamándome Mena? *Mena*, suena como una caricia. ¿Está mal que quiera volver a oírselo decir una y otra vez?

Trago saliva.

—Me... me has llamado Mena.

—¿Ah, sí?

Conmigo sentada en la encimera, nuestras caras se encuentran a la misma altura. Asiento.

—Bien —continúa diciendo mientras cierra el grifo y agarra un paño de cocina limpio—, será de oírselo repetir a tu abuela.

Mientras me seco, me arriesgo a dedicarle otra mirada.

—¿Y por qué te disculpas? No es culpa tuya mi descuido.

Se frota el cuello.

—Sí. Te he molestado. Lo que he dicho ha sido… duro. Es obvio que tienes motivos para creer en las cosas que haces.

Me encojo de hombros.

—Bien, lo mismo digo. Es decir, también tú tienes tus razones… para querer hacer felices a tus padres. Parecen buena gente.

—Lo son.

Me miro los pies descalzos. La pintura roja de las uñas se ha ido gastando, no queda nada en el meñique.

—Eh, y para que conste, todo eso de la «verdad que duela» ha sido idea tuya.

Parece avergonzarse.

—Dios, así es, ¿verdad?

Apoyado en la encimera, Grant se mira sus propios pies. Tiene pies bonitos, sin dedo de martillo u otras deformidades.

—Vaya ideas tengo. Bien, excepto la de ser amigos. Esa ha sido una de las mejores.

Se me enciende la bombilla. De pronto mi horóscopo queda muy claro. Lo de manifestar mis intenciones no tenía nada que ver con Seth, tenía que ver con Grant. ¡Porque las relaciones también pueden incluir a los amigos!

—Amigos —repito yo, y ofrezco mi mano.

La mano de Grant se desliza entre mis dedos, y ambos sonreímos. Y luego ya no. ¿Me estoy imaginando esta manera de estrecharme la mano? ¿Cómo lo percibo por completo incluso cuando solo nuestras manos han entrado en contacto? Soy incapaz de distinguir si se ha acercado más o si es la cocina la que se achica.

Me relamo los labios y juro por Venus que su boca está llamando a la mía.

Más cerca. Acércate un poco más.

Suena el timbre y nos apartamos.

—Eh… La abuela vendrá cargada.

Salto del mostrador y me apresuro en acudir a la puerta. Mi corazón amenaza con romperme las costillas por el palpitar demasiado agitado.

Abro la puerta de par en par y suelto un jadeo. Como por arte de magia, el corazón se me detiene. De golpe.

—¿Seth? —saludo con voz ronca.

Él sonríe con gesto malicioso.

—Sorpresaaa…

12

—La lluvia nos ha estropeado el plan —dice Seth, entrando en mi casa—. He intentado llamarte pero no contestabas, así que me he aventurado a pasar por aquí.

Retiro de mi boca el gesto de papamoscas.

—Mmm, seguramente me he quedado sin batería. Soy un desastre para mantenerla cargada.

Noto mi aceleración interior; a mi cabeza le cuesta asimilar el hecho de que Seth se encuentre ahí de pie, justo ahora.

Se encoge de hombros.

—Ya te digo, he decidido arriesgarme y pasar por aquí. ¿Ha salido tu abuela? No veo el auto.

—Sí, ha…

Seth arquea una ceja con aire de expectación.

—Entonces, ¿estamos solos tú y yo? ¿Nadie más?

Su sonrisa refleja pensamientos traviesos.

—Bien…

Pero me interrumpe levantándome en sus brazos, que me estrujan mientras hunde el rostro en mi pelo.

—Mmm, hueles riquísima.

Me deja en el suelo de nuevo, pero sigue teniéndome inmovilizada entre sus brazos.

Dejo una mano en su pecho.

—Seth, de hecho no estamos…

—Ssh. —Apoya un dedo suavemente en mis labios—. No me dejes ahora en suspenso, Wil. Me muero de ganas de descubrir si sabes tan bien como hueles.

Cierra los ojos y baja la cabeza. Su aliento me calienta los labios.

—Ejem.

Y si los *ejem* fueran letales, el de Grant sería un dardo con la punta envenenada clavado con furia entre mis omoplatos.

Enderezándose, Seth me suelta para mirar fijamente a su hermano, que está apoyado en el marco de la puerta con gesto indiferente y los pies cruzados a la altura de los tobillos.

—¿Grant?

Los ojos entrecerrados de Seth forman arrugas suspicaces.

—¿Qué cuernos haces aquí?

—Era lo que intentaba decirte —interrumpo yo.

—¿Decirme qué?

Seth me mira, luego pasa a Grant.

—La acompañas una vez a casa y de pronto ya te quieres convertir en su amiguito del alma. ¿O estás trabajando un ángulo diferente?

Grant se sonríe y sacude la cabeza.

—Crece de una vez, hermanito.

Seth mantiene la mirada fulminante, perforando agujeros en la puerta de la cocina por donde su hermano acaba de desaparecer.

—Eh —le sacudo el hombro—. Mira, Grant está aquí porque se ha ofrecido a ayudar con un pedido de última hora que recibió la abuela. Esta mañana he ido al Absinthe para darte una sorpresa yo a ti, qué ironía. Dio la casualidad que Grant estaba allí cuando llegó la llamada de pánico de la abuela. De modo que, pienses lo que pienses, has malinterpretado las cosas. Hemos estado haciendo magdalenas, Seth. Magdalenas.

Seth se mordisquea el labio.

—Al verlos a los dos solos he pensado...

—Y la abuela —intento reprimir mi enfado— estaba aquí también. Solo ha ido a hacer un recado y traer algo para comer.

Observo cómo va asimilando toda esa información, confiando en que se percate de que la situación no puede simplificarse tanto.

—Oh.

Seth se pasa la mano por el rostro y dice con voz ronca:

—Dios, vaya pedazo de idiota soy, ¿verdad?

—Sí.

Desdoblo los brazos y suspiro. Va vestido impecable incluso con pantalones de campaña y una ajustada camiseta naranja salpicada de lluvia.

—Pero un idiota guapo, o sea que llevas ventaja.

Deja caer la mano.

—No eres tú quien me preocupa, es él —dice lanzando otra mirada venenosa en dirección a la cocina—. Sigo sin fiarme de él.

—Grant no ha hecho nada malo —repito.

Seth murmura algo como «todavía» en voz baja, pero no me digno a contestar.

—Sería un detalle que me llamaras a mí cuando necesites algo. Que me dieras la oportunidad de ayudar, ¿sabes?

Dejo de dar vueltas al collar de amatista que sujeto entre el pulgar y el índice.

—Pero, Seth, ni siquiera estabas en la ciudad. ¿Cómo ibas a ayudar?

—Sé que me había ido de fin de semana, pero... Mira, lo lamento. No quería dar a entender que algo fuera...

Me acomoda un mechón tras la oreja.

—Lo lamento, ¿de acuerdo? Juro que he superado la fase de primate.

Hundo los hombros.

—No pasa nada.

—¿De verdad?

Sonríe con ese brillo juguetón de ojos. De pronto empieza a golpearse en el pecho y a hacer ruidos de mono. Suelto una risita.

—Mi gustar chica guapa.

Reanuda los golpes en el pecho y avanza hacia mí.

—Qu... eh, ¿qué haces? ¡Seth!

Chillo y me lanzo a la huida por el salón, ocultándome tras el mullido sillón.

Él estira los brazos para perseguirme, y yo señalo a Mono Seth.

—Compórtate.

Pero está claro que comportarse es lo último que tiene en mente.

Abre las fosas nasales olisqueando el aire.

—Mi querer chica guapa que huele a magdalenas. Necesito tener chica guapa.

Avanza rodeando el sillón para atraparme.

—¡Aah!

Me doy con el pie en el zócalo al salir corriendo por el pasillo, donde me choco de inmediato con Grant.

—¡Uff!

Grant me rodea los brazos con las manos, que me retienen; hay un gesto de tensión en su boca. Mi sonrisa se esfuma mientras se apresura a soltarme como si fuera tóxica.

Seth se abalanza y me toma por la cintura, jalando de mí hacia atrás. Se me escapan unas risitas de nuevo. No porque sea gracioso. No hay nada gracioso en esas líneas de granito en el rostro de Grant. Pero mi tolerancia a las cosquillas es baja, por lo tanto me río todo el rato pese a sentirme... por dentro... destruida.

Cuando por fin se detiene Seth, desliza su brazo posesivo sobre mis hombros. Yo estoy tiesa.

—¿Te vas tan pronto? —pregunta a Grant.

—Sí.

Grant recoge su camisa de franela.

—Manny quiere ensayar un material nuevo en el que estamos trabajando. Dile a tu abuela que lamento tener que irme. Con estas últimas hornadas creo que ya lo tienen, ¿verdad?

Evita mis ojos mientras se agacha para ponerse las Converse.

Consigo salir de debajo del brazo de Seth para acercarme a Grant.

—Claro que sí. Pero... ¿no vas a quedarte a comer? Valentine's tiene los mejores bocadillos de prosciutto y provolone. Solo el aceite de oliva ya es para...

—Paso. Aparte —se da una palmada en el duro estómago— creo que se me ha ido el apetito con esa quinta magdalena.

—Oh.

Languidezco como una flor sin agua.

—Pues mi apetito no para de aumentar —añade Seth, dándose una palmada también en el liso estómago—. Se me hace agua la boca solo con pensar en ese prosciutto y provolone. Es decir, si no hay problema en que me quede por aquí. No me importa arrimar el hombro.

Grant sostiene mi mirada durante un breve instante. En ese momento veo decepción, una decepción que no tiene que ver con los bocadillos del deli italiano. Cuando pestañeo la emoción se ha evaporado, haciendo que me pregunte si la he visto en realidad.

—Por supuesto —le digo a Seth.

Trago saliva.

—Bien... pues adiós, Grant. Gracias de nuevo.

—Chao.

Tras su rotunda despedida, se vuelve para salir y pasa con brusquedad junto a su hermano, dándole en el hombro.

—A ver si tienes más cuidado —gruñe Seth, pese a haber bloqueado la salida de Grant sin moverse un centímetro para dejarlo pasar.

No me gusta la tormenta que está creciendo entre ellos. Ni sé cómo intentar disiparla.

Pero una cosa sí sé.

No pasaré un minuto más a solas con Grant.

—Preparadas, listas... ¡ya!

Salgo de un brinco del vestidor. Entorno los ojos, igual que Irina. Mientras la señalo con un dedo, mi histeria se duplica. Respiro con dificultad al exclamar:

—¡Santo Dios, pareces una alfombra!

Irina se ríe tanto que da un resoplido.

—No —jadea—. ¡Parezco un sofá!

Extiende los brazos para que yo pueda apreciar en todo su esplendor la chaqueta y falda con estampado de cachemir *paisley*... de vuelta a 1968.

—¡Y es de pana!

Me seco las lágrimas.

—No sé. Tal vez tengamos que decidirlo a cara o cruz.

Entonces me vuelvo para comprobar mi propio reflejo en el espejo. Tal vez no haga falta lanzar ninguna moneda. El mono de terciopelo es de un verde realmente nauseabundo. Para rematar la atrocidad, lo he complementado con un sombrero de fieltro púrpura, con pluma y todo.

Iri intenta recuperar la compostura.

—De acuerdo, te llevas el Premio Culo Feo, adjudicado. Mi cachemir no puede batir a tu mono. Oye, tengo que comer algo. ¡Pero, ya! —dice mientras se desabrocha la chaqueta—. Además ya es hora de que nos tomemos en serio lo de buscarme algo sexy para esa movida en la galería de arte esta tarde.

Irina saca de un colgador próximo un atuendo cubierto de flores. Arrugando la nariz, añade:

—No sé por qué he dicho que sí a Jordan. Me espera una noche de papanatas engreídos.

Ahora estoy convencida. A Irina le gusta Jordan. Pero ella antes daría el visto bueno a un fenómeno paranormal que admitir que le gusta ese tipo.

—¿Qué dices? —pregunta Iri al percatarse de mis murmuraciones.

—Oh, ya sabes, encuentro de lo más irónico que hace dos días me sermonearas por ser negadora —replico con sonrisa inocente.

—¿Y?

La palabra suena desafiante. Su expresión, el doble de desafiante.

—Te gusta Jooordan —canturreo.

Me arroja una boa de plumas naranjas.

—No es eso.

—Es eso, Duquesa de la Negación —le arrojo de vuelta la boa—. Y has dejado de referirte a él como Sr. Traje, Estirado o Tío Cactus.

Ya está dicho.

Ella me observa entrecerrando los ojos.

—Como sigas, te sacaré toda la historia de la sesión de repostería a lo Betty Crocker de ayer. Porque, tú, amiga —me señala con una percha—, te guardas algo.

La diversión desaparece enseguida de mi rostro y abandono el tema como si pudiera quemarme.

—Eh, voy a mirar por aquí.

Paso a la sección «últimas novedades» para ponerme a examinar las posibilidades con el rápido movimiento de mis pulgares. De hecho, en vez de pulgares necesitaría palancas, teniendo en cuenta lo apretujadas que están las prendas aquí.

Pero me hace ilusión que Irina necesite de mi experiencia en la adquisición de ropa *vintage*. Después de tanto preocuparme por el tenso incidente entre Grant y Seth, distraerme se ha convertido en mi afición más reciente. Y venir al Rusted Zipper —mi tienda favorita de ropa de segunda mano— es la mejor distracción que pueda desear una chica.

Iri se abre paso por el siguiente pasillo. La tienda acumula de alguna manera tres mil metros cuadrados de ropa en una superficie de solo mil, desafiando tanto a la física como a la razón.

En un esfuerzo por limitar mi búsqueda, pregunto:

—Entonces, ¿en qué estás pensando? ¿Cóctel, vestido hasta los pies o…? ¡Alto ahí!

Tomo la prenda y la sostengo para admirarla.

—¡Iri! ¡Oooh, Iri! Tienes que venir a ver el vestido rojo más espectacular y sexy que acabo de…

—¿Wil? ¿Wil Carlisle, eres tú?

La risita aguda me eriza la piel.

—¿Qué cuernos llevas puesto? —insiste.

Me giro en redondo, y me encuentro cara a cara con la última persona que me apetece ver: Brittany Milford, alias Huevas de Satán.

Permanezco ahí pestañeando, esperando a que mi cerebro reaccione. Al final, las neuronas arrancan:

—Ah, hola…

Oh, Dios, no digas Huevas de Satán. No digas Huevas de Satán. Seguro que digo Huevas de Satán.

—Brittany —pronuncio con sumo cuidado.

¡Sí! Me merezco un premio.

Apoya en su delgada cintura una mano con uñas arregladas. Levanta las cejas al unísono con aire calculador. Incluso esa monada de vestidito de tirantes parece burlarse de mí.

—Por favor, dime que ese atuendo es algún tipo de broma.

—Sí. —Me calo un poco más el sombrero de fieltro—. Un poco de diversión.

Luego señalo a la tapicería andante que tengo a mi espalda.

—Te acuerdas de mi amiga Irina, ¿verdad?

Duh. Quiero decir, sí, por supuesto que se acuerda. Irina es una de las muchas razones por las que ya no somos amigas.

En otro tiempo, Brittany y yo éramos carne y uña. Pero luego llegó el instituto, y las cosas que nunca me importaron de pronto le importaban a ella.

Y bien, al ver ahora a la nueva líder de las animadoras universitarias no encuentro indicios de la Brittany que conocí en otro tiempo. La chica que ansiaba diversión y aventuras alimentadas por las estrellas. La chica que incluso sentía curiosidad por saber qué pasaría si metíamos ositos de goma en el microondas. Porque esa chica… se ha desvanecido.

Brittany juguetea con su coleta rubia sobre el hombro, con esa sonrisa forzada de víctima de novatada estudiantil, como cuando tiran de tus bragas hacia arriba. Volviendo la mirada atrás, quizá su sonrisa siempre tuviera este aire estreñido. Hacer de animadora la ha perpetuado, así de sencillo.

—Ey —le dice a Iri.

Consigue como nadie que el sonido de una sola sílaba suene a obscenidad. Brittany vuelve el bolso para que la etiqueta Entrenadora quede todavía más visible.

La expresión «enemiga a muerte» me viene a la cabeza mientras observo a las dos mirándose de arriba abajo. La tensión en esta tienda, ya claustrofóbica de por sí, hace que mi buzo de poliéster sea ochenta veces menos transpirable.

Tengo que aflojarme el cuello.

Una sonrisa maliciosa aparece en los labios de Irina mientras aparta la mirada del bolsito de Huevas de Satán:

—Mejor que sigas con tu inseguridad. Al fin y al cabo —su tono es dulce como la miel— es la marca de la casa.

A continuación Irina se mete en el probador, cerrando la cortina de golpe.

Eso ha estado bien.

Brittany lanza otra mirada de ira antes de volver a colocar con brusquedad una percha.

—Aquí solo hay basura usada.

—Ya basta, Brittany —advierto mientras se eleva mi presión arterial.

—Como quieras, Wil, tú eliges. Desde el momento en que te pusiste de lado de esa —baja la voz hasta convertirla en gruñido— *zorra rusa*.

Los ojos me arden con un millar de llamaradas mientras mis manos forman puños.

—Para zorro, tu novio... quieras reconocerlo o no. Porque Irina no le daría a ese ni la hora. Ni entonces, ni nunca.

Retrocedo para poner espacio entre nosotras.

—Y pienso que deberías irte ahora —añado.

Brittany se cruza de brazos y levanta la cabeza como si fuera miembro de la realeza.

—Y yo pienso que deberías tener un poco más de cuidado con lo que me dices, Wilamena. Porque puedo hacer de tu último curso un verdadero infierno en vida, créeme.

Docenas de réplicas resuenan en mi cabeza. Y ni una tiene la decencia de salir por mis labios. En vez de la sonrisa estreñida opto por la petulante.

—Eso pensaba.

Brittany se da media vuelta, abriéndose paso a empujones entre la ropa para salir del local.

Suelto una fuerte exhalación. Debería haberle preguntado si por fin se le habían ido los granitos de la espalda. O si...

—Tiene celos de ti, *dorogaya*.

Oigo a Iri desde el probador.

—Bien —consulto la etiqueta que cuelga de mi muñeca—, por el precio ganga de dieciocho dólares, podría librarse de sus celos.

—No me refiero a eso, y lo sabes.

Iri sale y se mira en el espejo. Da unas vueltas y se estira el asombroso vestido rojo que yo ya no recordaba haberle pasado.

—Guau, te queda estupendo.

Me muevo tras ella para ajustar las cintas de la espalda.

—Pienso que con algún retoque, será perfecto para ese acto lleno de pesados bohemios.

Iri aparta la vista de su reflejo y pone mala cara.

—No aguanto que se metan contigo por ser amiga mía.

Dejo caer las manos.

—Ok, eso suena muy dramático.

—Wil... —Irina baja la voz pero, por desgracia, no deja el tema—. Esa perra plastificada siempre busca la manera de hacerte daño. Todo porque el calentón de su novio intentó conquistarme.

Suelto un gemido.

—¿Cuántas veces tenemos que repetir esta conversación, Iri? No es culpa tuya. Dejamos de salir juntas mucho antes de que sucediera todo eso. Pensándolo bien, probablemente fue por entonces cuando empezó su período de zorramorfosis. De todas formas, Brittany y sus amenazas no son rival para este botín cubierto de terciopelo que he conseguido.

Las repercusiones de cruzarnos con Huevas de Satán y su séquito tienen poco efecto en mí. Porque, con franqueza, prefiero tener cinco buenos amigos que cincuenta falsos.

Y sigo prefiriendo a Iri antes que a cualquiera de ellos.

Encuentro la mirada meditabunda de mi amiga en el espejo.

—Entonces, ¿vas a comprar este fabuloso vestido o qué? Porque esta pesadilla sintética me está haciendo sudar. A chorros.

Toma aliento y me responde con su exhalación.

—Creo que me gusta Jordan.

—Lo sé.

Irina traga saliva.

—Me asusta que me importe.

—Lo sé —repito, dándole un apretón a la mano—. Pero va a salir bien.

Y rezo para que así sea. Por el bien de ambas.

Eludir algo es poner una venda temporal cuando una situación precisa un torniquete.

Estoy parafraseando, pero en esencia esto es lo que dice el horóscopo del lunes.

Gracias.

Ahora mismo la medicina moderna no puede ofrecer nada para controlar mi pánico.

La cuestión es: *sé* que Seth es el tipo adecuado para mí. Entonces, ¿por qué siguen consumiéndome pensamientos sobre Grant? ¿Por qué no puedo librarme de este tonto encaprichamiento? No es exactamente el cliché de querer aquello que no puedes obtener, no funciono así. O sea que tiene que haber otra explicación.

De madrugada experimento una epifanía al despertar de un sueño aterrador. Me incorporo de golpe enredada en sábanas, con el pelo lleno de nudos de tanto dar vueltas y la frente brillante de sudor. ¡Por la melena de Leo! ¿Podría ser cierta la pesadilla? ¿Y si todo va años luz más allá de mi desgraciada Casa Quinta? ¿Y si en realidad… soy víctima de un *maleficio*?

Está claro que la posibilidad es muy remota, probablemente, sea igual que sacar la pajita sobrenatural más corta. Pero tengo que saberlo con seguridad.

Con fuertes palpitaciones, me libero de las constricciones de la sábana de algodón y de inmediato busco señales de un ataque ocultista. Recurriendo a mi laptop, me invade el horror al identificar muchas de las marcas que dejan los asaltantes de otro mundo.

Pesadillas: marco con una cruz.

Problemas de salud: Mmm… ¿Posible cruz? Aún me queda algún dolorcillo residual de la caída. Pensando en ello, la caída de la torre corrobora dos indicios más.

Mala suerte: cruz.

Dificultad para relacionarse: doble cruz.

Cuanto más investigo, más posibilidades encuentro, y una inminente urticaria empieza a invadir cada centímetro de mi cuerpo. Y a junio solo le quedan trece días; oficialmente estoy más cerca del final que del principio. Estrellas del cielo, casi puedo saborear los arándanos maduros por el sol de julio.

De modo que —bajo la amenaza de los arándanos y los maleficios— decido tomar medidas drásticas.

13

Tiro del cable para avisar que bajo en la siguiente parada y desciendo de un salto del autobús en el momento en que se abren las puertas.

Al instante noto el calor que irradia la agrietada acera con basura desparramada en Dugan Street, apenas a seis manzanas al oeste del Inkporium. Aunque dos días antes teníamos tiempo fresco y lluvioso, hoy el calor es abrasador y el aire parece licuado. El azote climático es solo una más de las muchas maravillas que tiene el vivir en la región central de Estados Unidos.

La transpiración que me humedece el pelo en la nuca responde a una combinación de nervios e índice de calor. Compruebo la dirección... casi he llegado. No presto atención al individuo desastrado que fuma sin parar fuera del bar de topless Pinky's; él no me devuelve el favor. Se mete los rollizos dedos en la boca y da un silbido ensordecedor. A continuación profiere palabras más asquerosas que cualquiera de las cosas que se descomponen en la rejilla de la alcantarilla. Si la abuela se encontrara aquí, estaría considerando romperle los dedos al mamarracho solo para enseñarle a ser respetuoso. Y normalmente yo también tendría unas palabritas con él, pero me domino para seguir centrada en la importante tarea que tengo entre manos.

Me detengo ante el 729 de Dugan. La desgastada casa de piedra rojiza es más alta que ancha, con ventanas de barrotes repartidas por los seis pisos. Examino las placas con nombres al lado de los timbres hasta encontrar el que busco: Laveau.

Di con este nombre, junto con el teléfono, en uno de los viejos libros de astrología de mamá. Un libro que me sorprendió descubrir años atrás, enterrado en una pila al lado del arcón que antes tenía la abuela en su dormitorio. Al abrir el libro aparecía la caligrafía grande y curvada de mi madre con la palabra «adivina» subrayada numerosas veces.

Me tomé en serio que aquello significaba que la señorita Laveau era una médium auténtica, como Dios manda. Y en este preciso momento necesito toda la ayuda metafísica, de cualquier rama, que pueda conseguir.

Llamo al timbre. Abanicándome el rostro con la mano, me desenrosco el miriñaque del vestido con la que tengo libre.

—No queremos abogados aquí. Ni tampoco religión —crepita una voz por el portero automático.

Las dudas ya me bombardeaban incluso antes de bajar del autobús, y estoy segura como la Estrella Polar de que a la abuela no le haría gracia alguna que haya venido. Pero necesito aclarar esta situación. Lo antes posible. Y si de verdad sufro una maldición, bien, entonces hará falta algo más que el lenguaje de las estrellas para librarme de ella.

Me acerco más al interfono.

—He, mmm... He llamado antes, esta mañana. Tengo una cita con la señorita Laveau.

—¿Qué nombre?

—Wil Carlisle.

Una risa mordaz reverbera por el altavoz.

—Oh, sí, la está esperando.

Un zumbido me permite abrir la puerta y sigo el zigzag de escalones estrechos que llevan al apartamento 8F. Mi inquietud aumenta con cada planta. ¿Será capaz la señorita Laveau de decirme solo mirándome si he sido víctima de una actividad ocultista?

Cuando llego al piso superior, los fluorescentes del pasillo parpadean. La puerta del 8F se abre y una nube de incienso me tiende una emboscada, más dulzona que cualquier salvia que quemara mi madre.

Una mujer menuda se halla en el umbral, perforándome con ojos como el carbón, dotados de una edad y sabiduría que no se corresponden con su piel morena sin arrugas. Se arregla la pañoleta de seda que envuelve su cabeza.

—Soy Angeline, la… enlace, para entendernos, de la señorita Laveau. ¿Has traído lo que te dije, Wil Carlisle?

Asiento y procedo a abrir el bolso, sacando la cerilla de madera y el cigarrillo de clavo. Luego añado:

—Tengo el dinero, también.

—De acuerdo, de acuerdo.

Angeline me indica con gesto impaciente que entre.

—Déjalo todo ahí —dice señalando un cuenco de bronce que descansa sobre una pila de cajas pegada a la puerta del vestíbulo.

Mientras dejo en el platillo el cigarrillo, la cerilla y cincuenta dólares, la mujer me da algunos detalles:

—Yo no puedo tocar lo que no me es ofrecido a mí, ¿entiendes? Obstaculiza la energía del intercambio.

—De acuerdo.

Le respondo con incertidumbre, tragando el nudo de miedo en mi garganta. Sigo sin entender qué tienen que ver una cerilla y un cigarrillo de hierbas. Pero no he venido aquí para juzgar el proceso sino porque quiero saber de una vez por todas si entidades incorpóreas operan en mi contra desde el mundo de los espíritus.

Angeline se desplaza hacia la estrecha cocina para poner el calentador de agua sobre la estufa. El piloto del gas hace unos *clics* antes de encenderse.

—Hay algunas normas que debes acatar antes de permitirte pasar a través de esa cortina.

La tela de terciopelo púrpura a mi izquierda ondea con la repentina corriente producida por el aparato de aire acondicionado.

Ya que Angeline no me ha invitado a sentarme con ella en la mesa de formica desportillada y salpicada de oro, no me muevo del punto en que me encuentro junto a las cajas y el cuenco de ofrendas.

—Regla Número Uno: no hables a menos que te hablen. ¿Entendido?

—Sí, señora.

Permanecer callada es fácil, sobre todo cuando estás muerta de miedo.

—Regla Número Dos: no tocar nada. Es posible que te pida que acerques la mano, pero nunca la tiendas antes de que te lo diga. Nunca. Lo mismo en cuanto a mirar, no le gusta que la gente la mire. ¿Me oyes?

Asiento con la cabeza. Seré una estatua muda que no ve nada.

—Y Regla Número Tres: ninguna garantía sobre lo que te diga, o sea que no te creas que puedes presentarte por aquí exigiendo respuestas. Lo que aquí se diga lo decide el espíritu. Y podría llevar cinco minutos —la mujer levanta un hombro huesudo— o sesenta, pero sabrás lo que tengas que saber cuando quieran que lo sepas. ¿Entendido?

Mmm...

—¿Podrá decirme ella si soy víctima de un maleficio?

Angeline enrolla su periódico y da un fuerte porrazo en la mesa. Aparta de una sacudida la mosca aplastada.

—Chica, ¿te ha entrado algo de la Regla Tres en esa cabezota tuya?

Doy un brinco al oír el repentino pitido del calentador de agua. Angeline se levanta sonriéndose de lo fácil que resulta espantarme.

—Bien, adelante, Wil Carlisle. La señorita Laveau está lista para recibirte.

Cruzo despacio la habitación hasta llegar a la cortina. Me tiembla la mano al agarrar el suave terciopelo, y el corazón envía una advertencia en código Morse sobre el peligro inminente. Aprieto la piedra amatista.

Por favor, que esto no sea un error.

Entonces me obligo a cruzar el umbral y pasar al otro lado.

Entro en lo que parece una salita austera cargada de las espirales que forma el incienso ardiendo. Hay velas votivas en soportes de vidrio repartidos por el suelo a lo largo de todo el perímetro. Conteniendo una tos, detecto de inmediato a la señorita Laveau en una mecedora tapizada, de cara a una pared desnuda. Pero en realidad no puedo verla, solo se aprecia la parte superior de su hirsuto cabello negro hilvanado de mechones plateados.

Me recuerdo que puedo confiar en esta mujer. Al fin y al cabo, mi madre no habría escrito su nombre en uno de sus libros si fuera alguna clase de maga perversa. Esos libros eran las biblias de mamá.

—Siéntate.

La voz profunda de la señorita Laveau se desliza igual que el humo por el gélido aire.

Doy unos pasos temblorosos hasta alcanzar la silla solitaria, ubicada tras el respaldo de su mecedora, y me siento obediente, contemplando el pedazo de tejido deshilachado que tengo delante. Luego no puedo evitar observar lo que queda visible de su cabeza, curiosa por el cuerpo pegado a la misma.

—Niña de Grace Carlisle, has venido en busca de discernimiento, igual que tu madre antes que tú. ¿Estás hoy preparada para recibirlo?

—S... sí, señora.

Pese al aire frío, el sudor nervioso humedece mi piel.

Y entonces da comienzo un extraño canturreo. Al principio, pienso que es el viejo aparato de aire acondicionado, pero en seguida descubro que procede de la señorita Laveau. Sacude algo en su regazo con la cabeza inclinada hacia delante. Sea lo que sea que sostiene en la mano cerrada, produce un sonido seco, como cuando agitas los dados. El canturreo continuo de su garganta unido al chasqueo crea una melodía mística. El ritmo de las sacudidas se acelera cada vez más y su silla se balancea y traquetea al compás.

Mi corazón también se acelera mientras me desplazo hasta el borde de la silla, temiendo quedarme pero con más miedo a marcharme.

Luego, la señorita Laveau se detiene en seco, y todo sonido y movimiento cesan al instante en la diminuta habitación. Estira desde la silla su mano reseca y deja caer un objeto sobre el paño negro que cubre la mesita. Da vueltas sobre la superficie.

Mordisqueándome la uña del pulgar, me inclino para acercarme un poco más e intentar ver. ¿Una especie de runa? Del tamaño de una pieza de dominó, como mucho, lleva unas marcas negras talladas: debe de ser una runa. La clarividente hace una pausa, retira el brazo de nuevo sobre su regazo. Luego deja caer una segunda loseta sobre el paño y finalmente una tercera.

—Caos —murmura sin inspeccionar de cerca las runas—. Y tentación... veo dos pretendientes.

Un escalofrío recorre mi columna por su precisión profética.

—Pero uno trae sufrimiento, devastación... —continúa—, ya te han advertido antes de esto.

Sorprendida, tomo aire para hablar.

—No es necesaria tu respuesta, chica, puedo apreciar que es verdad.

Suspende la mano sobre las formas de marfil, planas y quietas.

—Amor... confianza... perdón... ahí está el quid de la solución para ti. Pero el miedo deforma tu percepción, niña de Grace. Si no haces caso de la voz, de esa sabiduría en tu interior, al final cesará de hablar.

Mi mente da vueltas mientras me muerdo la uña, intentando dar sentido a la interpretación desconcertante de la señorita Laveau.

—Por lo tanto... la solución está... ¿dentro de mí? ¿Es eso lo que me está diciendo?

Si así es, estoy jodida del todo.

—¿Y... y hay algo sobre un maleficio? ¿Ve algo así? ¿Alguna maldición que, no sé, me esté *atormentando*?

La anciana mujer se irrita.

—Tu única maldición es la que te has metido en tu propia cabeza. Dame la mano —exige—. Son los espíritus los que van a preguntar ahora.

Sin querer enojar a la señorita Laveau y a los espíritus más de lo que ya he hecho, me inclino hacia delante estirando una mano temblorosa.

La adivina toma mi mano entre las suyas. Entro en tensión, cerrando con fuerza los ojos, a la espera de lo que suceda a continuación. ¿Oiré voces en mi cabeza? ¿Un rayo parapsicológico golpeando mi tercer ojo, abriéndolo poco a poco? ¡Oh, Dios mío, ni siquiera he considerado la posibilidad de una invasión del alma! ¿Cómo explicaría una posesión así a la abuela y...?

El cuerpo de la señorita Laveau empieza a estremecerse. Se está... ¿riendo? Suelta mi mano y su risa de contralto reverbera en la habitación. ¡Habrase visto! La anciana vidente dice sacudiendo la cabeza:

—Diviertes a los espíritus, chica.

—Qué gracia —refunfuño yo en voz baja, mi miedo y angustia transformándose ahora en indignación espiritual.

Pasando ya de si me toca hablar o no, pregunto:

—¿Al menos consigue ver un resultado?

Por lo general, suele haber alguna especie de resultado, independientemente de quién haga de vidente metafísica. Por favor, dime que mis cincuenta dólares pagarán —como mínimo— eso.

La mujer se vuelve, pero no lo suficiente como para permitirme ver su rostro, y entonces empuja suavemente la mesita con las runas hacia mí.

—Observa con tus propios ojos.

Me inclino hacia delante.

—¿Qué pasa con esa?

Indico la loseta de marfil de la izquierda.

—No tiene nada. ¿Está del revés o algo así? —pregunto.

—No —responde la señorita Laveau con un suspiro, disipando todo aire humorístico—. Es el símbolo de las Parcas, chica. El precursor de un final... o un principio. Un nacimiento o posiblemente una muerte. Significa que un resultado es tan inalterable que nada cambiará el rumbo de lo venidero. Es inevitable.

El desenlace es... ¿inevitable? ¿E implica una posible muerte? ¿Puede haber algo peor? ¡Es obvio que todo esto tiene que ser un error! Han tenido que cruzarse líneas astrofísicas de comunicación de algún tipo. O se han interpretado mal.

La mano arrugada flota sobre las runas por un momento antes de retirarse.

—No tendrás que esperar mucho para comprobar el resultado. Todo habrá pasado antes del séptimo mes.

La silla de la vidente empieza a crepitar suavemente con el balanceo.

—Vete ahora. Los espíritus han dicho todo lo que van a decir sobre este tema.

—¿Qué? ¡Tiene que estar de broma! —exclamo—. Esto no puede ser todo.

La señorita Laveau deja de mecerse y entonces se sienta erguida en la silla. El aire se carga con el desagrado que expresa la mujer, logrando que se me erice todo el vello de la nuca. De pronto he recordado la Regla Número Tres de Angeline, la de que sabré lo que tenga que saber cuando los espíritus quieran que lo sepa. Me han dado tres normas a seguir, y he quebrantado dos.

Por algún motivo, ser consciente de eso no sirve para rebajar mi enojo.

Tomo con brusquedad el bolso del suelo y me levanto. Pero los buenos modales inculcados por la abuela regresan involuntariamente, lo desee o no.

—Gracias, señorita Laveau. —*Por nada*—. Me ha dado mucho en lo que pensar. —*Suponiendo que pueda dar sentido a algo de todo esto*—. Adiós. —*A usted y a mi dinero.*

Atravieso la cortina de terciopelo. Angeline ni siquiera alza la vista del crucigrama del periódico, absorta en su tierra de acertijos.

Así que, despidiéndome entre dientes, busco yo misma la puerta.

Salir de nuevo al calor abrasador de la calle Dugan no contribuye a calmar la irritación provocada por la ineficaz sesión con la señorita Laveau. No. Es el ruido en el exterior del bar de topless Pinky's lo que me transporta de nuevo a la realidad.

Y echo a correr. Con toda la prisa que me permiten mis altos tacones, convencida de que la imagen ante mí debe de ser un espejismo.

No lo es.

Es Grant, en carne y hueso. Y tiene al asqueroso malhablado que me ha gritado antes pegado a una pared de ladrillo.

El muy puerco respira con dificultad, con labios retraídos sobre la dentadura con manchas de nicotina, dando manotazos contra el férreo asimiento de Grant en su cuello.

—Suéltame... ya...

—¡Para! —chillo—. ¿Qué estás haciendo?

Pero Grant no responde.

—Si te oigo hablar así otra vez a una chica, pedazo de mierda —ladra Grant—, te arranco a golpes hasta el último diente de esa cabeza inútil.

Mi mirada capta a la que supongo es la chica en cuestión, que se larga a toda prisa en dirección contraria, tal como yo habría hecho.

Grant lo sujeta incluso con más firmeza.

—Y te juro por Dios que no es una amenaza... es una promesa.

El rostro lleno de manchas del puerco malhablado se menea arriba y abajo

—OO... k.

Su voz surge como un susurro estrangulado.

—¡Te ha oído! —digo sujetando a Grant por el brazo en un intento de conseguir que lo suelte—. Déjalo ya —insisto con firmeza al ver que no afloja.

Metiéndome entre ellos, pongo una mano en la mejilla ruborizada de Grant y dirijo su mirada enloquecida hacia mí.

—Grant, tienes que soltarlo. —Sacudo la cabeza—. Él no merece la pena. ¿Me oyes? No merece que te tomes la molestia.

Mis palabras deben de alcanzarlo finalmente en algún lugar, porque Grant deja al tipo y retrocede poco a poco.

—Vamos —digo enlazando la parte interior de su codo con mi mano.

No se resiste cuando tiro de él en dirección opuesta. Percibo los temblores de rabia que continúan sacudiendo su cuerpo, y dejan su piel más caliente que la acera.

—¿Estás bien?

Mi voz suena ajena incluso a mis oídos, casi tan extraña como el chico que va a mi lado.

—Sí, solo necesito unos minutos para... calmarme.

Empiezo a soltar su brazo.

—A solas o...

Detiene mi mano, sujetándola donde está, consiguiendo que mi adrenalina vuelva a subir aún más.

—¿Te quedas conmigo?

Lo dice como un ruego más que como una pregunta.

Hago un gesto de asentimiento. Ya estoy quebrantando mi decreto de no quedarme a solas con Grant. Ha durado menos de cuarenta y ocho horas. Pero ¿cómo puedo decirle que no?

Caminamos dos manzanas sin hablar. Grant respira hondo y exhala despacio, de forma constante, varias veces.

—¿Mejor? —pregunto mirándolo con ojos entrecerrados.

—Sí.

Me despega de su codo con delicadeza.

—Mmm, gracias por ser mi sostén. No suelo buscar problemas, pero con las faltas de respeto me enciendo. Siempre ha sido así, pero empeoró después de que A...

Cierra la boca de golpe, y un músculo se agita en su mentón.

—Me molesta, así de sencillo.

En lo que a Grant respecta, estoy aprendiendo que cuanto más sencilla la respuesta, más probable es que haya una historia complicada detrás. Ahora se ha cerrado, exactamente igual que el sábado en mi cocina. Tal vez un día confíe lo bastante en mí como para contarme el verdadero motivo de que tales ofensas lo pongan como una moto. Tal vez un día le cuente todo sobre mi madre, y entonces comprenderá por qué la astrología significa tanto para mí.

Algún día.

Pero no hoy.

—Lamento si te he asustado con mi numerito de antes —dice.

—No, nada de eso. Quiero decir, me ha desconcertado un poco, pero...

De pronto noto la mano de Grant en mi espalda, a la altura de la cintura. De nuevo. Y ahora sí que va a darme un ataque. El contacto provoca una corriente de electricidad que recorre zumbando toda mi columna. Inspiro y alzo la vista. Dios, es tan guapo... podría ser Apolo por la manera en que el sol forma un halo en torno a su cabeza. Necesito de todas mis fuerzas para recordarme que él es el presagio de pena y devastación.

—Cristales rotos —dice indicando los trozos de cascos ámbar sobre la acera.

Oh... bien, estaba siendo amable e indicándome que los evitara. Retira la mano.

—¿Y qué te ha traído por este barrio, entonces?

—Yo he...

Vaya problema. No puedo explicarle que estaba haciendo una consulta a una vidente sobre la mezcolanza de emociones enfrentadas a causa de él y su hermano, o que temporalmente he atribuido mi lío mental al ataque de algún espíritu. En vez de ello, me decido por algo veraz si bien no del todo.

—He hecho una visita a una vieja amiga de la familia.

—Cool.

Se mete una mano en el bolsillo.

—Mmm, hay una parada de autobús en la próxima manzana, y me temo que no voy a poder seguir andando con estos zapatos a no ser que quiera que acaben adheridos a mis pies.

Vuelvo a abanicarme el rostro.

—¿Estás bien? —le pregunto—. También podría esperar al siguiente ...

—He aparcado en Chestnut. —Hace una pausa—. Y no vas a tomar el autobús.

Grant se sonríe al ver mi gesto de alivio.

—¿Ah, ni siquiera discutes? —añade—. Es la primera vez. Normalmente inicias alguna discusión de algún tipo en cuanto me ofrezco para ayudar.

Abro mucho los ojos.

—¿Estás de broma? ¿Conoces siquiera el estado del transporte público en esta ciudad?

Suelta una risita. Cortamos por Dugan y nos abrimos paso en dirección a la callejuela donde espera la camioneta verde.

—Oh... oh. ¿Y qué pasa ahora? —me pregunta.

—¿Mmm?

—Bien, o estás a punto de arrojarme un dardo o estás muy concentrada en alguna otra cosa. Tu lengua te delata.

—Oh, mmm, no. Solo que... lo de que me lleves a casa, no quiero crear ninguna... —me esfuerzo por buscar la palabra adecuada— ninguna *fricción* entre tú y Seth.

Grant suelta un suspiro.

—Sigo olvidando que eres hija única... La fricción es la norma, Wil. Y mi hermano y yo tenemos esa tendencia a darnos cabezazos. Constantemente.

—¿Alguna vez están de buenas?

—Claro.

Y ahí queda la extensa respuesta a esta pregunta.

—Pero, en serio —añade—, si Seth se raya así por unas cuantas magdalenas y por llevarte un par de veces en auto, es él quien tiene un problema.

Estoy enfrascada en buscar una respuesta para Grant cuando él me envía de un puntapié una lata semiaplastada. Sonrío y la devuelvo.

—Bien, ¿qué te ha traído a ti a este extremo de la ciudad?

Finalmente, recoge el aluminio destrozado y lo tira a una papelera.

—Java Hole. Programan una música increíble en directo. Un amigo mío, Roman, toca a menudo ahí, así que me he dejado caer para ver qué hacía. —Desvía la mirada hacia mí—. Creo que su música te gustaría, en serio… es brutal tocando la guitarra acústica.

—¿Sí? —Miro hacia delante entrecerrando los ojos—. Entonces tienes que avisarme cuando actúe otra vez.

—Bien, no tendrás que esperar mucho para echar una mano a la economía de Roman.

Mi sonrisa se vuelve un poco vacilante.

—Oh, por cierto, siempre lo olvido. —Hurgo en el bolso—. La otra noche tomé accidentalmente esto de tu auto.

Le tiendo la púa de la guitarra.

Niega con la cabeza.

—Quédatela. La necesitarás.

Me quedo observando la púa y luego a Grant.

—No puedo.

Se la tiendo de nuevo. *Por favor, no preguntes por qué.* No puedo confesar que no confío en mí misma respecto al tipo de cercanía que necesitan las clases de guitarra. Ni que casi ardo en llamas la última vez. La púa es una extensión de Grant… y cada vez que la tome, será como abrazarlo a él. Por eso tengo que soltarla. *Debo* hacerlo.

—Quédatela de todos modos.

Vuelve a doblarme los dedos en torno al trozo triangular de plástico.

—Por si cambias de idea.

¿Sobre qué?

La pregunta queda suspendida en la punta de mi lengua hasta que finalmente me contengo y me la muerdo. Sé qué debo hacer. Aunque la señorita Laveau no haya arrojado demasiada luz sobre mi futuro, tenía razón en cuanto al pasado.

Ya me habían advertido antes acerca de Grant.

Y no voy a seguir comprometiendo la promesa que le hice a mi madre.

Cuando él no mira, dejo caer la púa sobre la acera tras nosotros. Y ahí quedará abandonada junto a cualquier ápice de sentimiento que guarde por él.

14

Me levanto temprano al día siguiente y pruebo hacer yoga con la esperanza de encontrar un poco de luz. Cuando eso no funciona, monto un «espacio sagrado» en un rincón del salón donde coloco una vela «inspiradora» de sándalo y un cojín especial en el suelo.

No sabía que escuchar mi voz interior requiriera tal esfuerzo, pero supongo que debería intentar sacar algo en claro de la sesión de videncia de ayer. Arrugando la frente, me esfuerzo por recibir algún débil mensaje. ¡Al final, la voz me habla! Y dice… que me pica la nariz, que igual me he desgarrado un ligamento al ponerme a cuatro patas y que tengo un hormigueo brutal en el pie derecho, el cual se me ha dormido.

Poco después, la abuela pasa arrastrando los pies en medio de mi ruidoso «*Ommmmmm*». Mantengo ligeramente juntas las yemas del pulgar y el índice porque el DVD de yoga dice que esto contribuirá a abrir los canales de energía y despertar mi *kundalini*, cuyo nombre, ahora que lo pienso, digamos que da un poco de miedo y asquito.

La abuela retrocede poco a poco y se queda parada en el umbral. Luego sacude la cabeza y sigue andando.

Considerando una vez más la frustrante falta de resultados, me queda claro que el problema tendrá relación con no haber conectado debidamente con la naturaleza. Entonces, encuentro un sitio liso sin tierra removida por los topos bajo el manzano silvestre y extiendo una manta en el patio trasero. Los sedosos capullos de la peonía de la abuela perfuman el aire estival.

Tumbada de espaldas, observando las hojas batiéndose suavemente, espero. Y espero.

Y al cabo de unos minutos... estoy dormida.

—No la soportas, ¿verdad? —susurra Seth.

—Eso son palabras mayores. Solo, mmm... —busco las palabras mordisqueándome el labio inferior—. No sabía que hubiera tantas maneras de hacer saltar algo por los aires.

Además, es de lo más deprimente pensar que la única persona que sobrevivirá al fin del mundo será Vin Diesel.

—No la soportas.

—¡Chist!

Nos hace callar un grandulón sin cuello vestido con camiseta de rugby. ¡Vamos! Como si el diálogo fuera un elemento crítico en una peli de acción.

—Ya casi termina —le susurro a Seth.

Él entorna los ojos y me toma la mano.

—No voy a hacerte padecer hasta que lleguen los créditos. Nos largamos.

Salimos del cine a la húmeda noche. Dado que el lunes no arrojaba ninguna luz a mi actual interrogante, he decidido permitir al destino hacer de las suyas conmigo. Así que cuando Seth ha llamado para preguntarme si me apuntaba a cenar algo e ir a ver una peli, no he vacilado en decir que sí.

Me quito el fino jersey que me había puesto encima del vestido negro.

Seth silba.

—Oh, claro que sí, prefiero mil veces mirarte a ti que a Vin durante otra hora.

—Bien, no me pidas que saque músculo, porque no estoy para eso.

Suelta una risita y me toma la mano.

—La verdad, me acomplejaría salir con una chica capaz de hacer más flexiones que yo.

Unos gatos callejeros se bufan en una pelea territorial en las proximidades del contenedor de basura del cine. Los cuerpos peludos cruzan como flechas el aparcamiento y se lanzan a través de un campo adyacente.

—¿Wil?

A continuación, Seth hace una pausa.

—¿Mmm? —respondo yo.

Tuerce la boca mientras se mordisquea el interior de la mejilla.

—Debo decirte algo, pero...

Se queda parado y frunce el ceño.

—Ahora sí que has despertado mi curiosidad —digo con una sonrisa y le sacudo un poco el brazo—. Vamos, ¿qué? Suéltalo.

Tras desbloquear la cerradura del auto me acompaña hasta la puerta del pasajero del Lexus y la abre para mí. La luz interior muestra lo que oculta la oscuridad. Nerviosismo. Sus ojos van de un lado a otro, negándose a aterrizar en un solo sitio más de dos segundos. Se estira el lóbulo de la oreja con la mano libre. Resulta raro ver a Seth tan agitado. Algo que lo incomode tanto no puede ser nada bueno.

—No me agrada que pases tanto tiempo con mi hermano —confiesa.

Las ligeras y esponjosas palomitas de maíz de pronto forman esferas de acero en mi estómago. Suelta mi mano.

—Grant te llevó a casa después de la última cita, y luego pasó todo el sábado contigo. —Seth suspira—. Y ahora es como si tu abuela bebiera los vientos por él. No tiene palabras suficientes para elogiarlo. Y luego me entero de que ayer se vieron... No sé, parece que pase más tiempo él contigo que yo.

—Bien, no es que fuera... *planeado,* de eso nada —comento—. Seth, yo te hubiera llamado, pero...

—Lo sé, y esa es la cuestión.

Da con el pie a un fragmento de asfalto desmenuzado, que va a parar bajo el auto.

—Es que me oigo a mí mismo y, maldición, sé que sueno como un imbécil celoso. Parezco un tipo complicado y estúpido. Porque ya sé que hemos hablado de esto, pero...

—No... no es ninguna estupidez. Innecesario, tal vez, pero...

La cabeza me da vueltas. Rebusco frenéticamente entre los pensamientos dispersos para dar con algo que lo tranquilice en este instante.

—¿De verdad querrías pasar todo un sábado haciendo magdalenas con mi abuela?

Seth apoya el brazo en el marco de la portezuela mientras se queda mirando al suelo.

—No sé, tal vez. A Grant todavía le duraba el subidón el domingo cuando coincidimos. No lo he visto así hace una eternidad. Está más contento últimamente, está menos... serio. —Seth levanta la vista para encontrar la mía—. Wil, creo que es por ti.

Mi risa suena demasiado fuerte, rayando un poco en lo maníaco.

—¡Oh, vamos! Lo más probable es que le dure el subidón de azúcar. Ya sabes, se comió todas las magdalenas que desechamos.

Me doy media vuelta y subo al auto.

Seth cierra la portezuela. Capto de refilón su ceño marcado y postura tensa. Mis palabras no son suficientes, no lo han tranquilizado ni mucho menos. Voy a tener que fundamentarlo con hechos si quiero convencerlo.

Se sube al vehículo y pone en marcha el motor, ajustando también el aire acondicionado. Permanece sentado en silencio durante un momento, rodeando el volante con los dedos.

—Voy a pedirte esto solo una vez y luego dejaré el tema... para siempre. Pero es algo que necesito saber. —Aparta los ojos castaños del tablero—. ¿Estás segura del todo de que no hay nada entre tú y mi hermano?

Hasta que no lanza esta pregunta de la nada no me percato de lo cerca que estoy de desbaratarlo todo. Trago saliva.

—Bien, de hecho... lo hay.

Cierra los ojos.

Le toco el brazo con vacilación.

—Seth, somos amigos. Amigos, así de sencillo.

La tristeza se esfuma de su rostro y una amplia sonrisa estira sus labios. Su dentadura está hecha para la televisión, digna de un presentador de noticias.

—¿De verdad?

—Sí.

Me acerco más, el cuero del asiento crepita debajo de mí.

—Pues creo que es mejor que le comuniques a él que no es nada más que... —Su sonrisa titubea mientras me aproximo un poco—. ¿Qué estás haciendo?

—Pues...

Estoy delirando. ¿Qué hago dando yo el primer paso? Noto mi corazón a punto de practicar una fuga de la prisión de mis costillas. Pero me asusta más perderlo sin hacer nada.

La señorita Laveau prácticamente dijo que yo era una marioneta del destino. Lo cual convierte a Seth Walker en mi destino: el escogido. O sea que a partir de este momento voy a dejar de resistirme y cuestionar lo que está escrito en los astros, y voy a entregarme a ello con desenfreno.

—Quiero besarte —susurro—. Sin interrupciones.

Seth se inclina y me imita. Su colonia se mezcla con la fragancia a menta y cuero mientras desliza la mano por un lado de mi cuello.

—No he pensado en otra cosa desde la última vez que te vi —murmura—. Me está volviendo loco.

Desplazo la mirada a su boca, tan parecida a la de Grant. Se me acelera el corazón. *¡No! ¡No! ¡Para nada como Grant!* Rechazo estos pensamientos inoportunos para concentrarme por completo en Seth.

—Ya te expliqué mi historial con los chicos.

Se relame los labios.

—Viuda negra, recuerdo.

Se acerca un poco más, hasta que la distancia entre nosotros puede medirse en milímetros.

—Entonces, esto aún podría acabar en desastre —comento.

—Correré el riesgo.

Contengo la respiración... y me lanzo. Cuando nuestros labios se encuentran, percibo la descarga en respuesta a lo nuevo y desconocido. Pienso en la primera vez que me subí al depósito de agua y miré hacia abajo. Así me hace sentir esto. Emoción con un toque de vértigo.

Mientras nos besamos, hago una relación de las sensaciones: los sabores —menta, como yo— y la manera en que percibo su boca... cálida, resuelta. Esa seguridad resultado de mucha práctica. Como Grant. Noto en el corazón un clavo de los de sujetar raíles. Estoy decidida a sacarlo de ahí.

Ahondo en el beso y me arrimo más. Pero... ¿qué hay de la descarga? Esto ya no es lo mismo. ¿Nota él que no es lo mismo? Tal vez si intento...

¡Deja de analizar tanto todo!

Entierro las manos en su cabello y me muevo pegada a él. Le gusta. O asumo que le gusta, porque su respiración se vuelve más errática y rápida. Seguimos así durante un buen rato. Luego descubro la pesadilla logística de liarse en el asiento delantero. Me golpeo la rodilla con el cambio de marchas.

Se me escapa un gemido.

Seth se aparta, sin aliento.

—¿Qué? ¿Te he hecho daño?

—Mmm, no. —Niego con la cabeza—. Solo una antigua magulladura.

—¿Dónde?

Me levanto el vestido varios centímetros por encima de la rodilla revelando la piel amarilla y descolorida.

Baja la cabeza. Las luces distantes del cine vuelven doradas las puntas de su cabello castaño. Roza mi rodilla con sus labios.

—¿Mejor?

—Sip.

Contengo una vez más la respiración, apoyando la cabeza en el vidrio de la empañada ventanilla del conductor.

Seth se incorpora y juguetea con uno de los mechones que me cae sobre el ojo.

—Me asustas, ¿lo sabes? —dice.

Se me escapa una exhalación temblorosa.

—Pues tienes una manera extraña de manifestarlo.

Cubre el espacio que nos separa, besando con suavidad mis labios hinchados antes de pasar a mi oído.

—Pienso en ti más de lo que debería —susurra Seth.

—¿Es eso malo?

Sigue con los dedos la cadena de mi collar.

—Depende de si tú piensas en mí o no.

—Seth —sonrío—. No estaría haciendo esto contigo si no pensara en ti.

—¿Hacer qué? —pregunta, y su voz desciende, como sus dedos siguiendo el collar.

Mi pecho sube y baja con su contacto.

—Empañar tus ventanillas —digo.

La respuesta provoca una risita, pese a no pretender que sonara graciosa.

Su rostro se torna serio otra vez.

—¿Qué voy a hacer contigo, Wil?

Eh, estoy confundida. Pensaba que estaba dejando muy claro lo que quería. Tal vez ahora es él quien no está seguro. Igual exagera la nota al expresar sus sentimientos por mí. Lo cual sin duda añade otra capa a este desconcertante lío.

—Pues… yo no puedo responder a eso. ¿Tú qué quieres?

Mi corazón pierde el ritmo y él estira el brazo. A continuación oigo el ruido chirriante de su dedo escribiendo en el vidrio.

Estudio su expresión intensa, sus labios voluminosos apretados mientras sigue trabajando. Más chirridos, hasta que se queda satisfecho y baja el brazo. Me vuelvo para leer el mensaje escrito en la condensación del vidrio, por encima de mi cabeza.

A ti. Solo a ti.

Solo me quiere a mí. Me inundan emociones a las que no sé ni poner nombre. Semanas atrás me esforzaba por buscar amor, amor y sincronía universal. Algo imposible con la danza constante de duda e incertidumbre ensombreciendo mis pensamientos. Pero esta noche, con Seth…

Pienso que por fin estoy segura.

—Seth, también tú eres lo único que quiero.

Sonríe, y esa sonrisa reluce como la luna colgada del cielo impenetrable. Me toma en sus brazos y percibo júbilo en su beso. Que sea yo quien lo ha provocado me hace feliz.

Pasan unos minutos y su móvil suelta un pitido.

Y otro. Y uno más.

Vuelvo la cabeza en dirección al ruido.

—¿Seth?

Está totalmente ajeno. No puedo comprender cómo.

—¿Vas a responder?

—¿Qué? —pregunta con aspereza.

—El celular. ¿No lo oyes?

—Wil —suelta una risita—, no oigo nada cuando estoy así contigo.

Pero finalmente se aparta con un lamento.

Aprovecho la oportunidad para retocarme el vestido y recomponerlo.

Gradualmente, me percato de la manera en que sujeta el teléfono. Maldice en voz baja mientras teclea una respuesta y a continuación lo lanza sobre el soporte para tazas, dando un golpe estrepitoso.

—¿Qué? —pregunto con repentina actitud de alerta.

Me incorporo.

Los faros centellean mientras él lanza el Lexus marcha atrás como un bólido por el aparcamiento.

Busco a tientas el cinturón de seguridad para abrocharlo.

—Seth, ¿qué pasa? ¿Qué problema hay?

Está concentrado en la carretera. Estruja el volante con las manos como si le exprimiera la vida.

—Te has saltado el toque de queda.

Oh, Dios. El reluciente reloj del tablero me informa de que hace más de media hora que me lo he saltado. Para cuando llegue a casa, será una hora de retraso. Vaya faena, es terrible de verdad, pero no explica la reacción explosiva de Seth. El teléfono vuelve a iluminarse con otro mensaje.

Seth lo coge frunciendo el ceño una vez más.

—Y el mierda de mi hermano necesita una lección sobre respetar los límites.

—¿Tu hermano?

¿Qué puede tener que ver Grant con esto? Pensaba que ya habíamos superado ese obstáculo. Alucinando a tope, tomo mi celular —que desde la película sigue en modo silencioso— para oír los mensajes. Es peor de lo que pensaba. La voz de la abuela está cargada de tensa preocupación, desesperada por saber mi paradero. Y ha logrado reclutar ayuda de la única persona a la que ojalá no hubiera...

Grant.

La poca convicción de Seth sobre la naturaleza de nuestra relación parece disiparse como las letras en el cristal.

—Se... Seth —tartamudeo—, no sé siquiera cómo ha conseguido la abuela su teléfono. Debió de ser el sábado, cuando...

—No sigas.

Se pasa la mano por el pelo con irritación cuando detiene el auto en un semáforo.

Avanzamos en un silencio incómodo hasta que falta menos de un kilómetro para mi calle, y finalmente tengo que mencionar la cuestión.

—¿Estamos...? ¿Las cosas entre nosotros siguen...?

Entre el nerviosismo por la reacción de Seth y el nerviosismo por la que me espera de la abuela, parezco no poder articular la pregunta.

Pero me percato de que sí entiende lo que insinúo, a pesar de mis ineficaces y fallidas palabras. Seth se frota la sien con los dedos.

—No sé, Wil. De verdad detesto esta historia de avanzar y luego retroceder. Es como si me preguntara constantemente qué pasa en realidad por tu cabeza. Un instante me estás besando, pareces supermetida en ello, y al siguiente... no sé. Es como que estás ahí, pero no del todo.

Ojalá pudiera rebatir eso, pero lo cierto es que hasta esta noche el tira y afloja en mi mente ha sido despiadado. No me había percatado de estar siendo tan transparente.

Seth suelta una exhalación.

—Con toda sinceridad, la única manera que veo para que la cosa funcione entre nosotros es que estés dispuesta a hacer una cosa.

—Lo que sea.

Y hablo en serio. Haría cualquier cosa por tranquilizarlo acerca de mis sentimientos hacia él.

—Lo que sea, Seth —repito.

—No vuelvas a ver a Grant.

Lo que sea menos eso.

—Pero... somos amigos —replico con voz ronca. El interior del auto da vueltas a mi alrededor—. No puedes pedir...

—Me gustas, Wil —continúa Seth sin tapujos—. Me gustas, en serio. Pero si queremos intentarlo de alguna manera, no puedes seguir viéndolo, ni siquiera como amigos. Creo que... sencillamente, solo sirve para enredar las cosas.

Me quedo mirando las manos que sujetan el bolso. Espera un segundo, ¿me está dando un ultimátum mi Sagitario? No puede hablar en serio, no es posible. Porque un alma gemela genuina nunca haría eso, ¿verdad?

—No es su culpa que la abuela lo haya llamado —replico.

Seth enfila hacia la entrada y deja el vehículo en un ralentí más calmado que esta situación.

—Wil, por favor...

Empieza a buscar mi mano cuando la luz del porche se enciende.

La abuela aparece tras el mosquitero, pero su enfado mueve placas tectónicas.

Mi mente se centra al instante en el montón de problemas a los que estoy a punto de enfrentarme.

—Ahora no —digo apartándome. Abro la puerta de golpe—. Tengo que irme.

15

No te pongas nerviosa, digo a mi reflejo en el espejo. Me aplico polvos para disimular el rubor de las mejillas. *Tú baja y da las buenas noches sin cháchara innecesaria. Si te pones a conversar, acabarás delatándote. ¿De acuerdo? De acuerdo.*

Suelto una exhalación agitada y recojo la mochila de fin de semana donde he metido el vestido verde, los tacones y un spray antiarrugas para ropa.

Por primera vez en once años... le estoy mintiendo descaradamente a mi abuela.

Quiero decir, técnicamente voy a pasar la noche en casa de Irina. Pero primero nos vamos a la fiesta de Tristan en el lado este de la ciudad, y esa es la parte que no menciono a mi nana, la parte que nunca le mencionaría. Ni siquiera bajo amenaza de tortura.

He pasado cuatro días de expiación total desde mi cita con Seth, cuando nos besamos hasta quedarnos con los labios dormidos antes de que la noche se fuera al carajo y nos hundiéramos en la *tierra de nadie* de las relaciones. Y por si el hecho de cuestionar nuestra situación no fuera lo bastante espantoso, incumplí además el toque de queda por cincuenta y dos minutos.

Toque de queda. Lo único en lo que la abuela siempre insiste absolutamente. Ah, y no es que se limitara a expresar su desaprobación por cualquier chico sin educación suficiente como para respetar la hora convenida de llevar a una chica a casa. ¡*Dios misericordioso*! El incidente elevó a Grant aún más alto en la estima de la abuela. *Grant nunca habría hecho esto y Grant habría hecho lo otro...* Mis oídos no podían más.

De la noche a la mañana la abuela pasó de confiar plenamente en mí a estar convencida de que seguiría los pasos de mi madre.

Diecisiete años y embarazada.

Por más que yo suplique no cambiará de opinión. La ironía, por supuesto, es que la única manera de quedar embarazada es teniendo sexo.

Pero a tan solo ocho días de la fecha marcada en el calendario, y junio escurriéndose como el agua entre los dedos, tengo que hacer todo lo que esté en mis manos para arreglar las cosas con Seth.

Por eso estoy mintiendo a la abuela.

Llega Irina y los faros de Natasha recorren el salón, y mis palmas se humedecen de sudor. Me acerco como si no pasara nada hasta el sillón donde la abuela está acurrucada leyendo bajo una manta de punto.

—Volveré al mediodía, ¿sí?

—De acuerdo, Mena.

Me da un beso en la mejilla.

—Supongo que esta semana has hecho tareas más que suficientes como para ganarte una noche relajada viendo una película con Irina.

Sí, aparte del arresto domiciliario y de tener el teléfono confiscado, las tareas han sido mi otro castigo. Limpiar el moho, perpetrar un genocidio de dientes de león, limpiar con estropajo el horno... por mencionar algunas.

—Diviértete —añade la abuela con una caricia en mi mejilla.

Aparto los ojos para que no detecte la falsedad que arde dentro de ellos.

—Gracias, eso haré.

Salgo al vestíbulo prácticamente corriendo.

—Y, ¿Mena?

Me quedo paralizada en la puerta, convencida de que huele la peste a engaño que desprendo.

—Te quiero, cielo.

Bajo la barbilla sobre el pecho. Soy escoria humana, el fango de la sociedad.

—Yo también te quiero. Buenas noches, nana.

Desciendo a toda prisa los peldaños, abro la portezuela del acompañante, arrojo la mochila en la parte posterior del auto y me acomodo en el asiento de adelante.

La ceja arqueada de Irina se eleva un poco más.

—¿Dónde crees que vas así vestida? —pregunta.

Lleva un vestido corto ajustado a sus curvas, con medias que recuerdan negras telarañas y tacones para romperse la crisma, marca de la casa.

Echo un vistazo a mis pantalones de pijama de seda y la camiseta deshilachada en la que aparecen todas las constelaciones. Me ajusto las gafas.

—A Curio's.

Mi amiga se aparta la cortina de pelo rubio y la deposita sobre su hombro, apoyando a continuación una mano en el cambio de marchas.

—¿Quieres ir a comer hamburguesas en pijama? —dice con cara inexpresiva.

Curio's es un antro habitual para buena parte del personal que transita por el Inkporium. Todo el mundo nos conoce, con lo cual a nadie le preocupará que me meta en el baño el tiempo necesario para acabar de arreglarme.

—Mira, la abuela piensa que las chicas hoy pasamos la noche en casa. No he visto a Seth ni he hablado con él en cuatro días, y de ninguna manera me dejaría ir a esta fiesta después de cómo se ha comportado estos últimos días.

Bajo el visor y empiezo a retirarme las horquillas que me sujetan las ondas mientras se secan.

—Solo necesito cambiarme y un toque de maquillaje. Vamos, la primera ronda de patatas fritas corre por mi cuenta.

Añado esto último porque Iri es incapaz de resistirse a unas patatas. Es su talón de Aquiles, y Curio's hace las mejores de todo el hemisferio norte.

—Hecho.

Mete la marcha atrás y Natasha se pone en movimiento.

Se ha hecho de noche. Las antorchas que bordean el sendero serpenteante iluminan los terrenos inmaculados de la mansión de tres plantas. Y no es que la hierba del este de la ciudad sea más verde; es más suave también, parece que camináramos sobre onduladas alfombras de terciopelo.

El ruido distante de la fiesta aumenta de volumen.

—Deja de quejarte, te ha quedado perfecto —dice Iri animándome a dejar de toquetearme el pelo.

Suelta un suspiro cuando paso a estirarme el dobladillo.

—Wil, te has puesto litros del spray antiarrugas. Lo juro por Dios, ese vestido podría caminar solo. ¿Por qué estás tan nerviosa?

—¿Aparte de engañar a la abuela? —respondo y echo una ojeada a las nubes que se forman en el cielo—. Es que... se me agota el tiempo, Iri.

—De eso nada.

Aplasta un mosquito en su brazo y lo sacude con un toque desdeñoso.

—Total, porque no hayas sido capaz de hablar con Seth no significa que ya no le intereses.

—Supongo —contesto, incapaz de apartar la vista de donde hace un par de semanas Mercurio era visible.

Si al menos pudiera avistar el planeta ahora, absorbería telepáticamente toda la inteligencia y energías comunicativas que se le atribuyen.

—¿Y qué se supone que voy a hacer si viene Grant? Eso no ayudará a mejorar la cosa.

Iri resopla con desdén.

—Por supuesto que Grant estará aquí; toca en la banda de *como se llame*.

—Tristan —corrijo.

Ella me dedica una mirada rara y yo añado exasperada:

—*Como se llame*... El que organiza la fiesta...

—Bien, lo que sea. Que Seth esté loco de celos no le da autoridad para decidir quién es tu amigo y quién no. Eso nunca.

Iri arranca una flor blanca de un arbusto al pasar, la olisquea y la descarta a continuación, tirándola por encima del hombro.

—No creo que él quisiera decir eso en realidad, Iri. Pero, en fin, si aún hay algo entre nosotros —mis tripas se encogen cuando pronuncio ese «si»—, que yo evite a Grant no parece una opción realista. —Suelto un fuerte suspiro—. Ojalá Seth y yo hubiéramos tenido ocasión de solucionar esto antes de la fiesta, ya me entiendes. Para saber cómo están las cosas.

—¿Cómo están las cosas? —se ríe—. ¿No te quedó claro después de lo que pasó en su auto? A menos que a él no le...

—Oh, ajajá —digo dándole con el hombro—. Para que te enteres, pasamos un rato de lo más satisfactorio.

Irina se pone seria.

—¿Satisfactorio? Jesús, dime que no es tu forma de describir el beso.

—No, solo quería...

Pero no tengo ocasión de defender la elección irreflexiva de la palabra. Unos chillidos resuenan en la noche.

Un par de vikingos avanzan en lo alto del sendero… literalmente, dos chicos vestidos con cascos de vikingo y taparrabos imitación de piel. Así que Seth no exageraba. Un trío de chicas corre tras los guerreros medio desnudos chillando mientras los riegan entre risitas con sus superpistolas de agua. Tristan ya advirtió que la fiesta no se ponía a tope hasta mucho más tarde.

Solo son las nueve y media.

Las luces colgadas sobre la sucesión de terrazas iluminan el desmadre ruidoso que ya tiene lugar en los distintos espacios. La terraza más alejada cuenta con un hoyo de piedra para hacer fuego, lo bastante grande como para sacrificar a una virgen. A su alrededor se arremolinan sillas de jardín y tumbonas. Nos quedamos de pie boquiabiertas observando la terraza adyacente, que sirve de pista de baile y bar. Entre ambos hay una enorme piscina con cascada de pizarra natural. La cascada está iluminada desde detrás con luces que cambian constantemente y emiten destellos sobre la superficie del agua.

Iri suelta un silbido grave.

—¿Quién son esta familia, los Trump?

—Cualquiera lo pensaría —respondo yo.

Alguien salta a la piscina, provocando gritos y salpicaduras.

—¡Wil!

Oigo la voz de Seth.

Eufórica, me pongo de puntillas, pero el gentío lo oculta.

—¡Seth! ¿Dónde estás?

Mi grito de respuesta hace que algunas cabezas se vuelvan en nuestra dirección.

—¡Aquí! ¡Voy por ti! —grita Seth desde dondequiera que esté.

Una de las cabezas vueltas se queda prendada de Irina. El musculoso sujeto se quita la gorra de béisbol para volvérsela hacia atrás, antes de mover los labios formando un «hola» provocador. Solo que… ah, no había visto algo menos sexy en toda mi vida. Luego intenta guiñar un ojo pero la función ocular se retarda, por lo tanto el ojo se queda pegado. Ahora solo parece un pirata desquiciado.

—Por si fuera poco que Jordan cancelara la cita... Me debes un favor infinito —me refunfuña Irina al oído.

Es la segunda vez que me lo recuerda. Si no hubiera sido por mi tremenda desesperación, no se lo hubiera pedido, porque soy muy consciente del desprecio que siente por los del este.

Al distinguir a Seth, percibo que la ansiedad me domina una vez más. Pero fuerzo una sonrisa y lo saludo antes de contestar a mi amiga.

—Espera un poco, seguro que igual te diviertes. Todo el mundo parece estar haciéndolo.

Sus ojos entrecerrados me aseguran que eso no va a suceder.

—Ya, ¿al menos intentarás no meterte en problemas? —le ruego.

Los labios rojo oscuro de Irina se tuercen formando una sonrisita.

—Entonces, ¿cómo se supone que voy a divertirme, *dorogaya*? —Se ríe entre dientes—. Venga, reúnete con tu chico. Y mejor que sea algo más que *satisfactorio*. Voy a dar una vuelta.

Está claro que se va a meter en problemas. Son cosas que he acabado por aceptar en lo que a mi amiga respecta.

Seth se abre paso como puede entre el grupo danzante de chicas ansiosas por estrujarlo. ¿Es posible que esté más bueno que hace solo cuatro días? Lleva unos pantalones cortos un poco holgados, pero que se le ajustan en todos los sitios convenientes, y la camiseta azul claro da un toque bronceado a su piel, que le favorece.

—Ey, preciosa.

Me toma en brazos. Y así, rodeada por él, lo decido: seguro que me he preocupado por nada. Tal vez incluso haya exagerado desmesuradamente toda la conversación que mantuvimos sobre Grant.

—Mmm, te echaba de menos —dice.

—Yo también.

Entierro la cara en su cuello caliente e inspiro.

—Me daba miedo que no aparecieras. Te he estado llamando y también he dejado un mensaje. —Vuelve a dejarme en el suelo para mirarme—. ¿Qué ha pasado?

—La abuela me confiscó el teléfono. Lo lamento, Seth, no tenía manera de ponerme en contacto. Me vigilaba como un halcón, o sea que...

Me pasa el pulgar por el ceño fruncido.

—Eh, vamos, no tienes por qué disculparte. Imaginé que te habrías ganado un buen castigo. Qué bueno que estés aquí, Wil. Es obra de magia que hayas venido esta noche.

—La abuela no sabe que estoy aquí.

Seth crispa el rostro.

—¿De verdad? Guau, qué fuerte, solo le falta eso para odiarme.

—Qué va a odiarte. Y no se enterará. Mejor no hablar del tema, ¿de acuerdo?

Porque cada vez que pienso en mis intrigas y engaños, la culpabilidad aporrea mi plexo solar como una lluvia de asteroides. Y eso aguaría la fiesta, como una gran manta empapada.

¿Sabes qué? ¡Al cuerno! No pienso angustiarme más por lo que he hecho para venir aquí. Dentro de siete meses las cosas cambiarán, tendré dieciocho, así que ya no estaré sometida a las normas anticuadas de la abuela. Esta noche aprovecharé a tope la libertad que tanto me ha costado ganar.

Seth entrelaza mis dedos y se lleva el dorso de mi mano a sus labios.

—¿Me dejas decirte que esta noche estás más increíble que nunca?

Me da otro beso en la mano.

—¡Bien, por fin sonríe! —añade—. ¿Qué me dices de tomar algo?

—Suena perfecto.

Seth indica la zona de la hoguera:

—Ryan está ahí con su novia, Ginger, que se muere por conocerte. —Inspecciona la zona—. ¡Y también quiero presentarte a Brody y a Jack, porque piensan que eres una invención mía!

—¿Brody Cooper? —pregunto con debilidad.

—¡El mismo! ¿Lo conoces?

Seth se vuelve para estudiar mi expresión.

—Eh...

Bien, no es que pueda decirle que Brody era el señor Saliva bajo la tarima en primer curso. ¿Qué opción me queda?

—Sí, nos conocemos. Fue hace mucho, o sea que seguro que no se acuerda.

Nunca hay que perder la esperanza.

—Chicos, siempre se los he dicho.

La novia de Ryan, Ginger, se levanta del sofá ajustándose el vestido-túnica sobre su figura menuda. Será pequeña, pero la naturaleza se ha lucido en cada adorable centímetro de su cabeza pelirroja, incluida la rociada de pecas sobre nariz y pómulos.

—Seth solo tenía que encontrar a la chica adecuada —continúa diciendo—. La chica adecuada puede amansar incluso al tipo más indomable.

—¿A quién llamas manso, mujer? —cuestiona Ryan.

Ella entorna los ojos antes de recogerse los largos rizos cobrizos sobre el hombro.

—Estoy hablando de él.

Ginger señala a Seth.

Se refiere a nuestras continuas muestras de adoración y cariño.

—Más tarde —prometo a Seth cuando se inclina para rozarme el cuello con la nariz, y las manos se le escapan más abajo.

Yo también lo echaba de menos, por supuesto, solo que... no necesito demostrarlo delante de tanto público. Ya me fastidia bastante que la pareja al otro lado del fuego lo esté comentando.

—Algún día, Wil —dice Ginger sonriéndose—, prométeme que me contarás qué hiciste para robarle el corazón al seductor en serie del Absinthe.

Le dedico una sonrisa entusiasmada que no siento. No tiene nada que ver con los celos, más bien responde a que de pronto me siento asfixiada con tanta atención de Seth. *¿Y cuál es el problema ahora?* Lo tengo hipnotizado, según dice, incluso hechizado... Semejantes dulces palabras deberían derretirme, viniendo de mi alma gemela.

Entonces, ¿por qué me siento como Andrómeda encadenada a una roca?

—Ginger exagera respecto a lo del seductor en serie —me dice Seth bajito al oído.

Me rodea los hombros con el brazo y me acaricia la piel.

Ryan interviene:

—Creo que de hecho ese título correspondía a Grant.

La mera mención de Grant hace que a Seth se le contraigan los dedos alrededor de mis brazos. Confiaba en esquivar el tema esta noche. Esperaba que hubiera olvidado el ultimátum lanzado con los ánimos caldeados. Tal vez fuera poco realista, pero ¿era pedir demasiado una sola noche de diversión despreocupada?

—Sí, le correspondía, tiempo atrás —comenta Ginger frunciendo el ceño. Da un trago a su copa—. ¿Ha salido siquiera con alguien el último año?

Si no me tuviera amarrada el brazo de Seth, me inclinaría hacia delante para oír la respuesta.

—Cariño —gime Ryan—, ya sabes que no. No ha habido nadie serio desde... ya sabes.

Ginger hace un gesto de asentimiento para sí.

—Bien, va a ser mi siguiente empeño —afirma Ginger—, voy a buscarle una chica a Grant. No cualquier chica, tampoco. Va a ser extraespecial. Se lo merece después de lo que ha pasado.

La sensación de asfixia empeora incluso, como si el peso del cielo me oprimiera el pecho.

Los tres se han enzarzado ahora en una profunda discusión, planeando el siguiente viaje a Lannister después de que el último lo arruinara la lluvia. Con Seth distraído, es una oportunidad perfecta para respirar un poco. Me escurro de sus brazos, que han conseguido replicarse cuatro veces. *De pronto tengo una cita con un pulpo.*

—¿Dónde vas? —Seth junta las cejas.

—A llenar esto.

Sacudo el vaso vacío y me levanto del sofá.

—Voy contigo.

Se pone en pie también.

—No, además voy… a aprovechar para ir al baño.

Ryan sacude la cabeza antes de levantarse.

—Amigo, deja respirar un poco a la chica.

Seth se ríe y le muestra el dedo del medio.

—Lo siento, Walker, pero no eres mi tipo —replica Ryan—. Aparte, alguien tiene que quedarse a defender el título de *birra-pong* —comenta Ryan ladeando la cabeza—. ¿Juegas o no?

Seth me dirige una mirada de incertidumbre.

—Vamos, defiende tu título —lo animo dándole un besito en la mejilla y empujándolo casi a los brazos de Ryan—. Puedo distraerme sola durante un ratito.

Libre de tentáculos, me abro paso entre los fiesteros para llegar al baño más próximo, situado en los vestuarios de la piscina. A excepción de la planta del sótano, el resto de la mansión está cerrada a cal y canto como si de Fort Knox se tratara. Del todo comprensible. No querría tener ni una cuarta parte de ese gentío alborotador en mi patio trasero, y qué decir en mi casa.

Como si me oyera, una chica vomita sobre un lecho de arbustos pulcramente podados mientras su amiga le sujeta el cabello hacia atrás.

Qué asquito. Me apresuro a hacer mis necesidades y regreso a la fiesta.

Detecto a Manny, quien por lo visto se ha designado guardián del barril de cerveza. Llena los vasos de plástico de varias chicas que lo rodean. Sentado sobre la larga mesa, las tiene embelesadas con su disertación acerca del secreto de tirar cerveza con el mínimo de espuma necesaria. Tengo que contener una risita, porque pareciera que recita versos.

Y no importa que Manny sea bajito para ser un chico. Tiene un peculiar carisma que lo hace destacar sobre la gente que lo rodea. Todo el mundo quiere disfrutar de su resplandor. Y no los culpo.

—¡Eh, *chica*!

Manny me dedica una sonrisa deslumbrante y extiende el brazo para que yo me acerque a recibir su abrazo.

—¿Dónde estabas escondiendo tanta belleza? ¿Mmm?

—Ey —saludo sonriente—. Por desgracia he estado bajo arresto domiciliario.

Jalo de la parte inferior de su nueva camiseta, que exhibe un bigote estilo Dalí con extremos que se transforman en pistolas.

—¿Puedo preguntar dónde las encuentras?

—Mi primo tiene un negocio de serigrafía. Cualquier cosa que yo sueñe, él puede imprimirla. Ejem, damas —inclina su copa en mi dirección—, esta es mi chica, Wil. Y cuando digo «mi chica» me refiero a que lo sería si no me la hubieran arrebatado los hermanos Walker.

Todos los ojos se vuelven de pronto hacia mí. Son muchos ojos. Superan incluso el número de tentáculos de pulpo de los que acabo de escapar.

—Un hermano Walker, Manny. Singular, no plural. ¿Lleva toda la noche con tantos delirios? —pregunto al semicírculo.

Una de ellas suelta una risita embriagada.

—Oh, te dejo pasar la cuestión gramatical —replica el batería—. Al fin y al cabo el inglés es mi segunda lengua.

—Cuántas tonterías —le digo.

Me vuelvo hacia la mesa con su surtido de jarras y recipientes y me decido por la apuesta más segura. De otro modo acabaré sumándome al festival de vomiteras en los arbustos. Abro el grifo del recipiente lleno de limonada con rodajas de fruta. El equivalente a una semana de sodio que he consumido con las patatas de Curio's me ha dado una sed inextinguible.

Doy un sorbo mientras Manny habla de la última gira de Wanderlust en la que alguien arrojó una monumental braga de seda al escenario, algo que yo consideraba propio de fans veteranas en los conciertos de Tom Jones. Luego pasa a describir con gran detalle cómo esos calzones tamaño paracaídas aterrizaron a los pies de Grant, y la expresión de «tierra trágame» que registró su rostro. Estallamos en carcajadas.

Manny mira por detrás de mi hombro.

—Ah, y hablando del rey de Roma. ¿Qué pasa, mano?

La figura que se aproxima hace que mi corazón se acelere. Me tiemblan las piernas. La limonada parece fuego en mi garganta, quemando todo a su paso hasta llegar a la boca de mi estómago. Grant.

Y ha cambiado la habitual camiseta gris por una negra más ajustada. Deja ver los contornos de brazos y pecho. Además, se ha cortado el pelo. Está… guau.

Para ser una noche tan prometedora y despreocupada, de repente la catástrofe se avecina por todas partes.

16

Manny da un buen puñetazo a Grant.

—¿Cuánto llevas aquí? No hemos coincidido hasta ahora.

—No mucho —contesta Grant.

Mis piernas se reducen a pura gelatina mientras me sirvo otro vaso de limonada que vacío en pocos tragos. Ha llegado Grant; lleva aquí *no mucho*. Claro, tal vez eso explique la repentina conducta acaparadora de Seth y su PDA demasiado eficiente. Pero ¿tiene alguna justificación mi agobio con Seth, por no decir mi enfado, si mi reacción al ver a Grant es... *guau*?

Manny lanza a su compañero de banda una botella de Fresca que saca del cubo con hielo que tiene a su lado.

—*Gracias.*

Grant se coloca junto a mí.

La residencia de la familia de Tristan abarca montones y montones de hectáreas; he oído que cuenta con jardines cuya superficie deja incluso a Versalles en ridículo. No obstante, Grant ha decidido ocupar mi diminuto metro cuadrado de espacio. Por su parte, Manny vuelve a desvivirse por las chicas, que estiran el cuello y giran el rostro como girasoles para centrar la atención en el batería.

Grant destapa el refresco.

—¿O sea que has decidido retirarme la palabra?

Un poco mareada, suelto un saludo somero y robótico.

Grant se apoya en la mesa y cruza los brazos. No me fijo en los bíceps.

—Qué saludo tan educado. Pero supongo que es mejor que nada. Mira, si aún estás enfadada por lo del martes, no fue idea mía, fue tu abuela quien me llamó —explica y suelta un suspiro de frustración—. ¡Estaba loca de preocupación! ¿Qué podía hacer yo, Mena? —Los dos advertimos el desliz—. Wil, quiero decir.

Desde los doce años he preferido usar *Wil* como nombre. Tal vez en el fondo hubiera querido conservar *Mena*, solo por mamá y la abuela, como un recuerdo muy preciado. Pero oírlo ahora en labios de Grant me da fiebre. Lo cual es malo en todos los sentidos. Todos. Los sentidos.

Más limonada. Me lleno el vaso de nuevo, dejando caer un chorrito de líquido amarillo sobre el mantel. Enseguida lo limpio con la servilleta.

—Ya lo sé. Y no estoy enfadada contigo.

Doy un trago. Luego otro. La limonada parece lava mientras desciende, totalmente. Y un sonrojo asciende por mi cuello como si fuera el monte Saint Helens a punto de entrar en erupción.

—¿Ah, sí? —insiste él llevándose la botella de Fresca a los labios para dar un lento trago—. Entonces, ¿por qué actúas tan raro? Por cierto, tienes las mejillas supercoloradas.

—¡Anda ya! —farfullo—. ¡Qué voy a actuar raro!

—Lo que tú digas.

Grant se lleva el puño a la boca, cubriendo esa estúpida dentadura tan mona.

—Ey, vas a verter eso —dice tomándome el vaso de la mano—. ¿Qué te pasa esta noche?

—¿Qué quieres decir…?

Y entonces se me ocurre pensar que… Mi mirada vuelve a la jarra de limonada tan supuestamente inocente.

—Oh.

Tengo la prueba justo ahí ante mí, saludando. La limonada debe de llevar algo más. ¡Le han echado algo a la bebida! Me agarro a la mesa que tengo detrás de mí para estabilizarme. Tiene que ser eso, porque de otro modo, ¿por qué la terraza iba a empezar a plegarse y desplegarse como un acordeón? Observo mis manos temblorosas y luego las sacudo intentando recuperar el control de su función. No funcionan demasiado bien.

—Oh... qué mierda.

Grant escupe la Fresca, riéndose.

—No tiene gracia —respondo llena de pánico—. Creo que estoy ebria.

—Oh, ¿de verdad? —replica él en un tono cargado de escepticismo.

Dirige una mirada a la jarra mientras yo voy como puedo hasta una nevera portátil para sentarme, soplando una onda oscura de cabello que ha caído sobre mi ojo.

Tras unos segundos, Grant se me acerca con una botella de agua que me pone en la mano.

—Bebe. Te pondrás bien, garantizado.

Se agacha y me retira de la cara el cabello que intento apartarme del ojo con soplidos inútiles.

Manny se aproxima también y no deja de meterse conmigo por mi poco aguante, devanándose los sesos para dar con todas las posibles variaciones de mi nombre: Tira La Toalla Wil, Maravilla de un Solo Trago Wil... las burlas pueden proseguir durante horas.

Pese a la confusión que me envuelve, ya he tenido suficiente.

—Pues, bien, ha llamado Urano y dice que quiere —señalo con un dedo a Manny— que mandemos a su tonto de regreso.

El grupo se queda callado un momento antes de estallar en carcajadas. Yo por mi parte, renuncio a intentar adivinar si lo que he dicho se ha entendido mínimamente y suelto una risita.

Secándose los ojos, Manny mira a su compañero guitarrista.

—¡Mierda! Ya entiendo por qué la adoran.

—¡Basta! —exclama Grant, arrugando los ojos de puro regocijo—. Bebe un poco más de agua, Wil.

—Ok, pero no porque acepte órdenes tuyas, es porque tengo bastante sed.

Doy un largo trago antes de dejar la botella en el suelo.

—Y se supone que no puedo hablar contigo. A Seth no le gusta —suelto en tono burlón, como si hubiera hecho un comentario similar a lo de Urano. Sacudo la cabeza—. De hecho, tampoco él me da órdenes.

—Por su bien confío en que no tarde en tener eso claro. Y, otra cosa, Wil…

—¿Mmm?

Me distrae la manera en que Grant se balancea adelante y atrás justo ante de mí.

Sonríe.

—Mmm, esa limonada que has bebido, de hecho no lleva nada de alcohol.

Mi sonrisa se desvanece.

—¿Qué? —respondo con debilidad.

No, es imposible. Me siento achispada, atontada… seguro que estoy un poco ebria.

—¿Ves? —comenta Grant señalando el contenedor de vidrio—. Lleva escrito «Chófer alternativo» en un lado.

Por supuesto, es para las personas a las que les toca conducir esta noche. Por eso no he detectado el sabor a alcohol.

—Oh —masculло sin convicción—. Error mío.

Lo cual me convierte en la Tonta Alternativa. Así, ¿todos mis síntomas de intoxicación eran solo… nervios? ¿Nervios por Grant?

A él no se le escapa mi vergüenza y se apresura a cambiar de tema.

—Seth lo superará —aclara Grant—. El que nosotros charlemos, quiero decir. Lo que pasa es que nunca antes lo había dejado trastornado una chica. Por lo general es al revés.

—¿Y tú? —suelto—. ¿Alguna chica te ha hecho perder la cabeza?

Inclina la cabeza y asiente mirando al suelo.

—Sí.

—¿Y qué sucedió?

Una sonrisa tensa sus labios, una sonrisa tan apenada que resulta desgarradora.

—Tuve que dejarla pasar.

—Pero... ¿por qué?

—Porque no tenía claro que algún día yo pudiera ser lo que ella quería, ya sabes...

—Qué locura —murmuro.

Un nudo inesperado se forma en mi garganta.

—¿Cómo no ibas a ser lo que ella quería? Eres perfecto.

Me muerdo el labio y maldigo mi lengua. ¿Por qué he dicho eso en voz alta? Ni siquiera puedo achacar mi comentario a estar ebria. Aparto la vista concentrándome en las piedras de la terraza junto a mis pies.

—Nadie es perfecto —añade él.

Es como si me quemara la piel con su insistente mirada.

—¡Wil! ¡Estás aquí! —exclama Ginger abriéndose paso entre el grupo de fiesteros, con sus rizos de cobre rebotando.

Su rostro expresa desconcierto, sus ojos azules saltan repetidamente de mí al mayor de los Walker:

—Eh... ¿interrumpo algo?

Niego con la cabeza, y Grant se apresura a levantarse.

Ginger continúa:

—Mmm, es tu amiga, la chica rusa. Está en la sala de juegos y...

—Ooh, Ginger —interviene Manny—, ¿hablas de la rubia fumadora con todos esos *piercings*?

Ella asiente.

—La he visto antes en la terraza atormentando a un *pendejo* —explica el batería—, un imbécil rematado al que le ha enseñado el aro de la lengua justo antes de retorcerle el pezón. Dios, el infeliz casi se caga encima.

Entonces estalla en carcajadas, dándose palmadas en la rodilla:

—Para morirse. Del todo.

—¿Qué pasa con ella? —pregunto levantándome, alerta al instante.

—Está bien —contesta la pelirroja percatándose de mi preocupación—. Solo que los chicos siguen liados con el *birra-pong* y...

—¿Qué?

La aferro por los brazos sin apretar demasiado, conteniendo la necesidad de sacudirla para sacarle toda la información.

—Sería bueno que alguien estuviera al tanto de lo que está pasando, digo yo —concluye.

Y si luego Ginger dice algo más, yo no me quedo ahí para oírlo.

Al instante cruzo las cristaleras de la terraza, abriéndome camino por la planta baja de la mansión. Oigo gritos provenientes de una sala a mi izquierda, y una espiral de miedo desciende hasta mis pies. La gente corea «¡vamos, vamos, vamos, vamos!». Mi ansiedad recupera un nivel más estable cuando me percato de que se trata del torneo de *birra-pong*. También oigo un atronador chasquido de bolas de billar al final de un pasillo en penumbra.

Sigo el característico ruido hasta la sala de juego. Allí las tres mesas de billar están rodeadas de gente que abuchea y se ríe, mayoritariamente, chicos azuzándose entre sí. No recupero el aliento hasta que por fin descubro a Irina en la mesa más alejada, ilesa e intacta.

—Gracias, Dios —susurro para mis adentros, descansando contra la pared con una mano sobre mi ruidoso corazón.

—¿Es ella, verdad? —pregunta Ginger, un poco jadeante, acercándose detrás de mí.

—Sí.

—Oh, Wil, cielo —me anima frotándome un brazo, con expresión más preocupada—. No era mi intención asustarte, solo he pensado que alguien debería controlar un poco las cosas. Tu amiga es increíble jugando al billar. —Hace una pausa—. Demasiado buena. Y no estoy segura de que algunos tipos aquí sepan apreciarlo, por eso yo...

—No, no, has hecho bien —respondo dándole un apretón en la mano—, ha sido buena idea que vinieras a buscarme. Es que... a veces Irina parece especialista en buscarse problemas.

—Qué gracia, eso es lo que he oído de ti —contesta Ginger.

Grant y Manny entran en la sala de juego, flanqueándonos.

—¿Todo bien? —pregunta Grant.

Las arrugas pueblan el centro de su frente. Detesto ser yo quien las ponga ahí. Otra vez. Prefiero hacerlo reír como antes, cuando me he pensado que estaba achispada.

—Sí, todo bien.

Descubro a la hermana de Tristan, Lila, rondando cada vez más cerca del guitarrista, con su relumbrante camiseta sin mangas, shorts rosa pétalo y la mirada pegada a Grant con determinación.

—Parece que tienes compañía —le digo—. Creo que deberías... —titubeo antes de encontrar el resto de palabras—. No hace falta que te quedes por aquí.

—*Ay... mi diosa* —murmura Manny en tono de trance, totalmente hechizado por la bomba rusa que domina la última mesa.

Luego sacude la cabeza como si volviera en sí.

—Voy a necesitar un asiento en primera fila para seguir esto —añade.

Sigo a Manny, sin dedicar una sola mirada a Grant. No debería importarme qué hace... o con quién está.

Porque yo estoy comprometida con Seth.

⚖

Las bolas de billar se cuelan por la tronera en rápida sucesión, primero la de color azul y luego la del ocho.

—*¡Sïïi!*

Manny sale catapultado del asiento, hinchando sus bíceps.

—¡Ja, ja! ¡Así se hace, encanto, enseña a esos niños ricos cómo se juega!

Ginger chilla y silba, casi me destroza el tímpano. Me da un abrazo a modo de disculpa.

—Lamento el ruido, Wil. ¡No puedo creer que Irina haya hecho esa última jugada! ¡Tu amiga es irreal!

—Lo sé.

Mi sonrisa se desvanece. Sé también que pisamos terreno resbaladizo. En lo referente a jugar al billar, para Iri solo cuenta una cosa y nada más: ganar. Ganar lo es todo. A veces gana por victoria aplastante y otra por los pelos. Pero que nadie se equivoque, Irina Dmitriyev sabe con exactitud qué está haciendo.

—Cállate ya, Rodríguez —suelta una voz profunda desde la zona exterior.

Manny se sonríe y sube de un brinco al asiento, levantándose la parte inferior de la camiseta.

—¿Por qué no te arrimas un poco y le das un beso a este precioso —entonces se gira— culo moreno, Bradley? —Vuelve a sentarse de un salto—. Aunque pensándolo bien, creo que te gustaría demasiado.

Estalla en carcajadas y nuevas bromas vienen a continuación. Irina se endereza, fingiendo confusión en medio del caos.

—Entonces... ¿yo gano?

Alguien le informa que, en efecto, así es.

—¡Ooooh! —dice dando una palmada en el brazo del contendiente derrotado—. No puedo creer cuánta suerte tengo esta noche.

No parece que él lo crea tampoco. Pero Irina ya se colaba en los salones de billar cuando la mayoría de chicas hacían de niñera por primera vez.

—No es suerte, se llama ser tramposa.

El perdedor pone cara de pocos amigos y se saca un cigarrillo sin encender de detrás de la oreja.

Irina recoge sus ganancias.

—¿Trampas? Mi querido *mudak*, es solo un torneo amistoso. Y todo el mundo sabe que nunca hay que apostar cantidades que no te puedas permitir perder.

Su deje ruso ha vuelto misteriosamente. Sin duda, lo usa para parecer más competitiva. Y le funciona.

—Y bien —dice mientras entiza su taco, soplando lo que sobra—, ¿quién es el siguiente?

Observamos cómo borran su nombre de la pizarra, para subirlo al nivel siguiente. El juego avanza, y el número de mirones rodeando la mesa de billar se incrementa a medida que suben las apuestas.

Irina se inclina entrecerrando los ojos para alinear el tiro. Muchos de los chicos están demasiado ocupados examinando su trasero como para advertir el sofisticado nivel de concentración y decisión. Si vieran su cara igual que yo, meterían el rabo entre las piernas y saldrían corriendo.

Mete el doce en la tronera de la esquina.

—Maravilloso —alaba un chico con perilla, pero su mirada no se dirige en absoluto a la mesa de billar.

—¿Te gusta? —pregunta Iri inclinándose de nuevo y meneando el trasero para buscar un lateral mejor—. Entonces disfrutarás con esto. Quince, tronera de la esquina.

Un tipo robusto con la cara roja, que lleva un rato rondando en un extremo de la mesa, da un paso al frente.

—¡Anda ya! Imposible.

Con una sonora palmada pone un billete de cincuenta en el extremo de la mesa.

—Así de seguro estoy de que ese tiro se te va a atragantar, *Ruski*.

Se oye un murmullo de aprobación.

—¿Y tú quién eres?

Irina echa una miradita al Grandulón Colorado.

—Justin —contesta el grandulón—. Pero saber mi nombre no va a cambiar las cosas. Voy a salir de aquí con tu dinero, eso fijo.

Irina eleva una ceja.

—Pues qué bien entonces, Justin, que hoy me sienta tan afortunada.

La blanca rebota en el fondo, esquiva por los pelos un grupo de bolas, y de vuelta roza la bola quince. La roza lo justo para empujarla suavemente y... ¡*Catapumba*!

—Imposible —repite el sujeto, sacudiendo la cabeza. Un silencio colectivo envuelve a continuación la mesa.

—Te he dicho que hoy me siento afortunada.

Irina pone a buen recaudo el billete de cincuenta.

Y cuanto más juega Iri, más se nota el trasfondo de hostilidad. Lanza tacadas imposibles a izquierda y derecha, guardándose billetes y más billetes de ganancias.

—Wil —murmulla Ginger—, esos tipos se están enfadando.

Hace un gesto discreto con la cabeza en dirección al grupo que se ha formado detrás de Iri.

—Esto me huele mal —añade.

Estoy de acuerdo con ella, y por lo visto también lo está el vello erizado en mi nuca. Me acerco sigilosamente a mi amiga y le susurro una advertencia.

—Mejor que termines ya.

Busco por la sala a Manny, que ha subido a por más cerveza durante un alto en la partida. ¿Por qué no ha regresado? Y Grant... tampoco lo veo por ningún lado. Las otras dos mesas están tan absortas en sus propias partidas que dudo que, entre tanto ruido, se enteraran si algo pasara.

Irina no me hace caso y lanza la siguiente tacada.

Se me hunde el corazón tal como la bola baja por la tronera.

Las mejillas de durazno de Ginger pierden el color. Echando hacia atrás sus rizos con falsa seguridad —la seguridad que a todas nos han ordenado fingir en situaciones peligrosas—, se me aproxima.

Iri sonríe, y el diamante sobre su labio centellea.

—Solo estoy calentando. Todavía no han visto ni la mitad de lo que puedo hacer.

—No.

Observo con nerviosismo el círculo de tipos cerrándose cada vez más.

—Creo que deberías dejarlo. Ahora.

—No me hace gracia decir esto, pero creo que tiene razón, Irina —susurra Ginger—. Esto ya no es amistoso.

Se disparan todas las alarmas en mi cabeza, hasta que ya casi no puedo oír nada más. Uno de los tipos se choca conmigo.

Irina le devuelve el empujón.

—Eh, tranquila, Gata Salvaje, ocurren accidentes.

Sus amigos se ríen.

No tiene gracia. Es una amenaza. Y noto la boca seca mientras los tipos se aproximan poco a poco, atrapándonos contra la mesa.

Cierro la mano en torno al palo de billar que descansa ante mí. No tengo idea de lo que estoy a punto de hacer, pero, sea lo que sea, mis manos no estarán vacías.

El humo de los cigarrillos asciende bajo la luz amarilla que cuelga sobre la mesa. Las volutas blancas provienen del tipo al que Irina ha derrotado antes. Da una calada, y luego hace rodar el cigarrillo entre el índice y el pulgar, observándome.

—Pasan accidentes, y luego están los accidentes que la gente ve venir.

Recorre mi cuerpo con su mirada, hasta hacerme sentir tan sucia que quiero ducharme con lejía. Cuando se relame, rodeo con más fuerza el palo.

—¿Algún problema por aquí? —resuena la voz de Manny.

Aparece abriéndose paso entre el imponente grupo. Me entran ganas de darle un abrazo a él y a su camiseta con bigote.

—He preguntado si hay algún problema.

Grant aparece detrás del batería. Está lívido. La misma furia que exhibía con el tío que sujetaba fuera del Pinky's. Advierto cómo sujeta a Manny del brazo, y cualquiera que observe pensará que lo mantiene a raya. Pero sé que no es así. Manny de hecho es el sostén de Grant.

—Sí —ladra el fumador—. Esta perra rusa nos estafó.

Irina enseña los dientes, sujetando el palo con más fuerza.

—Repítelo y te muestro la clase de perra que llego a ser. Me he ganado esos billetes limpiamente.

El del cigarrillo se pone rojo. Una vena se le marca en su amplia frente.

—Parece que le debes una disculpa a la dama —indica Manny—. ¿Mi consejo? Pide disculpas y lárgate. Esto no tiene por qué ponerse más feo.

El rumor de las murmuraciones toma impulso y se propaga entre la concurrencia. Algo sobre Grant, y también sobre acabar en Urgencias, pero es lo único que alcanzo a oír. El círculo empieza a desbandarse.

Sin ver otra salida, el del cigarrillo sacude la barbilla en dirección a Irina.

—*Lo siento.*

Las palabras están tan acribilladas de desdén que casi no capto que sean una disculpa en vez de otro insulto.

Por el rabillo del ojo alcanzo a ver a Ginger saliendo a toda prisa de la sala.

—Irina —dice Grant en voz baja y tono tranquilo—, recoge ahora tu dinero.

Ella toma el dinero restante con un resoplido.

—Tal vez la próxima ocasión te lo pienses dos veces antes de jugarte tu dinerillo —dedica una gélida sonrisa a Cigarrillos—. Aunque dudo que pienses mucho.

Una vez que ya caminamos más seguros por el pasillo, me giro en redondo para enfrentarme a Irina.

—¿Por qué no podías detenerte? Tenías que burlarte y provocar, ¿verdad? Y sacarles todo el dinero… ¿Por qué? Y no intentes decirme que la cuestión es ganar… es algo más, sé que hay algo más.

El rostro de Iri sigue rojo de rabia.

—¡Porque se lo merecen, los muy infelices! Se creen que pueden tratarme como basura porque son de familia bien.

Irina toma aliento. Sus ojos azules son duros como el cemento.

—Y así, ¿qué? ¿Ha sido una especie de castigo? —pregunto.

—Menos de lo que se merecían.

No voy a discutírselo. De cualquier modo, me preocupa su manera temeraria de hacer justicia, a menudo. Me preocupa lo que hubiera sucedido si Manny y Grant no hubieran aparecido ahí para interceder. Y sobre todo me preocupa que estos pensamientos jamás se le ocurran a mi amiga.

Manny llega corriendo por el pasillo a nuestro encuentro, con una sonrisa triunfal en la cara.

—Nos hemos asegurado de que echen a esos aguafiestas, se habían colado. Y así, ¿cuánto has sacado, tramposilla?

Irina le dedica una mirada fulminante y cruza los brazos.

—Si no me contestas —añade el batería—, voy a empezar a cantar la peor versión de *The Gambler* que hayas oído en tu vida. Pregúntale a Grant.

Manny señala con el pulgar a su amigo que se acerca hasta nosotras.

—Va en serio, tan serio como un infarto. Por algo nunca me piden que haga coros en la banda.

El ánimo sombrío empieza a despejarse. Porque esa es la virtud de Manny. Incluso Grant parece más tranquilo ahora.

Iri tuerce un poco la boca, y su dura coraza se va resquebrajando.

—Cuatrocientos y monedas sueltas.

Manny da un silbido.

—O sea que… digamos que de sobra para llevarme a Denny's a comer su delicioso *Moons Over My Hammy*. Me vendría bien un poco de cerdo.

Grant capta mi mirada y de pronto estamos compartiendo una sonrisa privada, una sonrisa secreta de *a tu amigo le gusta mi amiga*. Suspiro, y él sacude la cabeza con incredulidad tras oír a Manny hacer gala de su propio estilo tramposo y mencionar el clásico sándwich de huevo revuelto y jamón de la cadena de cafeterías.

Irina dirige una mirada al batería, con sus buenos diez centímetros de diferencia de altura.

—Deberías saber que a los chicos como tú me los como para desayunar.

—Y deberías saber que eso me parece increíblemente sexy —responde Manny sin dejarse intimidar.

—Qué raro eres.

Irina ladea la cabeza y estudia a Manny incapaz de decidir si es un insecto que debe aplastar o no.

En ese instante llega Seth con Ryan y Ginger a la zaga.

—¡Wil!

Me rodea con el brazo. Al devolverle el abrazo me inquieta el rápido palpitar de su pecho.

—Todo está bien, Seth. Estamos bien.

Me suelta.

—No, debería haber estado a tu lado, pero intentaba dejarte un poco de espacio después de lo de antes. Mira, he estado pensando en lo que dije la otra noche…

Seth se percata de nuestro pequeño grupo de espectadores, y yo me percato de que Grant se ha esfumado como una visión.

—¿Qué tal si hablamos esto en privado?

Irina me toca el hombro.

—Lo lamento, *dorogaya*, sé que quieres quedarte más rato. Yo he acabado aquí por hoy.

—Mmm, por supuesto… Sí, deberíamos irnos.

La decepción cae como un meteorito ante mis pies.

—No, toma esto.

Irina me pone cincuenta dólares en la mano.

—Quédate. Esto es más que suficiente para un taxi de vuelta a mi casa si lo necesitas.

—Iri…

—Chist. No discutas —ordena besándome ambas mejillas—. Disfruta esta noche. Esa era la idea, ¿recuerdas?

—No era exactamente esa idea.

Y ella lo sabe.

—Bien, entonces, es la nueva idea.

Dirige una mirada a Seth por encima de mi hombro.

—¿Estás segura de que esto es lo que quieres? —me susurra al oído.

—Del todo.

—Entonces habla con él y descubre por qué pone esa cara de pena, sea lo que sea. Y todos a sonreír para cuando acabe la noche, ¿me oyes?

—Sí —respondo con un abrazo—. Gracias, Iri. Lamento muchísimo que hayas pasado tan mal rato, qué espanto. Esos tipos eran...

—Eh, no ha sido tanta pérdida de tiempo... —Me sonríe cuando nos separamos—. Al menos me he sacado una buena tajada esta noche.

Ladeo la cabeza.

—¿Desde cuándo te has vuelto una optimista?

—Desde que mi sujetador va repleto de efectivo —responde y gira sobre sus tacones—. Manny, tú te vienes conmigo. Y para que no haya confusión, Denny's es el único menú para esta noche.

—¡*Carajo*! ¿En serio?

—Sí, en serio. Tanto hablar de cerdo me ha abierto el apetito.

Él le toma la mano para besársela con galantería.

—No lo lamentarás.

Irina se ríe.

—Creo que ya lo estoy lamentando —replica colgando el brazo del hombro del batería.

Y la más extraña pareja del siglo se marcha.

Un sonido alto y lúgubre reverbera en el exterior. Tras una pausa, el zumbido grave y primitivo se reanuda.

—La trompa de guerra de Tristan —exclama Ryan frotándose las manos—. Significa que está a punto de empezar el juego.

—¡Pues vamos allá! El Laberinto de Marco Polo es mi favorito.

Ginger tira de la mano a Ryan.

—Ya, tú lo que quieres es hacerlo conmigo entre el follaje —bromea él.

La pelirroja suelta una risita antes de volverse hacia nosotros.

—Y ustedes dos vienen también, ¿verdad?

Indeciso, Seth espera nervioso a que yo responda. Quiere que estemos bien. Lo mismo que quiero yo. El hecho de que haya reconocido haberse pasado de la raya renueva mi fe en él y por extensión, en nosotros.

—Desde luego que sí —respondo a Ginger.

Seth sonríe radiante al oír mi respuesta, y me toma la mano para darme un apretón.

—Gracias por quedarte.

Sonrío.

—Hace una noche preciosa y esta fiesta es increíble; Irina tiene razón, deberíamos disfrutar.

—Que tú lo pases bien es mi misión especial esta noche. —Me besa en la sien.

Y, ¿sabes? No resulta agobiante, es… agradable.

La trompa de guerra hace su segunda lúgubre llamada.

Alcanzamos a Ginger y Ryan y nos dirigimos hacia una serie de puertas situadas en el extremo norte de la casa, un atajo para salir a los jardines. La perspectiva de felicidad anima mi interior. Esta noche se puede salvar. Pero tan deprisa como mi dicha se desata, la siento arrugarse y ennegrecerse.

Porque los veo.

Un dolor punzante perfora mi corazón: son Grant y Lila. *Juntos.* Ella jala de su mano para meterse en una habitación oscura. Justo cuando pasamos, su silueta empieza a besarle el cuello antes de que la puerta se cierre. Seth habla con Ryan, lo que le impide ver el brillo instantáneo en mis ojos con lágrimas no derramadas.

Pestañeo, deseando disimularlas, y observo mi mano unida a la suya. Es esto lo que he escogido, una pareja moldeada por los astros y bendecida por los cielos.

Me aprieto el pecho con la mano. La verdad, es el castigo que se merece mi corazón traicionero, este dolor inaguantable y devastador que amenaza con partirlo.

Pero tal vez sea lo que necesitaba, ver a Grant en brazos de otra para, de una vez por todas, liberarme de él.

17

—¡Marco! —anuncia Tristan con su resonante voz escénica.

—¡Polo! —responden voces desde todas partes de los sinuosos jardines.

Los altos setos esculpidos del laberinto ofrecen rincones y recovecos perfectos donde ocultarse. Mientras me adentro en sus profundidades, mi vestido verde me ayuda a camuflarme en el entorno; incluso ha disminuido el dolor en mi pecho casi de milagro. Pies descalzos pisan la hierba, correteando en todas direcciones.

Algo avanza rápido tras de mí. Salgo del sendero principal para lanzarme dentro de uno de los rincones sumidos en sombras. La persona pasa de largo. No era Tristan, quien debe «encontrarnos», pero igualmente doy un suspiro de alivio cuando salgo de mi escondite.

La enorme luna, descarada en el cielo sin nubes, ilumina las gotitas cristalinas de rocío sobre el césped. Como todo el mundo, me he sacado los tacones, que he dejado en la pila de calzado formada en la entrada al jardín.

—¡Te atrapé! —grita Tristan derribando de zancadilla a alguien a tan solo un seto de donde me encuentro, gruñendo con la caída—. ¡Ja, te toca a ti, Bree!

Tristan se aleja como un rayo de la chica recién designada. La trompa vuelve a resonar, señalando el comienzo de la nueva tanda.

—¡Marco! —grita Bree.

—¡Polo! —gritamos todos a coro.

Doblo otro recodo y alcanzo a ver fugazmente gente corriendo en todas direcciones. La oscuridad carga el aire de una expectación velada.

—¡Marco!

Oh, Dios, suena supercerca. Grito «Polo» y me escondo al instante en otro agujero frondoso. Escudriño a través de un hueco entre las ramas.

Bree ralentiza el paso. Lleva un antifaz para dormir en el que han pintado unos ojos con gran realismo; parece ver pese a la venda. *Qué siniestro.*

Contengo la respiración, temerosa de que mi acelerado corazón me delate. Estoy agachada a escasa distancia en una zona de maleza sin salida.

Se oye el crujir de una ramita. Bree vuelve sus extraños ojos en otra dirección y continúa a tientas hacia delante.

Suelto una exhalación y en ese instante pasa sigilosamente una silueta familiar.

—¡Pss! —llamo.

Seth se detiene y vuelve la mirada. Con una risita poco audible, lo tomo del brazo, jalando de él hasta mi escondite entre las sombras.

Nos caemos al suelo. Antes de que pueda sujetarme, yo lo tomo por la pechera de la camisa, jalando hasta que sus labios y los míos se chocan.

Inspira con brusquedad y su boca entra en tensión. Pero... ¿no era esto lo que esperaba? ¿Por qué parece paralizado por mis labios? No puede seguir preocupado por nuestra relación, diría yo. Ladeando la cabeza, coloco mejor mi boca para ahondar en el beso. Voy a encargarme de disipar todas sus dudas con mis actos, qué caray.

Y en efecto se disipan.

Oh. Dios. Mío. Está claro que Seth se estaba controlando. Su frenética pasión me obliga a jadear, pues mis terminaciones nerviosas no quieren que se detenga. Cambia de postura para no aplastarme contra la húmeda hierba. Desliza la mano para acunarme la nuca y acercarme un poco más. Yo rodeo su torso con los brazos y me dejo ir.

Me siento como si me arrastrara la corriente más fuerte del río Opal, atrapada en un remolino incesante. Quiero quedarme en esta rotación para siempre. Ningún momento es comparable con la sensación de su boca, su peso, su piel... Y si el tiempo pudiera calcularse de verdad en granos de un reloj de arena, me quedaría con este grano y lo aplanaría, lo estiraría cuanto permitieran las leyes de la física, y me deleitaría de esta sensación. Por siempre jamás.

Besar a Seth siempre ha sido agradable, pero esto, esto revela la verdad de lo que somos. *Somos almas gemelas. Nos pertenecemos el uno al otro.*

El juego continúa ejecutándose a nuestro alrededor. Las risas resuenan.

—¡Ey!. ¿Quién me ha bajado los pantalones? —suelta una voz profunda.

Pero los gritos y las carcajadas parecen encontrarse a años luz, en otro sistema solar, otra dimensión.

Flotando fuera de mi cuerpo observo a la niña descalza y despatarrada de espaldas sobre la hierba cubierta de rocío y al chico que la besa como si satisficiera una última voluntad. Si la luz de la luna pudiera alcanzarlos, dibujaría líneas centelleantes sobre los amplios hombros de él y la pálida piel de ella, pintándolos de magia plateada.

Qué extraño, por primera vez la colonia de Seth no es perceptible... No quiero decir que me parezca excesiva otras veces, sino que he acabado por acostumbrarme. Tal vez se deba a que ahora mismo me embriaga el olor del jardín a nuestro alrededor: acre, terroso y dulce.

El ritmo de nuestras respiraciones me eriza el vello, todo mi cuerpo tiembla. Pero hasta el momento en que toma un lado de mi cara con su mano y desplaza el pulgar desde la barbilla hasta debajo de la oreja, no me percato del motivo de tanta intensidad. No tiene nada que ver con la luna ni con la hierba, ni los colores oscuros y apagados…

No estoy besando a Seth.

Estoy besando a Grant Walker.

Con un resuello, retrocedo apoyándome en los codos para salir de debajo de él. El corazón se acelera en mi pecho, y me invade tal vértigo que la tierra parece temblar sobre su eje.

Grant se incorpora hacia atrás sobre sus rodillas, sin aliento y sorprendido.

—Yo… yo no hubiera hecho esto… pero luego me has atrapado y…

Se pasa una mano temblorosa por el rostro.

Mis labios aún palpitan con la sensación de su beso. Me pego una mano a la boca para que no me traicionen todavía más. Más de lo que ya me han traicionado. Y lo siguen haciendo.

—Dios —susurra, y sus hombros se hunden levemente—. Pensabas que era Seth.

Asiento despacio, temerosa de apartar la mano de la boca, temerosa de que se escapen las palabras: *me alegra que no lo fueras*. La idea me pone enferma, acompañada de pensamientos que quiero desterrar y mantener ocultos en lo más profundo de este laberinto.

Grant apoya las manos en sus muslos mientras inspecciona la hierba apelmazada a nuestro alrededor.

—No. No, no te creo.

Bajo la mano de mi rostro.

—¿Qué? —susurro.

—Al principio, quizá, pero luego tienes que haberlo sabido…

—No —digo avergonzada—. ¡No lo sabía! Tú mismo dijiste que los confunden todo el tiempo. Estábamos a oscuras. Y tienen la misma altura y... ¡te he visto entrar ahí con Lila! ¡Te estaba besando! ¿Por qué no estás con Lila?

Mi razonamiento pierde fuelle cuando la verdad me golpea estrepitosa: sí lo sabía. Tal vez de forma inconsciente al principio, pero encontraba el beso diferente a todos los niveles. Lo sentía... más.

—No pasó nada con Lila, Wil. No podría hacer nada. No es con quien quiero estar. No cuando lo único en lo que pienso...

—Ha sido un accidente —digo mientras me pongo en pie sobre mis inestables piernas—. No podemos decírselo a nadie, y menos a Seth. No... no se lo tomaría bien.

Seth y yo disfrutamos de una frágil estabilidad, y esto acabaría por separarnos. Estoy segura. Ya puedo despedirme de mi pareja perfecta, y saludar una década o más de soledad total. De frío.

Grant se pone en pie.

—¿Así que quieres que esto sea nuestro secretito vergonzoso?

—No es eso.

—¿Ah, no?

Da un paso para acercarse. No puedo creer que momentos antes estuviera totalmente rodeada por esos fuertes brazos, deseando que no me soltaran nunca.

—¿Y entonces qué es? —inquiere.

Retrocedo tambaleante contra los arbustos.

—Porque me encantaría saberlo —insiste.

Continúa arrasando con su mirada. El cuerno de guerra reverbera una vez más, y el juego continúa. Pero los jugadores parecen cambiar, y ahora parece que el juego sea solo entre Grant y yo.

Me pongo derecha y me acerco más, hasta casi tocarnos.

—Ha sido un error, Grant. Un error que nunca volverá a suceder, jamás.

Noto las lágrimas amenazantes mientras lo digo, pero debo poner fin a esto que hay entre nosotros. Cortar el cordón invisible que nos une… por última vez.

La furia que agita a Grant se mezcla con una especie de triste resignación.

—La manera en que me devolvías los besos no era un error. El único error es…

—¡Chist!

Le tapo la boca con la mano. Pisadas amortiguadas pasan a toda prisa. Escudriño entre las ramas hasta que ya no hay nadie. Retiro la mano al tomar conciencia de pronto de su respiración como lenguas de llamas contra mi mano.

Los focos se encienden inundando de luz amarillenta el laberinto y el patio posterior. Ahora resulta más difícil encontrar sombras, no hay lugar donde esconderse. Ningún sitio es seguro.

El juego ha concluido.

—Por favor —susurro—, prométeme que no dirás una palabra de esto. Ya… —Cierro los ojos con fuerza—. Ya se lo diré yo. Lo explicaré. De algún modo le haré entender.

Pero mientras observo a Grant, me percato de que esa posibilidad es minúscula.

—Trato hecho, no diré una palabra —responde Grant, la rabia retrocede ya en su voz—. Pero quiero que respondas a una pregunta. —Aprieta los dientes antes de continuar—: ¿Tus sentimientos por Seth cambiarían si fuera de otro signo? Si no fuera del signo que exige tu astrología, sea cual sea, ¿también lo escogerías a él?

Separo los labios, solo que las palabras no afloran. Pero… la pregunta es injusta. Es una generalización tremenda.

—Sé lo que estás pensando —insiste él— y me pones esto muy difícil, porque la respuesta es la mar de sencilla, Wil. —Ladea los labios formando una sonrisa maliciosa—. No debería importar. Si de verdad estuvieras enamorada de él… eso no importaría.

Abro la boca para discrepar. Para decirle que sí importaría. No entiende el alto precio que supone seguir imprudentemente los deseos del corazón. Significaría deshonrar los deseos de mi madre. Anular mi promesa; lo único que la mantiene cerca de mí.

Grant levanta una mano.

—Basta ya. No quiero oírte.

Retrocede poco a poco para salir del rincón entre los arbustos.

—No quiero verte. No quiero siquiera pensar en ti.

—¿Wil? —Seth llama desde la distancia—. ¿Wil? ¿Dónde estás?

Me falta el aliento. Y el mundo no detendrá su incesante temblor. Salgo tambaleante del rincón y me hundo de nuevo en el suelo, enterrando el rostro entre mis manos. Quiero que esto termine, quiero que todo termine de una vez. ¿Cómo han podido retorcerse tanto las cosas?

Antes de que Grant hiciera un aterrizaje forzoso en mi vida, el camino siempre parecía firme, y yo pisaba con confianza. Guiada por la astrología, siempre he tenido un mapa que me orientaba en la vida, nunca tenía que cuestionar las cosas.

Pero ahora, por más vueltas que dé al mapa, no hay manera de negar que...

Estoy. Perdida.

Arrastrada en las cuatro direcciones de los puntos cardinales.

—¡Ahí estás! ¿Qué haces en el suelo? —pregunta Seth con una amplia sonrisa, pero luego me mira entrecerrando los ojos—. Ey... ¿así que con engaños?

—¿Cómo? —respondo con voz ronca y el estómago vuelto del revés. Llena de pánico, miro alrededor buscando a Grant. Ha desaparecido en la espesura del jardín.

—No creo haberte oído gritar «Polo» durante las últimas cuatro rondas, creo que has hecho trampas.

Se agacha para levantarme.

—Eh, mmm, sí, me declaro culpable.

La afirmación más sincera que he hecho en toda la noche, pero soy incapaz de encontrar su mirada cuando lo digo.

Seth sonríe.

—Oh, ven aquí, mi pequeña infractora. No se lo contaré a nadie.

Rodeándome la cintura con los brazos, se inclina para besarme.

Yo bajo la cabeza, apretando la mejilla contra su pecho.

—Cuánto... cuánto lo lamento. De pronto siento cierta náusea.

Sin duda, estoy mareada. Me llevo una mano a la tripa revuelta.

—¿Por qué tienes ramitas en el pelo?

Suelta una risita mientras me saca unas cuantas y las tira a los setos.

—¿Y hierba? Estás toda mojada, Wil —dice pasándome las manos por la espalda—. No es de extrañar que no te pillaran, no te has movido de los arbustos.

—Seth, de verdad, no me encuentro bien.

La bilis bullía en mi garganta.

—¿Eh?

Me estudia y apoya la palma en mi mejilla.

—Ajá, pareces caliente. Tal vez sea mejor dejarlo por hoy. Te conviene descansar, así te encontrarás mejor para mañana.

—¿Qué pasa mañana?

Mis cuerdas vocales suenan obstruidas.

—Cena familiar.

Sonríe y toma mis manos entre las suyas.

—Creo que ya es hora de que te presente a mis padres, ¿no crees? Es por mi madre, está a punto de repudiarme si no te llevo a casa para que te conozca —explica riéndose—. Lo cual es una locura porque nunca ha tenido interés en conocer a nadie con quien haya salido. Así que… —me aprieta las manos antes de preguntar—: ¿qué dices, cielo?

¿Decir? No puedo decir nada. Me tiene silenciada la culpa monumental por haberme besado apasionadamente con su hermano ni cinco minutos antes.

Requiero cinco, mejor dicho, seis cambios de ropa antes de considerarme preparada para conocer a sus padres. Pero llamemos a las cosas por su nombre y digamos que tres de esos cambios han sido por Grant… quien, por lo que recuerdo, no quiere oír hablar de mí ni pensar en mí.

Mi culpabilidad debe de detectarse desde los barrios periféricos de la zona metropolitana. Creía que la abuela iba a percatarse del olor de mis mentiras nada más poner el pie en casa esta mañana. También esperaba oír que no podía ir a comer con Seth. Me ha sorprendido en ambos puntos.

Los secretos corroen mis tripas como un revestimiento de ácido. Si sigo con esto, necesitaré un trasplante de órganos a finales de semana. Y apenas he dormido en toda la noche. Ni siquiera después de despertar a Iri de su sueño profundo para descargar mis pecados.

Antes de volver a sumirse en él transmitió una sola palabra, con coherencia y sabiduría:

—Déjalo.

Corta con Seth, quería decir.

La cuestión es que… no puedo.

He ensayado en voz alta. En la ducha. En el auto. En la cama. Pero no parezco capaz de encontrar las palabras adecuadas para comunicar a esa persona perfectamente compatible conmigo —y un ser absolutamente maravilloso— que resulta que mi corazón, por lo visto, no lo ve así.

No sé qué hacer.

Con esta indecisión he aterrizado ante la puerta de entrada de los Walker, tocando el timbre y rezando a Dios para que no me dé un desmayo y caiga formando un bulto pegajoso en el porche junto a las urnas toscanas y setos geométricos.

Me aliso el vestido y suelto una exhalación lenta y decidida, sujetando la caja de repostería que la abuela envía conmigo. Mis ojos siguen el contorno de la amplia casa. El exterior lleva una especie de revoque color hueso, con tres arcos en la parte frontal. El tejado tiene esas tejas redondeadas de arcilla que he visto en fotos de Italia. Frunzo el ceño mirando el arreglo floral que yo misma he hecho con iris púrpura y un poco de verde. Esta casa es demasiado bonita para mi poco agraciado ramo. Debería haberme acercado a la floristería o…

Se abre la puerta. Seth se ha vestido para impresionar, con una camisa abotonada y pantalones caqui.

—¿Qué estás haciendo aquí?

—Me… me has invitado a comer.

Detecto entonces el guiño en sus ojos.

Me señala con el dedo.

—Oh, eres aquella chica. ¿No te conocí en algún club? Mmm, cómo era. Abstemio, Abstinencia…

—Absinthe.

Oigo el nerviosismo en mi risa, pero soy consciente de lo poco que puedo hacer al respecto.

—Pero qué hermosa estás. Te queda genial ese vestido.

Y pasa un dedo por debajo del tirante de la prenda de lunares antes de besarme en el hombro.

—Y a mamá le va a encantar que hayas traído flores —añade—. Púrpura, ah, qué interesante. ¿Qué comentó tu abuela sobre eso? El púrpura significa… encanto, ¿no es así?

Me toma en sus brazos, echándome hacia atrás con un gesto grandioso al más puro estilo de Hollywood.

—Bien, considérame encantado, Wil Carlisle.

Una rigidez cadavérica domina mi cuerpo cuando él se mueve en busca de un beso. Vuelvo la cara para que sus labios acaben en mi mejilla. Retrocede claramente decepcionado.

—Cariño, ¿qué pasa? Oh... estás nerviosa. Es eso, ¿cierto?

Seth me endereza.

—¿Te pone nerviosa conocer a mis padres? Pues bien, no hay motivo. Les vas a encantar, estoy convencido.

Trago saliva.

—¿Cómo estás tan seguro? Igual no. Igual no caigo bien de buenas a primeras, podría ser como el kimchi, ya sabes, hasta que le tomas el gusto...

Su mirada se demora en mis labios antes de descender por el resto de mi cuerpo.

—Ni hablar, yo ya te he saboreado. Desde luego no eres algo a lo que cueste tomar el gusto. Más bien creas adicción.

Me hierven las mejillas.

—No empecemos con eso, ¿sí?

Seth sonríe y me coge la mano, guiándome hasta el interior de la gran casa.

—Tengo una sorpresa para ti.

Me recibe las flores y las magdalenas para dejarlas sobre una mesa en el gran vestíbulo.

—¿Así que de verdad eres Batman? —bromeo.

Suelta una risita.

—Por desgracia, no. No es para tanto.

Hay una gran losa de piedra fijada en la pared; el agua que corre por ella se recoge en una base de cobre. Alzo la vista hasta la ventana del atrio, cuyos paneles dejan pasar lo que queda del sol del atardecer hasta las plantas inferiores.

Mis tacones reverberan sobre el suelo de baldosas.

—Guau, tu casa... no se parece a la mía.

Sonríe.

—Te doy una vuelta rápida, y luego quiero enseñarte la sorpresa. Está arriba en mi cuarto.

Me toma la otra mano y camina de espaldas para guiarme.

—No es una treta de seducción, así que no pongas esa cara de inquietud. Pero si lo que pretendes es seducirme, dudo que oponga mucha resistencia. —Se ríe cuando le doy un empujón—. ¿No? Bien, ya me dirás si cambias de idea.

Mientras andamos por el pasillo, Seth indica una gran habitación en un nivel inferior con una chimenea de piedra y el baño contiguo para los invitados. Hay un estudio, con la puerta parcialmente cerrada, pero atisbo por un momento una pared llena de libros y un escritorio desbordado de papeles. No entramos en el comedor situado en la parte posterior de la casa, en vez de eso volvemos sobre nuestros pasos y subimos por el tramo de escaleras que lleva al segundo piso.

—Aquí —dice mientras abre la puerta.

Su habitación se ve ordenada para ser la de un chico, mucho más arreglada que la mía, con mis pilas de libros manoseados, con las esquinas dobladas, y accesorios tirados a perpetuidad sobre el tocador.

Suelto un jadeo cuando mis ojos aterrizan sobre la sorpresa. Descansa delante de la alta ventana de vidrios múltiples, decorada con un gran lazo rojo.

—Entonces, ¿te gusta? —pregunta esperanzado.

—¡Oh, Dios mío! ¡Seth, este es el telescopio Celestron NexStar 102 SLT! ¡Llevo meses soñando con este modelo!

—Lo sé. El tipo de Stargazer lo dijo. Se supone que permite ver incluso la superficie de la luna.

Maravillada, sigo con la mano el contorno del compacto cuerpo cilíndrico del telescopio antes de hacer una pausa ante el teclado de mando informatizado.

—Esto es demasiado, Seth —digo negando con la cabeza—. Más que demasiado.

Aunque me resulte doloroso, pongo distancia con el ansiado telescopio.

—Lo siento… de verdad —añado—, lo siento, pero no puedo aceptar esto.

—Sí, claro que puedes —insiste—. Mira, no te preocupes por lo que haya costado. Lo llamaremos regalo de Navidad si te sientes mejor así.

—Estamos en junio.

—Un regalo anticipado de Navidad.

Cruza la habitación para rodearme con los brazos.

—Déjame hacer esto por ti, Wil.

Me pone un dedo bajo la barbilla para inclinar mi rostro hacia él.

—Di que sí, y ya está. ¿De qué sirve tener dinero si no puedes compartirlo con la gente que te importa?

La culpabilidad me vacía de aire los pulmones. Por eso tardo un momento en responder. Coloco mis manos en su pecho y percibo los latidos de su corazón.

—Seth, esto es maravilloso, en serio, y muy generoso por tu parte. Pensaré en ello, ¿de acuerdo?

Traducción: *encontraré un millón de razones para no poder aceptar el regalo, empezando por tu hermano y acabando por mi engaño.*

Luego él añade con sonrisa picarona:

—¿He mencionado que me cargarán el 10 por ciento como penalización por devolverlo a la tienda?

—No, no lo has dicho.

Juego con uno de los botones de su camisa, evitando su mirada.

—¿Te preocupa alguna otra cosa? ¿O son solo los nervios por conocer a mi familia?

Se me retuercen las entrañas y el corazón produce un *¡crag!* espástico en mi pecho. Y me atrevería a afirmar que mis manos han desarrollado filtraciones y crean humedad igual que el sistema de rociado de plantas de los Walker.

—Debo contarte algo.

Intento calibrar su reacción, pero sus ojos castaños son cautos.

—Sí —se frota la nuca—, de hecho yo también tengo algo de lo que quiero hablar, y confío en que nos lo tomemos a risa.

¿A risa? Ahora sí que me quedo perpleja. Si se trata de algo gracioso no puede estar relacionado con Grant y conmigo, porque Seth no le encontraría la menor gracia ni por remota casualidad.

—Empieza tú. ¿De qué se trata? —pregunto, y hundo los dientes en mi labio inferior para detener el alud de mi propia confesión.

—Ahora no. Después de la cena, ¿sí?

Seth me besa en lo alto de la cabeza.

—De acuerdo —contesto aliviada por haber ganado algo de tiempo.

Eso me concede los aperitivos, un plato principal y el postre para tramar un plan concreto. Pero la mayor hazaña de todas será conseguir tragar toda esa comida con Grant sentado al otro lado de la mesa.

18.

La señora Walker canturrea mientras retoca un enorme arreglo de flores blancas en el centro de mesa. Es incuestionable de dónde le viene a Grant el talento para la música: canta como los ángeles. Y, con su impecable piel aceitunada y esa melena ondulada descendiendo como un río de chocolate sobre sus hombros, también es fácil ver de quién han heredado ambos hermanos su atractivo.

—¿Mamá?

La voz de Seth la toma por sorpresa. Pegando una mano a su blusa, suspira:

—Seth. Ni me he dado cuenta de que estabas ahí.

De inmediato sus grandes ojos saltan hasta mí.

—¡Y, Wil, bienvenida! Cielos, eres tan preciosa como decía Seth, no exageraba.

La señora Walker rodea la mesa ya puesta, que luce perfecta con tal cantidad de porcelana y plantas que empañaría a la mismísima Martha Stewart.

—Me moría de ganas de conocerte por fin.

Estoy tan nerviosa que desplazo mi peso sobre un pie y otro.

—Mmm, gracias, señora Walker, es un placer conocerla también.

Y lo digo en serio, pese a mi sonrisa forzada y a las circunstancias fraudulentas bajo las que he sido introducida en la mansión Walker como un caballo de Troya.

Me da un abrazo de esos que al instante consiguen hacerme añorar a mi madre. Me trago la sorprendente punzada de emoción.

—Oh, por favor, nada de formalidades. Llámame Charlotte.

Se aparta dándome un pequeño apretón en el hombro.

—Sospecho que vamos a vernos mucho a partir de ahora.

Buena predicción. Porque si Charlotte se entera de mi besuqueo con su hijo mayor, lo más probable es que salga en pos de mí y luego cuelgue mi cabeza en la pared. Me convertiré así en un cuento con moraleja para todas las futuras novias de los Walker.

Seth se coloca orgulloso a mi lado.

—Ya te dije que les ibas a encantar —dice bajito a mi oído.

Sí, sí, espera y verás.

—Son para ti, Charlotte.

Tiendo los iris, que acepta con una sonrisa.

—Son exquisitas. Qué detalle, Wil.

—También ha traído el postre, mamá —anuncia Seth radiante—. Magdalenas de chocolate. Las hemos dejado en la cocina.

—Son magdalenas de chocolate negro *espresso*. Mi abuela es una repostera increíble. Espero que les gusten.

Los ojos castaños-dorado de Charlotte se iluminan.

—Mmm, apuesto a que son tentadoras, por descontado.

Me miro con disimulo el pecho, medio esperando encontrar ahí una gran A escarlata de calificación sobresaliente encendiéndose y apagándose.

—¿Por qué no se van sentando y yo voy a buscar un jarrón para estas flores?

Seth me alienta con un movimiento de cabeza y retira la silla para que pueda sentarme.

—¿Dónde están papá y Grant? —pregunta a viva voz mientras yo murmuro un *gracias*.

Soy consciente del rubor que inunda mis mejillas por la mera mención del nombre de Grant. Tendré que hacer algo al respecto... como echarme por la cara la jarra llena de agua y hielos. Pero al menos los hermanos parecen haber alcanzado una frágil tregua. Seth no ha explicado los detalles del reciente tratado fraternal, pero apuesto a que durará menos que un caramelo a la puerta de un colegio... apenas unas horas, como tope.

Charlotte regresa y deja los iris en una pequeña mesita rinconera.

—Oh, tu padre sigue con su videoconferencia. Grant ha llamado diciendo que está atrapado en el tráfico, o sea que por desgracia llegará tarde. —Se dirige a su hijo sacudiendo un dedo—. ¿Y cómo es que se te pasó por alto mencionarle que habías invitado a Wil a cenar? Habría salido con tiempo de haber sabido que teníamos invitada.

Lo dudo mucho.

Me pongo a alisar compulsivamente la servilleta de tela sobre mi regazo. Seth calma mi agitación entrelazando mis dedos con los suyos.

—Relájate —susurra.

Pero las posibilidades de conseguirlo son tan remotas como las de hacer hula-hoop con los anillos de Saturno.

Nuestra atención se desplaza al señor Walker cuando irrumpe en el comedor, aflojándose la corbata y dando una palmada.

—¡Lo hemos conseguido, Charlotte! Ya es oficial, por fin. ¡El trato está cerrado!

Su mujer se levanta de golpe.

—¿Ya está? —chilla—. ¡Oh, Jackson, es fantástico!

El padre de Seth es lo que Irina denominaría zorro plateado: alto, guapo, sin indicios de la barriga de madurito. Recorre la distancia entre él y su esposa a grandes zancadas para levantarla en sus brazos.

—Lo hemos logrado —repite con júbilo. Y le da un beso.

Seth se me acerca un poco.

—Papá lleva tiempo trabajando en un asunto de una gran fusión empresarial. Supongo que ha salido bien.

—Mmm, Jackson —dice Charlotte soltándose con cuidado, luego hace un ademán con la cabeza en mi dirección—, tenemos una invitada especial esta noche.

Se vuelve con expresión momentánea de pudor.

—Ah, sí, por supuesto. Cuántas cosas tenemos que celebrar hoy, ¿verdad?

—Enhorabuena, papá. Es mi novia, Wil.

—Carlisle, ¿correcto? —pregunta el padre—. Cuesta olvidar un apellido como ese.

Tardo un instante en recuperarme del uso de la palabra «novia» por parte de Seth.

—Ah, sí —respondo con retardo.

—Soy Jackson —dice estirándose sobre la mesa para estrechar mi mano—. Un placer, Wil.

—Lo mismo digo —respondo al soltarnos—. Y enhorabuena por las buenas noticias.

Sonríe mostrando dos paletas superpuestas, un calco de las de Grant.

—Pues gracias —contesta—. Y debo decir que haces honor a la elogiosa reputación que te precedía, sin duda. Ya veo por qué mi hijo te ha tomado tanto cariño. Lo que nos lleva a la pregunta obvia... —Jackson se aclara la garganta mientras toma asiento—: ¿Cómo demonios te chantajeó Seth para que fueses su novia?

Me guiña un ojo.

Seth hace un bollo con la servilleta para arrojársela a su padre.

—Muy gracioso, viejo. Solo porque mamá perdiera una apuesta y tuviera que acceder a que salieras con ella no significa que haya sucedido lo mismo con Wil.

Hace una pausa al verme boquiabierta y luego suelta una risita.

—Es la pura verdad. Cuéntaselo, mamá.

Charlotte sacude la cabeza y baja su copa de vino.

—Así es. De haber jugado mejor a los bolos, podría haber acabado con Keith Bronson.

Con risa no disimulada, Jackson añade:

—Y tus hijos habrían tenido una cabeza enorme.

Ella frunce el ceño antes de comentar:

—Ahora que lo pienso, sí que tenía un buen cabezón, ¿verdad?

Seth y su padre continúan bromeando sobre cabezones lo bastante grandes como para eclipsar el sol. Y yo intento seguir sus bromas afables, pero a cada minuto que pasa encuentro más trabajoso llenar de aire mis pulmones. Los conductos se estrechan, no solo anticipando la llegada de Grant, sino... porque los Walker me caen demasiado bien. En serio, me gustan mucho. Con lo cual sentarme a cenar a la mesa familiar parece de algún modo una blasfemia.

Charlotte trae una fuente de la cocina.

—¿*Crostini*, Wil?

—Gracias. Qué aspecto tan delicioso.

Y apuesto a que el tomate fresco con albahaca y mozzarella sobre pan crujiente me parecería exquisito... de no encontrarse mi estómago en perpetuo estado de caída libre. Me obligo a tomar uno y pasar el plato al padre de Seth.

—Y entonces, ¿dónde se conocieron? —pregunta Jackson sirviéndose varios canapés.

Seth estira el brazo por detrás del respaldo de mi silla.

—Absinthe. Nos unió una combinación de destino y calzado —comenta sonriente—. Luego me empezó a hablar de deidades egipcias, y entonces fui ya hombre muerto.

Me da un apretón en la pierna bajo la mesa.

Trago lo que se ha convertido en una bola almidonada de pasta insípida en mi boca, y suelto una débil risita.

—Sí, bien, su hijo tuvo el detalle de ofrecerme su asiento, cosa que le agradecí porque mis zapatos no me trataban tan bien como yo a ellos.

—Ah, te entiendo —dice Charlotte dedicándome un gesto de complicidad—. Qué cierto es ese dicho: para estar guapa hay que sufrir.

Seth sube su mano unos centímetros por mi pierna. ¡Esta noche sí me ha tocado sufrir! Pero no puedo decirlo. Le doy la razón a Charlotte antes de dar otro mordisco, y rectifico con aire despreocupado la trayectoria de la mano de Seth.

Como si un apuntador cósmico indicara el momento de entrar en escena, Grant irrumpe en el comedor.

—Ey, lamento llegar tarde.

El *crostini* se desplaza a un lado en mi garganta, provocándome un violento ataque de tos.

El hermano mayor deja su mochila en el suelo.

—Un accidente en la autopista ha formado un...

Presiento su mirada desconcertada, pero no quiero levantar la vista para confirmarla.

Seth me da unas palmadas en la espalda.

—Cielo, ¿estás bien?

Meneo la cabeza arriba y abajo como una máquina de coser, al tiempo que me seco los ojos llorosos con la servilleta.

—¿Seguro? Igual va bien un poco de agua —indica Charlotte inquieta.

—Oh, estoy bien —repito con ronquera.

¡Contrólate, contrólate, Wil!

La mirada preocupada de la madre se desplaza a Grant.

—En realidad acabamos de empezar con los aperitivos. Te da tiempo de subir y cambiarte, cariño.

Él baja la vista a sus jeans gastados y la camiseta remangada.

—¿Qué hay de malo en esto?

El gesto de ella expresa con exactitud lo que ve de malo. Grant, como respuesta, le da un beso en la mejilla.

—Supongo que lo estupenda que tú estás hoy servirá para quedar bien por los dos.

Su madre se ablanda y sacude la cabeza.

—Asusta ver qué hijos tan encantadores hemos dado al mundo, Jackson.

La pareja empieza a cuestionar de quién son los genes responsables.

Grant saluda con tirantez a Seth antes de reconocer mi presencia mientras toma asiento.

—Wil.

Nuestras miradas se encuentran por primera vez.

Pronuncia mi nombre y al instante tengo visiones fugaces de la noche anterior. De rodar sobre la hierba húmeda y saborear sus suaves labios. De su camiseta frunciéndose entre mis manos mientras él acunaba mi cabeza y me hacía olvidar al resto del mundo.

Lo rebobino todo en cuestión de segundos. Tomo el vaso de agua y bebo confiando en que el frescor extinga la temperatura en alza y el rubor que avanza por mi cuello hasta el rostro. Bajamos los vasos al unísono y alzamos la mirada por un instante, apartándola a continuación incluso más rápido.

¡Estrellas del cielo! ¿Se ha quedado con eso la madre de Grant? ¿Y qué estaba comentando ella justo ahora? Algo sobre nivelar la proporción de hombres y mujeres en esta casa. Hace una pausa antes de elevar los extremos de su boca, despejando de preocupación sus rasgos.

—Bien, como decía, estoy segura de que Grant va a encontrar a alguien pronto.

—Seguro, mamá —dice cansinamente dando un bocado al canapé.

La soga invisible que rodea mi cuello se ciñe un poco más.

—Hermano, igual si te pusieras un nuevo par de jeans, te pasaras el peine por el pelo y taparas todos esos tattoos, las chicas no huirían espantadas.

Con un ceño, Grant replica a su hermano:

—Y si yo quisiera un consejo tan pobre de ti, te lo pediría.

Y tiene gracia que todas las cosas que ha enumerado Seth son las que han acabado encantándome de Grant. ¡Oh, Dios mío! ¿Encantarme? ¿De verdad acabo de usar ese término en mi cabeza? El rubor se apodera de mis mejillas mientras mi corazón se lanza al galope, igual que una manada de caballos salvajes puestos en libertad.

Seth abre la boca a punto de protestar.

—¡Chicos!

El tono de advertencia de Jackson es claro.

—Sea lo que sea lo que los tenga enfrentados estas últimas semanas —añade—, pueden dejarlo de lado por una noche. ¿Entendido?

Su silla chirría sobre el suelo cuando se levanta para recoger las fuentes de aperitivos.

Charlotte retuerce distraída una rama de perejil y me dirige una mirada.

Esto es demasiado.

—Ah... si me disculpan... —me aclaro la garganta mientras me levanto de la mesa—. Por favor, ¿me recuerdan dónde está el baño?

—La segunda puerta a la derecha —responde Charlotte, con la preocupación garabateada en el rostro.

Seth se desliza hacia atrás deprisa y empieza a levantarse.

—Ya te indico yo.

Pongo una mano en su hombro.

—No, por favor... lo encontraré.

Una vez en la seguridad del baño, tomo una gran bocanada de aire.

Haga lo que haga, entrar en pánico no es una opción admisible. Y bajo el paraguas de opciones inaceptables debo incluir una más: rebobinar mi encuentro con Grant en el jardín. No fue más que un accidente. Un error.

¿Y entonces por qué quiero repetirlo?

Oh. Dios.

Apoyo las manos en la encimera de frío granito. El rostro que me mira desde el espejo está sonrojado, no hay duda, y sus labios levemente hinchados. ¿Cómo pasa una del celibato a besar a todos los Walker de la maldita guía de calles del este de la ciudad? ¿Cómo llega a pasar eso?

Exasperada, saco los polvos compactos y me los aplico en nariz y mejillas. Disimulan el sonrojo, pero no borran el pensamiento irritante que capto ahora con claridad.

Admitir lo de anoche no es suficiente para enmendar esto.

Tengo que romper con Seth.

Esta misma noche.

Muevo los *penne* y las alcachofas por el plato con uno de mis doce tenedores. Por desgracia, no creo que ninguno de los cuchillos posea una hoja lo bastante afilada como para cortar la tensión. Grant no me ha hablado ni ha establecido contacto visual conmigo desde que he vuelto a la mesa. Y luego ha habido un momento en que, al volver a cruzar las piernas, mi pie ha alcanzado el suyo por accidente. La rodilla de Grant ha golpeado la parte inferior de la mesa con tal fuerza que ha derramado varias copas de agua.

Jackson salpica los incómodos lapsos de silencio con divertidas anécdotas. Como cuando Grant tenía siete años y convenció a todos los niños del vecindario para hacer una petición al ratoncito Pérez y que les devolviera los dientes. O cuando Charlotte lo obligó a meterse en la cama con vaselina en los dedos y unos calcetines envolviendo sus manos para que la piel no se le rasgara de tanto practicar con la guitarra. Hay historias de Seth, también... solo que...

¿Por qué no puedo recordarlas?

Según transcurre la cena, las miradas de preocupación de Seth son más frecuentes. Y no sabría decir qué está haciendo Charlotte porque me asusta demasiado mirarla a los ojos por miedo a lo que vaya a encontrar ahí.

Lo cual... *me está matando*. La secuela emocional, por no mencionar la astrológica, de concluir mi relación con Seth es superior a mí, me tiene paralizada. Y Seth se merece otra cosa. ¿Cómo he podido tardar tanto en ver que nunca funcionaremos como pareja? Mis esperanzas y sueños me han convertido en un fraude total. No quiero a Seth. Y nunca lo querré.

Se me humedecen los ojos.

—Eh —susurra él—, tienes los ojos supercolorados. ¿Aún no te has recuperado de lo de anoche?

Podría decirse así. Apoya la mano en mi nuca, devolviéndome *ipso facto* al presente.

—Y apenas has tocado la comida. Si no te gusta, seguro que podemos prepararte otra cosa.

Inspecciono la mesa y mis ojos detectan los platos prácticamente vacíos, a excepción del mío.

—No, la comida está genial —le susurro, coordinando mis esfuerzos para tragarme la desesperación a la vez que otro bocado de pasta. Mastico y me doy cuenta del sinsentido. Si continúo alimentándome a la fuerza, me arriesgo a vomitar encima de toda la exquisita porcelana; los siete *penne* de pasta y tres cuartos de un *crostini*.

—Ejem, ¿por qué no...? —Charlotte deja la servilleta sobre el plato—. ¿Por qué no tomamos las chicas un poco de aire fresco y ustedes se encargan de lavar los platos? ¿De acuerdo?

Abro un poco los ojos.

Dios. No había pensado en que pudiera haber una condena aún peor que esta comida. Resulta que me equivoco. Un rato a solas con Charlotte constituirá un círculo en el infierno por sí solo. Al parecer voy a cumplir penitencia desde ya mismo.

—Genial —digo con toda la alegría de la que soy capaz.

La sigo por el pasillo que lleva al patio y la piscina en la parte posterior. Las paredes están decoradas con pinturas vibrantes y suntuosas que llevan sus iniciales. Estoy a punto de preguntar por ellas cuando veo que un gatito nos pasa como un rayo y suelta un *miau* áspero mientras se pone a dar con sus patas en la puerta corredera. Impaciente, el felino vuelve por donde ha venido y se restriega contra mi pierna. Me inclino para frotarle una oreja, pues veo que le falta un trozo a la otra. Ronronea y levanta la cola, enroscada como gesto de agradecimiento.

—Es Bob, Bob Dylan. Les permitimos a los chicos tener gatos, oh, hace diez, tal vez hace ya once años. El gato de Seth, Spazz, se escapó al cabo de un par de años.

Suelta una risita, volviendo la mirada a la bola de pelusa gris azulada.

—Fue cosa de Grant recoger el gato más perjudicado pero resistente de todo el refugio.

—Mi abuela les tiene alergia, o sea que nunca he podido tener un gato. Pero Bob parece un encanto de gatito —digo acariciando la piel aterciopelada.

Ronronea hasta que le vibra todo el cuerpo.

—Pues sí, lo es, y probablemente vivirá más que nosotros —responde ladeando la cabeza—. Veo que también tú tienes debilidad por estos seres castigados que poseen tal capacidad de recuperación.

—Supongo, sí.

Al incorporarme sacudo de mis manos los pelos del gato.

La señora Walker abre la puerta corredera.

—Ya puedes salir, Bob.

El felino sale disparado y se esfuma bajo un enrejado de rosas trepadoras.

Salimos al exterior. Charlotte se saca las sandalias enjoyadas y luego echa un vistazo hacia el umbral, de donde no me he movido un centímetro.

—¿Sabes?, el agua sienta mucho mejor si te quitas el calzado.

Se inclina para enrollarse los pantalones de lino mientras yo entro en pánico pensando si su plan consistirá en ponerme bloques de hormigón en los pies. La indecisión debe parpadear como un letrero de neón en mi cara.

—A no ser que prefieras volver a entrar.

Mmm, no, de hecho prefiero meterme un atizador al rojo vivo en el ojo. Repetidas veces. Por lo tanto, me arriesgo a acabar con los bloques de hormigón en los pies y me quito los zapatos.

Tras el leve *plaf* de sus pies sumergiéndose en el agua, alza la vista para mirarme expectante.

Me acomodo a su lado al borde de la piscina, y respiro el aire fresco que emana del agua en contraste con el aire templado.

—Refrescante, ¿verdad?

—Desde luego —respondo levantando la cabeza. Pero la masa de nubes es demasiado densa como para dilucidar qué intentan decirme las estrellas, dejándome abandonada en esta hora de necesidad.

—He oído mencionar eso sobre ti… Tu interés por el cielo —dice mientras agita los pies en el agua. Los grillos mantienen su cadencia en los arbustos próximos—. Seth mencionó que a tu madre le interesaban de verdad las estrellas. ¿Astronomía? ¿O era astrología?

Hace una pausa, a la espera de mis comentarios.

Pero ya no tengo coraje para hablar siquiera, porque aunque no lleve bloques de hormigón por zapatos, de pronto siento que me ahogo. Arrastrada por un torbellino torrencial de emociones.

Charlotte vacila un momento.

—No... no es que quiera ser indiscreta, solo que... recuerdo lo que sucedió, el accidente —aclara.

Buena parte de Carlisle lo recuerda. Hace once años el trágico accidente apareció en todas las teles, y también en los periódicos que la abuela intentó ocultarme.

—Lo lamento, Wil. Imagino que todavía la echarás muchísimo de menos.

Asiento contemplando mis pies pálidos meneándose bajo el agua.

Ella alza la barbilla también.

—Puedo entender que las estrellas sean tan importantes para ti.

—Sí.

El dolor crece en mi pecho, amenazando con partirlo en dos y salir a la superficie. Pero no voy a permitirlo. He pasado demasiados años controlándolo. Demasiados años creyendo que debe haber una razón detrás de todas las cosas que suceden.

—Eres un encanto y mereces toda la felicidad en la vida. —Suelta un suspiro pesaroso—. Igual que mis chicos.

¿Sus chicos? Vuelvo al instante la mirada hacia ella. Pero sus ojos castaños no delatan nada. Me pregunto qué ve en los míos. ¿Lástima? ¿Tristeza? ¿Detecta que mi presencia nunca traería felicidad —a ninguno de sus hijos— por mucho que yo deseara que fuera de otra manera?

—Charlotte... quiero que sepas que...

En ese instante se abre la puerta corredera, y cuando vuelve a cerrarse yo también cierro la boca. Un picor de expectación recorre toda mi piel.

Charlotte mira con incertidumbre por encima del hombro. Retiene con los dientes su labio inferior antes de hablar finalmente:

—Perdona, eh, discúlpame, Wil, creo que me necesitan dentro.

El sonido percusivo de sus pies mojados sobre el cemento acentúa la velocidad de su partida.

Y yo lo siento aproximarse como siempre sucede: aunque perdiera todos mis sentidos, seguiría detectando a Grant Walker en el preciso instante en que se acercara.

—Tenemos que hablar.

Su voz suena glacial.

—Has dicho que no querías.

Me limpio una lágrima renegada de la cara y saco los pies del agua fría. Me he quedado entumecida, o tal vez sea la certeza de mi decisión lo que ha dejado ahí ese gélido terror. Me pongo en pie, volviéndome despacio para mirarlo.

Grant deja de retorcer su muñequera de cuero.

—No quería, es verdad. No quiero, pero... Wil, ¿qué estás haciendo?

La pregunta no es precisamente fácil, pero me la tomo como si lo fuera.

—Nada —respondo sordamente—. Debo ir a buscar a Seth.

Porque tengo que poner fin a esto, acabar deprisa, como cuando quieres quitarte una tirita. Me muevo en dirección a la casa, pero Grant me toma del brazo. Al entrar en contacto es como si su tatuaje estuviera dibujado en mi piel. Siempre ha sido así.

—Así que... ¿vas a continuar con él? ¿Como si nada hubiera pasado?

—¡No! Lo que...

—¿Tienes idea de lo difícil que ha sido todo esto? Sentado al otro lado de la mesa mientras mi hermano te susurra al oído y te pone la mano encima. Observar cómo sonríes e interpretas el papel de novia. Saber que hace menos de veinticuatro horas estabas en mis brazos —se da en el pecho—, mis brazos, Wil.

Me suelto.

—¿Crees de verdad que estar sentada en esa mesa era divertido para mí, Grant? Porque si piensas eso es que no me conoces lo más mínimo.

Pero la furia no disimula la angustia en mi tono, cómo me hiere que él piense que me deleitaría con ese tipo de dolor.

—Voy a buscar a Seth y a hacer lo que tenía que haber hecho hace ya semanas.

Él se cruza de brazos.

—¿Sí? ¿Y de qué se trata?

—Me largo. Te dejo a ti, a Seth y a tu encantadora —se me atraganta la voz— familia. Porque no hay otra manera de que esto…

—Bobadas. Estás huyendo.

Me bloquea el paso y toma mi rostro entre sus manos.

—Wil. —Hace una pausa—. Dios, me he dicho que no haría esto, pero… mírame ahora a los ojos y dime que no me quieres. Dime que no piensas que es perfecto estar juntos, que cada segundo ha sido lo más maravilloso…

—Nooo, te equivocas.

Cierro los ojos, porque si veo a Grant voy a dudar de cada verdad que he creído en la vida. Me hace dudar de las estrellas en el cielo.

—Mírame, Mena —agrega atrayendo mi rostro un poco más, acariciando mi mejilla—, y dime que no sientes algo real por mí. Dime eso… y seré yo el que se largue.

¿Qué respondo a eso? Pero nunca lo sabré, porque cuando abro los ojos…

Grant ya no está ahí.

19

—¡Tú y tus puñaladas traicioneras, hijo de perra!

Seth rodea la piscina a la que ha arrojado a su hermano, gritando a la rociada de agua que ha provocado.

Grant sale a la superficie con una explosión, echándose el pelo hacia atrás. Toma aliento y tose con respiración entrecortada.

—¿Yo soy el hijo de perra? —Se pasa una mano por el rostro—. ¿Alguna vez, por un segundo, piensas en alguien aparte de ti, eh?

Seth hierve de furia, formando puños con las manos, volviéndolas a aflojar, una y otra vez, con ganas de pelea.

—¡Juraste no hablar más con ella! ¡Prometiste dejarla en paz! Admítelo, Grant —su voz es un grave gruñido—, me has querido quitar la novia desde que empezamos a salir.

—Te equivocas —ladra Grant—. Fue antes de eso. Pero eres demasiado egoísta como para darte cuenta. O sea que —dice con provocación—, ¿qué vas a hacer ahora?

—Cabrón —replica entre dientes, y se tira a la piscina.

—¡No! —grito yo—. ¡Deténganse!

Corro hasta el borde del agua mientras empiezan a darse puñetazos. El repugnante sonido de la carne contra la carne anula los apaciguados sonidos nocturnos.

—¡Basta! —grito a pleno pulmón.

No me hacen caso, absortos en molerse a palos.

¡Qué locura! Agarro un rodillo de piscina color verde fosforito y me sumerjo en el agua fría, donde comienzo a aporrearles con mi arma.

Todos nos gritamos unos a otros, tan fuerte que no sabemos quién dice qué. Y mi rodillo silba a través del aire mientras alcanza sus cuerpos en un vano intento de poner fin a la locura.

—¡Basta!

El grito de Charlotte atraviesa el alboroto. Nos paralizamos empapados, buscando aire. En otras circunstancias podría resultar hasta cómico. Pero nadie le encuentra la gracia ahora.

—¿Qué les pasa?

Soy la primera en hablar mientras los hermanos se esfuerzan por recuperar el aire. Grant tiene un fino hilo de sangre en un extremo de la boca, y Seth muestra todos los signos de lo que promete ser un buen ojo morado.

—Lo siento —digo casi sin aliento—, todo esto es mi… cuánto lo siento.

Mi vestido pesa como cincuenta kilos de tejido empapado mientras avanzo como puedo hacia la escalerilla con el agua hasta la cintura. Me cubro el pecho con los brazos al comprobar que la tela se transparenta de forma comprometedora.

Jackson intenta asimilar la escena con un profundo ceño marcando su rostro. Aparta la mirada de sus hijos, que salen trabajosamente de la piscina mientras hacen su personal valoración de daños. Desdoblando una colorida toalla playera, me rodea los hombros con ella. Ciño el suave y esponjoso algodón a mi cuerpo tembloroso. Huele a sábanas recién salidas de la secadora… huele a Grant.

—Wil, por favor, acepta mis disculpas por el comportamiento de mis dos hijos esta noche.

Les arroja una toalla a cada uno, que ellos atrapan con torpeza.

—Esperaba más de ustedes dos.

Seth se quita la elegante camisa empapada, tirándola sobre una silla próxima.

—Y yo esperaba más de ese saco de mentiras que es mi hermano —Seth replica, indignado.

Grant mira con furia, secándose la boca con la parte inferior de la camiseta mojada.

Charlotte le levanta a Seth la cabeza para poder inspeccionar su ojo bajo la luz de la terraza.

—He dicho basta, Seth, y hablo en serio.

El hermano pequeño hace un gesto de dolor y retrocede un poco.

—Estoy bien, mamá.

—Vamos a ver, ¿alguien va a explicarme cómo ha empezado todo esto? —pregunta Jackson.

Tras una rápida mirada en mi dirección, Charlotte sacude la cabeza haciendo un gesto a su marido.

Ahí estoy yo, aún temblorosa con mi conmoción. Semanas de presión creciente finalmente han hecho saltar todo por los aires. Y mi presencia esta noche prácticamente ha servido de detonador. Salgo de mi trance.

Moviéndome tan silenciosamente como permite el vestido empapado, recojo zapatos y bolso antes de encaminarme con esfuerzo hacia la entrada. Jackson sigue soltando su sermón mientras Charlotte examina la herida de Grant, lo cual permite que me escabulla sin ser detectada. Hasta que las bisagras de la verja de hierro forjado sueltan un grito oxidado.

Maldita sea.

Echo a correr. La toalla se hincha como una capa tras de mí.

—¡Wil! —aúlla Seth.

Acelero el paso por la acera curva bordeada por cipreses. El Buick está ahora a la vista.

Sigue andando. Sigue andando. Sigue andando.

Oigo unos pasos apresurados detrás de mí.

—¡Eh, espera! ¡Detente!

Seth me toma del hombro.

Me giro en redondo para mirarlo. Las lágrimas me escuecen los ojos; ya no soy tan fuerte como para contenerlas.

—¿Por qué? ¿Por qué vas a querer que me quede? ¡Solo servirá para romper tu familia!

—Wil, no es cul...

—¡Mírate! Tienes un ojo morado... y te lo ha hecho tu propio hermano.

Permanezco en pie hecha trizas, herida de muerte, pero preferiría desangrarme del todo antes que padecer una muerte lenta.

—No puedo...

Se me escapa un sollozo. Me tapo la boca con la mano, sacudo la cabeza atragantada. Lo intento una vez más:

—Lo siento, no puedo seguir contigo, Seth. Ni ahora... ni nunca.

Seth traga saliva, como si hubiera recibido un puñetazo en la barriga.

—No, no lo dices en serio.

Pero a su tono le falta convicción.

—Solo estás enfadada —insiste—. Ven aquí.

Intenta atraerme hacia su pecho, pero me niego.

—Wil, cielo, lo siento, ha sido una estupidez. Grant y yo... no sé, ya se nos ocurrirá algo, seguro.

Y lo creo. Solo que no estaré aquí para verlo. Pongo una mano temblorosa en su pecho caliente, y alzo mi vista empañada.

—¿Harás algo por mí?

—Lo que sea —susurra limpiándome las lágrimas que surcan mis mejillas—. Por ti haría lo que fuera.

Una parte de mí quiere confesar lo que ocurrió en el jardín, pero se frena reconociendo que en realidad es un desahogo egoísta. Sincerarme, así, en este instante, sería una crueldad.

Acerco a Seth lo bastante como para besar su mejilla con olor a cloro.

—Olvídame.

La palabra se escapa como una voluta de humo; las espirales de su significado mantienen a Seth en suspensión.

Dejo caer la toalla y abro de golpe la puerta del Buick, luego me coloco tras el volante, cierro la puerta y bajo el seguro.

Seth golpea mi ventana.

—¡No hagas esto! Estás enfadada… estás… ¡No te vayas así! ¡No hablas en serio! ¡Regresa, Wil!

Entonces se abren las compuertas y las lágrimas calientes y saladas corren en cascada por mis mejillas y caen hasta mi pecho. Saco el Buick marcha atrás, largándome luego por el camino de entrada.

La última imagen es la de Grant en el retrovisor, descalzo, con la ropa mojada pegada al cuerpo. Está de pie bajo el resplandor de las luces del porche, al lado de un ciprés, y observa cómo me desvanezco en la noche.

Algo está mal. La abuela nunca se sienta en la mecedora del porche sin algo que hacer, sin un libro, un crucigrama o una libreta donde anotar su última genialidad repostera. Y hay algo aún más inquietante: está sentada a oscuras. Antes de salir del auto, compruebo la hora una vez más. No llego tarde, ni siquiera después de haber conducido sin rumbo fijo, incluida la parada en la gasolinera. Habré dado al botón del secador de manos al menos veinte veces en un intento de devolver a mi vestido un aspecto algo así como seco.

Recojo del asiento del conductor el lío de servilletas de papel en las que he estado llorando sin parar. Las medialunas de rímel persisten obstinadamente bajo mis ojos. Pero entre el manto de la noche y la delicada vista de mi abuela, es probable que no advierta nada raro en mi aspecto. Lo cual sería genial, porque no estoy para hablar de nada.

Los peldaños de la entrada protestan con sus gemidos habituales cuando subo por ellos.

—¿Abuela? ¿Qué estás haciendo aquí a oscuras?

No mira en mi dirección. En vez de ello, ajusta los azules acerados del carillón de viento que cuelga del techo del porche.

—Estoy aquí sentada preguntándome en qué me equivoqué contigo, Wilamena Grace.

—Eh... ¿Qué?

Dios, digamos que era la última respuesta que esperaba, y la primera capaz de desatar una oleada de miedo en el órgano agotado que late milagrosamente en mi pecho. Y ha usado mi segundo nombre: el de mamá. Eso intensifica la alarma más que cualquier línea en su rostro. Mi mente repasa las posibilidades como si barajara unos naipes a toda prisa.

Sigue balanceándose suavemente en la mecedora. Paciente. A la espera. Segura de que descifraré el significado de sus palabras. Y sigue sin mirarme.

Luego caigo en la cuenta. Oh... no.

—El vestido —digo en un lamento, apoyándome con debilidad en la barandilla del porche. En mi imaginación recuerdo el vestido verde que dejé descuidadamente hecho una bola en la bolsa, junto con todas las demás evidencias.

La abuela deja de mecerse.

—Por supuesto, he tenido que preguntarme para qué iba a necesitar un vestido elegante una chica que va a pasar la noche a casa de su amiga. ¿Sabes a qué conclusión he llegado?

La pregunta no es sencilla. Por lo tanto no respondo.

—El plan no era una noche en casa las chicas solas. ¿Verdad, Wilamena? Me has mentido. He confiado en ti, y has faltado a esa confianza con tus mentiras.

Bajo la bruma de mi agotamiento surgen las chispas exaltadas de la furia. Me aparto de la barandilla.

—Pero... ¡si has registrado mis cosas! ¿Cómo puedes estar ahí sentada sermoneando sobre confianza?

—¡Niña, no cambies de tema! —replica con voz de trueno.

—Pero...

Alza una mano.

—¡No! —Inspira para calmarse—. Wilamena Grace, estás castigada. Y el castigo durará hasta el final del verano. ¿Me oyes?

Noto cómo se reaviva mi rabia.

—¡No puedes! Abuela, ¡no tienes ni idea de todo por lo que he pasado esta noche! ¡Ni idea! ¡Y prácticamente ya he cumplido dieciocho! Tengo derecho a...

—¿Que tienes derecho...?

Cuando la abuela se levanta, su malestar contamina el aire.

—¡Perdiste tus derechos en el segundo en que saliste de esta casa anoche! —Sus puños aterrizan obstinadamente sobre las caderas—. Ni una palabra más esta noche. Pero, créeme, a partir de mañana vas a pagar caro el desliz. Empezando por el desván.

No entiendo cómo no exploto ante la dureza de tal injusticia. ¿Y limpiar el desván? ¿Ese mugroso desván envuelto en telarañas que huele a moho? ¡Santo Dios, ni que hubiera cometido un asesinato! Levanto las manos.

—Entonces, ¿estoy condenada? ¿Sin discutirlo siquiera?

—¿Quieres continuar? Porque esto puede empeorar mucho —suelta la abuela.

Abro con brusquedad la puerta mosquitera y luego dejo que se cierre de golpe tras de mí.

Haciendo equilibrios en lo alto de una escalera, pego escobazos a las vigas del rincón para retirar montones de telarañas que acaban revistiendo las cerdas de la escoba como una especie de pringoso dulce de algodón. Esta mañana me he puesto en marcha temprano porque sé que para el mediodía hará más calor aquí arriba que en el núcleo de Mercurio. Tampoco es que pudiera dormir demasiado. He pasado casi toda la noche recordando cada uno de los traumáticos detalles de la cena familiar del *Walkergeddon*. Tal vez hoy, gracias al desgaste físico de la limpieza, caiga rendida en el mismo segundo que apoye la cabeza en la almohada.

Me bajo de la escalera y retiro del paso una caja con bolas de poliestireno de diversos tamaños pintadas como planetas. Me dieron un sobresaliente por ese proyecto, que estuvo colgado en las vitrinas del colegio. La abuela me hizo magdalenas de rodajitas de cereza para celebrarlo.

Las cosas eran mucho más sencillas entonces.

A través de la ventana circular del desván llega procedente de la cocina la fragancia de algo metido en el horno. La abuela se ha levantado, pero no nos hemos visto. Ha hecho ruido mientras preparaba el desayuno, pero estoy demasiado enfadada como para hablar, y la comida me da demasiado asco, así que sigo aquí arriba empeñada en la limpieza.

Pasa otra hora. Entrecierro los ojos... casi consigo ver algún avance aquí. Casi. Levanto un par de cajas, mirando con cautela dónde piso entre el laberinto que se ha creado. Pero la cautela no sirve de mucho en un ático abarrotado de recuerdos que podrían servir de trampas bomba.

Me tropiezo. Las cajas apiladas de cualquier manera se caen de mis brazos.

—¡Ay!

Me froto el pie en el que me ha dado una. Mientras me seco el sudor de la frente, fulmino con la mirada el objeto rectangular, cubierto por una sábana, responsable del torpe ataque.

Irritada, jalo de la tela para retirarla. De inmediato se levanta polvo, formando una nube en el aire a mi alrededor. Toso y me abanico la cara. Y justo cuando se asientan las partículas alergénicas… lo veo.

El viejo arcón de cedro de la abuela.

¡Dios mío! Hace siglos que no veía este baúl. No desde que era pequeña, cuando estaba al pie de su cama. Siempre me hacía apartarme de él.

Pero, espera un segundo. ¿No me había dicho que se había deshecho de él?

Entonces, ¿qué hace aquí?

Me dejo caer de rodillas y paso las manos por la superficie, atraída por el olor acre de la madera. La de veces que de niña me había sentado encima preguntándome sobre los tesoros… o los secretos encerrados dentro de este misterioso arcón.

Y aquí está ahora, como por arte de magia ha aparecido en el desván.

Frunzo el ceño, batallando con mi conciencia. Abrir ese baúl sería una invasión total de la privacidad de la abuela. Pero, según ella, el cofre ya no se encuentra aquí. O sea que, en cierto sentido, digamos que estoy jugando limpio, ¿verdad?

Bien, está decidido.

Encuentro una caja que contiene herramientas antiguas, tornillos y utensilios varios, y me dispongo a abrir la cerradura con una palanqueta. El corazón me late con fuerza mientras procuro hacer saltar el viejo candado, insertando en vano un objeto de metal tras otro. Intento hacer palanca con un clavo torcido en el ojo de la cerradura, moviéndolo de un lado a otro.

—Vamos —refunfuño apretando los dientes.

Y entonces, suena el *clic* inconfundible y la cerradura se abre.

Suelto una exhalación y froto las manos sobre la bata salpicada de pintura, antes de relajarme y ponerme de cuclillas.

Eso es. El momento de la verdad…

Abro la tapa para inspeccionar el interior. Remuevo con cuidado el contenido, consciente del lugar que ocupa cada cosa. Saco pilas de cartas viejas, muchas de mi abuelo, muerto antes de que yo naciera. Los sobres han empezado a amarillear y la tinta se ha corrido un poco. Encuentro una copia del Antiguo Testamento, un relicario con un rostro severo y gastado que no reconozco, y un pañuelo con las iniciales AEC cosidas en azul. Y hay fotos —muchas fotos— representando un pasado que la abuela rara vez evoca.

Revuelvo y escarbo hasta acercarme al fondo del baúl. Por el momento he encontrado exactamente lo que esperas encontrar en un viejo arcón: recuerdos preciados, reliquias familiares. Ni más ni menos.

Me aprieto el puente de la nariz en un intento de aliviar el dolor de cabeza que se avecina.

¿Qué estoy haciendo? Este cofre no guarda ningún misterio, y aquí estoy yo, forzando cerraduras y manoseando los efectos personales de mi nana. ¿Para qué? ¿Para satisfacer alguna tonta obsesión infantil?

Pues se acabó, misión cumplida. Y sin embargo me siento fatal.

Doblada en el fondo del baúl, encuentro la manta de color albaricoque que mamá y yo empleábamos para tumbarnos a observar el cielo. La saco y la sostengo bajo la nariz, aspirando la penetrante fragancia a cedro. Por supuesto no persiste ninguna traza de mi madre en el tejido. Pero igual intento detectarla. Procuro captar incluso el más débil resto de aquella fragancia floral que solía perfumar su cabello y su piel.

Nada. Noto la punzada del vacío. Si no fuera por las estrellas resultaría más insoportable, pero al menos ellas nos mantienen unidas con un vínculo sagrado. Un vínculo que trasciende incluso la muerte.

Dejo la manta y echo un vistazo al último objeto del baúl: una vieja sombrerera. Tras sacarla, me acomodo en el suelo del desván sentada con las piernas cruzadas y levanto la tapa. Cuento con encontrar más cartas del abuelo.

Pero lo que no espero es ver fajos de cartas dirigidas a mí misma. Pestañeo con incredulidad pasando un dedo por los coloridos sobres, y las cartas de bancos intercaladas, de aspecto más formal.

¿Qué? ¿Por qué iba a esconderme unas cartas la abuela? ¿Por qué iba a enterrarlas en el fondo del baúl? ¿Por qué…?

Sacudo la cabeza. Solo hay una manera de dar sentido a todo esto.

Saco al azar un sobre rosa de la pila. Una dirección de Arizona consta como remitente y delante está mi nombre garabateado con letra descuidada. Desgarro el papel. Mi estómago se comprime con ese sonido, un sudor frío aflora en el nacimiento de mi cabello.

Es una tarjeta de cumpleaños decorada con un estallido de estrellas metálicas. Al abrirla cae al suelo un billete de veinte dólares.

¡Feliz cumpleaños, Mena!

No sé si te llegará esta tarjeta, pero sigo escribiéndote con la esperanza de que un día recibas mis cartas. Con mi felicitación de cumpleaños te deseo lo mismo de siempre; te deseo felicidad.

Sonrío al imaginarte soplando una de esas velas y me pregunto qué es lo que deseas tú. ¿Tienes una tarta favorita? ¿Un helado favorito? Para ahora ya serás una niña muy alta. Y seguro que tan hermosa como tu mamá.

Hay tantas cosas que me gustaría decirte. Tantas cosas que deseo saber.

Tal vez algún día tenga esa maravillosa oportunidad.

Pero sea como sea, siempre te querré, Mena.

Papá

El desván da vueltas a mi alrededor; los altos techos amenazan con aplastarme. Cierro la tarjeta que la abuela pretendía que yo no viera nunca y, con manos temblorosas, saco otra.

Más de lo mismo. Deseos de felicidad y de segundas oportunidades, y voluntad de estar aquí, mucho o poco tiempo.

Rasgo más sobres y devoro cada palabra.

Años y años de aniversarios y vacaciones se suceden borrosos. Años perdidos. Deseos perdidos.

Perdidos.

Y siento una atracción especial por una tarjeta en concreto; como el norte atrae la aguja en la brújula. Al tomarla de nuevo, la purpurina se pega a mis dedos sudorosos. Es la tarjeta en la que mi padre comentaba lo bonita que estaba yo con las cintas violeta en el pelo.

Solo que... nunca nos conocimos. Por lo tanto, ¿cuándo me había visto él? ¿Y cuándo fue la última vez que llevé cintas violeta en el pelo? No desde que era pequeña. No desde... Caigo en la cuenta, y la tarjeta se me cae de la mano.

Llevaba cintas violeta en el funeral de mamá.

Y tal como antes ha saltado la cerradura del cofre, ahora salta un recuerdo repentino, tan profundamente enterrado que casi estaba olvidado.

La abuela solloza junto a la tumba de mamá salpicada de girasoles, rodeándome con sus brazos. Me siento tan pequeña e indefensa, y el mundo parece muy grande y confuso.

Beso las mejillas húmedas de mi nana y le digo que todo irá bien. Le explicó que mamá prometió, con su collar en la mano, que nunca se iría, jamás. Estoy del todo segura de que regresará. Muy segura. No puedo entender que esto haga llorar aún más a la abuela.

Luego el cementerio se queda casi vacío. A excepción de un hombre alto con un traje oscuro. Lleva una corbata del color del sol... el color favorito de mamá. Y sus grandes ojos están llenos de lágrimas.

Cuando se acerca, la abuela me deposita en el suelo y me coloca tras ella. Me pego a su pierna, intentando mirar a hurtadillas al hombre que llora y ruega perdón. Pero ella lo insulta. Todo tipo de palabras prohibidas. Nunca la he visto tan enfadada.

—Vamos, Wilamena —dice nuestra vecina, la señora Rowan, tomándome en sus brazos. Suele oler a queso. Hoy huele a imitación de rosas—. Vamos a por un ginger ale. Eso te gusta, ¿verdad, cariño?

El hombre de los ojos tristes se me queda mirando. Observa cómo se agranda la distancia entre nosotros.

Y nunca lo vuelvo a ver.

Todos estos años la abuela ha sabido la verdad. Ha sabido que mi padre —fueran cuales fuesen sus crímenes— intentaba con desesperación ponerse en contacto conmigo a través de esas cartas sin abrir y los ingresos en una cuenta de ahorro a mi nombre, de la que no sabía nada.

Mi nana ha mantenido todo bajo llave en un baúl, escondido en el desván, oculto bajo una sábana, para que nunca apareciera.

La abuela rellena su taza de café. Como cualquier otro día de cualquier otra mañana, excepto que hoy ya no es lo mismo. Porque sé que los demás días estaban sumidos en mentiras.

Me tambaleo en el umbral, sujetando una de las tarjetas de mi papá.

—Te he oído levantarte temprano. Aún están calientes las galletas del horno. Hay quiche, también. Deberías comer algo antes de...

Se vuelve.

—¿Mena? Niña, pareces enferma. Y has llorado a mares…

Sabe que hay algo más que el castigo en todo esto. Mucho más. Se acerca deprisa, tomando mi rostro entre ambas manos.

—Tesoro, ¿qué ha pasado?

Yo no encuentro la voz.

—Ahora sí que me asustas, Mena. ¿Qué pasa? —insiste.

Trago saliva.

—¿Cómo pudiste? —respondo frenética. Aparto sus manos y doy un paso atrás—. ¿Cómo pudiste ocultarme la verdad?

La abuela lo sabe. Sabe que me refiero a mi padre. Se da la vuelta para quitarse el delantal, pero me da tiempo a detectar el miedo fugaz en sus ojos. Un segundo es suficiente para confirmar la verdad.

—¡Lo sabías! ¡Sabías lo de mi padre! ¡Yo pensaba que no se preocupaba, que me había abandonado! Pero lo intentaba, quería contactarse conmigo. Y tú tomaste todas esas cartas, cartas dirigidas a mí, ¡y las escondiste! ¿Por qué?

La furia en mi voz levanta ampollas que estallan en el aire que nos separa. Doy con el puño en el refrigerador.

—¿Y bien? ¡Di algo!

La abuela se estremece. Se queda pálida y se pasa una mano por el estómago. Toma un paño de la encimera para secarse con él la frente.

—Me… mena, yo iba a hablarte de tu padre. Iba a darte esas cartas, junto con todas las otras que he guardado para ti en mi cuarto. Pero… cuando tuvieras edad de oír la historia completa, de intentar comprender. No tienes idea de lo difícil que fue todo.

Resoplo enfadada.

—En eso te doy la razón, no tengo idea. Porque tú —levanto un dedo hostil en el aire— nunca me lo has contado. Así, ¿qué? ¿Ya soy bastante mayor ahora?

—Iba a contártelo, iba a...

Espero a que diga más. Algo. Algo racional que explique por qué creyó conveniente apartar a mi padre de mi vida con tantas barricadas. Alguna justificación a sus descaradas mentiras.

Me siento herida, traicionada, pero entre la infinidad de emociones, me aferro con ferocidad a la rabia. Porque es lo que me hace aguantar en pie. La rabia es lo único que me ha sacado del desván cuando quería hacerme un ovillo y morir. La rabia me traerá toda la verdad.

Doy con la tarjeta en la encimera que nos separa.

—Me debes una explicación.

La abuela aprieta la mandíbula, se seca otra vez la frente con el paño. Sus ojos llorosos miran fijos el papel que la hipnotiza.

—Sí —sollozo—, yo también sudaría si mis secretos mejor guardados de pronto me miraran a la cara.

Planto las manos a ambos lados de la tarjeta. Apoyándome en la encimera me acerco lo bastante como para oler la fragancia a canela de su piel, y susurro:

—Se ha acabado, abuela. Dices que yo he faltado a tu confianza, pero todas esas cartas y tarjetas... quebrantan la nuestra.

Salgo hecha una furia de la cocina.

No me vuelvo para ver la pena que marca más las patas de gallo de sus ojos, ni las débiles líneas en las comisuras de sus labios que se prolongan hacia abajo.

No me hace falta.

20

La ducha lava la mugre del desván, y sin embargo no me siento limpia. Me hago ondas en el pelo con movimientos automáticos. Me pongo un vestido sin preocuparme mucho del color o de si combina con los zapatos. Empiezo a aplicarme el Parisian Pout, pero luego me detengo, dejando caer la barra sin el tapón.

Mientras contemplo mi reflejo, los ojos azules de mi madre me devuelven la mirada. Tengo también el mismo cabello que ella: oscuro, ondulado. ¿Hay algo de mi padre en mis rasgos? No sé. Y si la abuela se saliera con la suya, lo más probable es que nunca lo descubriría.

Y eso precisamente es lo que más me enfada de todo.

La abuela me inculcó el valor de la sinceridad y la confianza. Pero aparentemente esas virtudes eran flexibles. *Para ella.* Tanta hipocresía es alucinante.

Mi cabeza está hecha un lío mientras desciendo los peldaños, demasiadas preguntas acompañan mis pisadas. No obstante, tengo dos cosas claras. La abuela me lo debe —las respuestas y disculpas— y no voy a permitir que ella marque la agenda y decida cuándo dará explicaciones.

Abro de golpe la puerta de la cocina, preparada para librar una guerra que dejará en evidencia a Ares, el dios de la guerra.

Pero en el mismo instante en que la descubro hecha un ovillo en el suelo… se esfuma mi rabia.

—¡Nana! —grito cayendo de rodillas—. ¡Nana!

Las manos me tiemblan mientras aparto el pelo plateado pegado a la frente. La sacudo. Tiene los ojos entornados y ausentes. La sacudo una vez más y rompo a llorar.

—¡Despierta! ¡Tienes que despertar! —digo mientras las lágrimas gotean sobre su blusa de diminutas margaritas—. Por favor, abuela —gimo— regresa conmigo.

Pego la oreja al pecho inmóvil, pero es difícil oír otra cosa que mis sollozos de pánico. Ella es mi sol y mi luna y mis estrellas. Si algo le sucede... mi mundo se sumirá en la oscuridad. El vacío. Un agujero negro y hueco.

Voy hasta el teléfono dando traspiés y marco el número de emergencias.

La mujer que contesta guía mis movimientos para iniciar la reanimación cardiopulmonar, y hago lo que puedo para seguirla. Ejecuto masajes cardiacos sobre su pecho empapado de mis lágrimas. Le daría mi corazón, mi vida, si pudiera. Porque mi vida no tiene sentido sin ella. No puede marcharse sin saber eso.

Y no puede marcharse pensando... pensando que nuestro vínculo está roto. Sin posibilidad de recuperación.

Ignoro cuánto tiempo llevamos en el suelo de la cocina cuando llega el equipo paramédico con sus artilugios y máquinas.

Entierro el rostro en mis manos cuando las palabras de la señorita Laveau arañan mi mente. *Un final... posiblemente una muerte. El resultado es inevitable...*

Pero es más de lo que puedo soportar, es pedirle demasiado a mi alma.

Sin ella me romperé en pedazos.

Estamos ya en la ambulancia, y me niego a soltar la mano fría de la abuela durante el trayecto hasta el hospital. Me hacen preguntas y debo responder. Pero no sé qué he dicho. Solo percibo luces danzantes y bocinas estridentes. Y un intravenoso. Y una bolsa de oxígeno que se estruja rítmicamente sobre su nariz y boca.

La sirena aúlla, y lo único que quiero es unirme a ella. Aullar con todas mis fuerzas para que mi grito llegue muy lejos.

—Cielo —dice una mujer del equipo paramédico mientras me da palmaditas en la mano con la que sostengo la de la abuela—, ¿quieres que llamemos a alguien? ¿Tu mamá o papá... algún otro familiar?

La realidad me atraviesa con la fuerza de una bola de demolición. Aunque tenga padre biológico, no es mi familia. Es un desconocido.

La boca me tiembla y sacudo la cabeza.

—Es lo único que tengo. Por favor... —las lágrimas vuelven con toda su fuerza—, tienen que salvarla.

Me esfuerzo por tomar aliento:

—Deben lograr que se recupere.

La mujer aprieta nuestras manos agarradas.

—Vamos a hacer todo lo posible para que sea así. Pero, Wilamena...

Las lágrimas emborronan mi visión por completo. Las seco y la mujer aparece de nuevo enfocada. Sus ojos muestran preocupación y bondad.

—Necesito que seas fuerte —me dice—, hagámoslo juntos, ¿de acuerdo?

—Lo intentaré.

Una hora. Eso es lo que llevo junto a la cama de la abuela. Aunque el tiempo que ella ha estado previamente en la sala de hemodinámica hace que parezca el transcurso de toda una vida.

Su estado se ha estabilizado, pero está pálida como la ropa blanca de su austera cama del hospital. Los pitidos intermitentes sirven para recodarme que sigue con vida.

Acerco la silla a la cama para poder abrazarla, y cuando eso no es suficiente, me estiro junto a ella sobre el colchón.

Le digo cuánto siento haberle mentido, y las cosas terribles que solté cuando estaba enfadada y herida. Se lo dejo claro. Puede castigarme para el resto de la eternidad si quiere… no me importa, en realidad. Haré trabajo manual. Arrancaré todo el diente de león del maldito estado si eso la trae de vuelta. Y eso es mucha mala hierba.

No ha estado bien… que me ocultara tantas cosas. Pero sé que me quiere y que haría cualquier cosa por mí, inclusive dar su propia vida, igual que yo por ella. Por lo tanto, encontraremos la manera de superar esto. Debemos hacerlo.

La abuela tiene unas pestañas preciosas, largas y oscuras, pese a que el resto de su pelo esté salpicado de canas. Se lo digo. Le digo lo guapa que es, lo bonitas que son las pestañas y todo.

—¿Wil?

Me incorporo y descubro a Irina de pie en la puerta. Se lleva una mano a la boca y apoya la otra en el umbral.

—¿Está… está…?

Le saltan las lágrimas.

—Está estable. La han sedado mucho porque tenían que…

Ni siquiera soy capaz de pronunciar la palabra *intubar* sin desmoronarme otra vez. Me esfuerzo por continuar:

—Tuvimos una pelea y entonces me largué de un portazo. Me pareció que no se encontraba bien pero… —vuelvo a mirar a la abuela— pero no sabía que estuviera sufriendo un ataque cardíaco. No, peor que eso. —Sacudo la cabeza para recordar fragmentos de la explicación del doctor—. Creo que lo llaman infarto agudo de miocardio. El músculo del corazón se estaba muriendo, de hecho. No lo sabía. No era consciente. Hasta que me la encontré en el suelo y...

Un nuevo sollozo interrumpe mis palabras.

—Ssh.

Irina me rodea con los brazos.

—Calla, no es culpa tuya, Wil —canturrea.

Sigue rodeándome con un brazo mientras toma la mano de la abuela que se encuentra libre del intravenoso. Su voz es una sombra de un susurro mientras murmura algo en ruso. Repite las frases una y otra vez como una letanía. Signifiquen lo que signifiquen, las encuentro tranquilizadoras.

Y durante un rato permanecemos sentadas, aferrándonos a la vida de la abuela, aferrándonos la una a la otra.

—¿Wilamena? Soy el doctor Gaultier, el cardiólogo que ha tratado a tu abuela.

Hace una pausa para marcar algo en la tableta que lleva.

—¿Se pondrá bien?

El médico de mediana edad se quita las gafas y las mete en el bolsillo superior de la bata.

—Estamos haciendo todo lo posible para que se recupere. Tu abuela ha sufrido un infarto de miocardio de la pared inferior con elevación del segmento ST, lo que llamamos un IAMCEST. Cuando ha llegado presentaba un bloqueo agudo de la arteria coronaria derecha. Este bloqueo completo también provocaba la arritmia, que ocasionó su pérdida de conocimiento. Hemos practicado una angioplastia y colocado un *stent* en la arteria coronaria derecha para recuperar el flujo correcto de sangre al corazón.

Bien, Wilamena, tras realizar todas las pruebas preliminares, no hay nada que sugiera que tu abuela haya experimentado daño cerebral. No obstante, dado que no sabemos con exactitud el tiempo que permaneció inconsciente antes de que iniciaras su reanimación cardiopulmonar, no sabremos hasta que despierte si sigue neurológicamente intacta. Es posible que pueda darse alguna pérdida de memoria, cambios de personalidad...

Iri encuentra mi mano para darme un apretón. Y mientras el médico prosigue con su explicación del estado y cuidados de mi abuela, me quedo encallada en la expresión «daño cerebral» y en si mi abuela estará o no «intacta». Son frases que suenan feas, con connotaciones aún más horribles porque arrebatan a la gente lo que ha sido en el pasado.

¿Y si la abuela no es la abuela cuando despierte?

¿Y si no me recuerda?

¿Y si y si y si...?

Me quedo mirando la mano de Irina agarrada a la mía. Mis dedos están moteados de rojo y blanco. No siento nada.

El doctor Gaultier sigue hablando, pero ya no oigo más.

—Lo siento. —Me froto los ojos hinchados y sensibles—. ¿Cuánto tiempo tendrá que estar intubada?

—En este momento el respirador hace buena parte del trabajo por ella. No obstante, podremos observar cuándo es capaz de respirar espontáneamente por sí sola. Pero hasta que eso suceda será necesario mantenerla con respiración asistida y sedación.

Apoya una mano en mi hombro.

—Es importante tener fe, Wilamena. Como he dicho, hemos abierto una arteria bloqueada, por lo tanto, al corazón le llega la sangre que necesita. Pero tu abuela ha pasado por una tremenda situación. Su cuerpo necesitará tiempo para recuperarse.

—Gracias —digo mientras el doctor sale de la habitación.

El celular de Irina avisa de la entrada de un mensaje. Suelta mi mano y frunce el ceño mientras lo lee.

—¿Qué?

—Es... —empieza a decir con una mirada de súplica—. Mmm, no pensaba con claridad de camino hacia aquí. Me entró una llamada y tal vez mencioné que estabas en Urgencias con tu abuela.

—¿Quién era? —pregunto antes de sonarme la nariz en uno de esos papeles de aspereza propia de hospital que ofrecen el mismo alivio que la corteza de un árbol.

—Ey, he venido... lo más rápido posible.

Grant está ahí de pie, sin aliento, con las mejillas ruborizadas y el pelo revuelto.

—¿Qué puedo hacer? ¿Cómo puedo ayudar? O... ¿prefieres que llame a Seth tal vez?

—Lo siento —murmura una Irina con la mirada dominada por el pánico—. No sabía que, de hecho, fuera a venir.

Grant vuelve la cabeza primero hacia Irina y luego hacia mí.

—Yo... puedo irme. O esperar abajo o mmm... puedes mandarme a hacer algún recado. Se me da bien obedecer instrucciones.

Me cuesta creer que Grant me esté viendo justo en este momento en que toco fondo emocional. Y viendo a la abuela con esos espantosos tubos y artilugios de respiración asistida y... Pero no se estremece ni se da media vuelta. En todo caso, parece desesperado por quedarse. No puedo entenderlo. Y tampoco entiendo por qué no le digo que se vaya de inmediato.

Una enfermera asoma la cabeza por la puerta.

—Lo lamento mucho, pero solo podemos permitir dos visitas al mismo tiempo. Uno de ustedes debe quedarse en la sala de espera.

Hago un leve gesto de asentimiento a Irina. Eso es lo maravilloso de ser mejores amigas: hablar sin palabras. Irina es capaz de interpretar desde una inclinación en mi barbilla hasta la expresión en mis ojos.

—Ok, total estaba a punto de bajar a la cafetería. ¿Earl Grey va bien? —pregunta.

—Sí, gracias —respondo.

Me da un beso en lo alto de la cabeza y se cuelga el bolso de ribetes metálicos.

—¿Te quedas con ella mientras salgo?

—Por supuesto —responde Grant.

Irina le aprieta el brazo al pasar.

—Eres de los buenos.

Arrojo a la papelera el montón de pañuelos mientras Grant se acerca con incertidumbre.

—¿Me estoy entrometiendo? Porque puedes decirme que me marche. Ya me entiendes, con todo lo que sucedió la otra noche.

—No entiendo por qué querrías quedarte, la verdad.

Grant acerca la silla a la cama y se sienta. Estira el brazo entre el espacio de los barrotes de plástico para encontrar mi mano. Sus dedos cálidos me tranquilizan más que cualquier médico.

—Hace unos años, una amiga tuvo problemas. Yo debería haber hecho más por ayudarla. No cometeré otra vez ese error.

Dejo que mi pulgar acaricie la tensión en los tendones del dorso de su mano.

—¿Qué sucedió?

No se suelta pero se incorpora un poco para apoyarse en el respaldo de la silla.

—Mejor dejarlo para otro momento, ¿de acuerdo?

—Bien —trago el nudo de tristeza omnipresente en mi garganta—. Gracias por estar aquí.

—Gracias por no echarme.

Me da un apretón en la mano.

—Pero antes hablaba en serio: si quieres que llame a Seth, lo hago.

—¿Es algo malo que no quiera? ¿Que no quiera que llames? Es solo que...

Vuelvo a mirar a mi abuela, durmiendo en la profundidad de sí misma.

—No hay nada malo ni bueno, Wil. Entonces, ¿qué dicen los médicos? A menos que… prefieras no hablar de ello.

Me sorprende comprobar que hablar me sienta bien. Grant escucha y asiente, y hace todas las preguntas pertinentes. Y luego Irina regresa, y alguien tiene que marcharse. O sea que Grant me aprieta la mano una última vez antes de dirigirse hacia la puerta.

Ha pasado mucho rato y se está haciendo tarde. Estoy tan cansada que veo doble. Concluye el horario de visitas, pero me dicen que puedo regresar mañana por la mañana.

Irina no ha ido al trabajo para estar conmigo, pero yo sé que necesita ese dinero. Pese a sus últimas aventuras con el billar, anda mal de fondos, la situación económica no le permite irse de casa de su *tetya*, que es lo que ella querría.

—Voy a caer rendida en cuanto llegue a casa —digo a Iri por enésima vez—. Puedes ir a meter horas en Inkporium con toda tranquilidad.

Cruzamos por la ajetreada sala de espera de Urgencias, entre un niño lloriqueando y un demacrado anciano que apesta a meados y alcohol.

—No voy a dejarte sola esta noche, de eso nada amiga.

Me rodea con el brazo y esquivamos a un niño revoltoso al que no lo detienen ni los tubos que lleva enchufados a la nariz.

—Babá, babá, ¿pog qué tene una cinta pbateada pegada a zapato? —pregunta Nariz Enchufada con voz nasal.

—Señalar es de mala educación —reprende la madre—. Para empezar, ese dedo es el que te ha buscado problemas. ¿Qué te dio para que empezaras a meterte uvas por la nariz?

Mi corazón da un brinco en el pecho. Me invade la esperanza de que se trate de mi chico de la cinta plateada. ¡Y lo es! Grant está desplomado medio dormido en una silla demasiado pequeña para su largo cuerpo. Su codo se escurre bajo el peso y da un respingo, despertándose.

—Ey. —Se levanta—. Eh, no estaba seguro de si ibas a necesitar que te llevase a casa.

Grant se mete las manos en los bolsillos.

—Claro, que Irina podrá llevarte, seguramente, así que ya…

—De hecho —dice Iri mirando el celular—, tendría que haber ido a trabajar hace rato, voy fatal de tiempo. Así que, si no te importa, igual puedes llevarla.

—Sí, seguro. Lo que haga falta.

Irina me da un abrazo de despedida.

—¿Es eso lo que querías o he metido la pata? —susurra.

Para ser sincera, no sé qué quiero. Pero asiento contra su hombro, porque aclarar la confusión de mis sentimientos supone demasiado trabajo.

Le prometo llamar si necesito algo, y ella promete reunirse conmigo en el hospital a primera hora de la mañana.

Grant me toma de la mano y por un breve instante olvido la angustia del día.

—Vamos, te llevaré a casa —dice.

21

Me despierta la sensación de movimiento. Estamos en la furgoneta verde y mi cabeza se acuna en su brazo tatuado. Respiro hondo, inhalando su olor a ropa limpia. Mi estómago protesta al percibir otro olor: comida.

—Ya estás en casa —dice Grant en voz baja—. No quería despertarte, pero he parado en Spoon & Ladle para comprar algo. Ya sé, seguramente es una tontera tomar sopa en verano, pero...

Me siento mareada.

—No, huele bien.

—No estaba seguro de qué te gustaría, así que he comprado cuatro clases diferentes.

—No soy tan exigente, la verdad. Gracias.

Mi intento de esbozar una sonrisa no logra el resultado deseado.

Grant aparca y me sigue cuando subo los escalones.

Abro la puerta con la llave y apenas consigo creer que sea la misma casa de esta mañana. Ahora resulta poco acogedora. Fría. Nos descalzamos y dejamos los zapatos sobre la alfombra bajo el asiento en la entrada.

—¿Dónde dejo esto?

Sostiene el cartón en el que van las sopas.

—En el salón está bien.

Me sujeto el pelo tras la oreja.

—Creo que me iría bien una ducha si no te importa. Y aprovecho a cambiarme de ropa también.

—Lo que necesites —dice Grant.

No tardo mucho en volver a bajar por las escaleras, descalza, limpia y con mis pantalones de pijama de seda y la gastada camiseta de la constelación. Mis mejillas parecen llevar unas manchas rosadas permanentes, como si se me hubiera corrido el carmín. En pocas palabras: estoy hecha un desastre. Pero estoy demasiado cansada como para que me importe.

Grant ha puesto cucharas y servilletas sobre la mesa de centro y las sopas formando una hilera muy ordenada.

—¿Qué vas a tomar? Brócoli con cheddar... Pescado con tomate... Suculento pollo con fideos...

—Basta, solo...

Me siento a su lado en el sofá y entierro el rostro en las palmas de mis manos.

—Hace demasiado calor para una sopa, ¿verdad? Puedo salir y traer alguna otra cosa. Lo que te apetez...

—¡No! Es que... si sigues con tus atenciones me desmoronaré —digo conteniendo un sollozo—. ¿Por qué sigues aquí? ¿Por qué sigues haciendo todas estas cosas por mí?

Cierro los ojos y los vuelvo a abrir poco a poco.

—Grant... ¿qué quieres?

Se toma su tiempo para bajar la tapa de la sopa, con la mirada fija en ella.

—¿Es que de verdad no lo sabes? ¿O quieres que lo diga en voz alta?

Al no oír respuesta por mi parte, traga saliva antes de mirarme.

—Deberías comer antes de que se enfríe.

Me pasa la taza de pollo con fideos, que acepto sin rechistar.

Una película estúpida suple la ausencia de conversación. Cuando me resulta imposible soportar otro segundo más de diálogo insensato, apago la tele.

—He roto con Seth —digo—. Es en parte el motivo de que antes no quisiera que lo llamaras.

Grant se frota el ceño fruncido.

—Anoche ninguno de nosotros se lució mucho que digamos, Wil. Y... creo que él aceptaría volver a estar juntos al instante si se lo pidieras. Si es eso —hace una pausa— lo que quieres de verdad.

Nada de esto alivia mi conciencia; hace que me sienta peor.

—¿Sabes por qué empecé a salir con él? —pregunto con una risa lúgubre—. Porque se supone que es perfecto para mí, por nuestras cartas astrales. Incluso cumple años el día exacto de la persona predestinada. Seth es mi destino cósmico. Y justo antes de que mi mamá muriera, me hizo prometer que...

—Wil, no tienes que explicar nada de esto ahora. Ya has pasado por mucho hoy.

—No, prefiero contártelo, porque deberías saberlo. No soy tan buena, soy horrible.

—No estoy de acuerdo. Creo que eres una persona increíble que ha pasado por cosas horribles.

Aparto enseguida la cabeza y me quedo mirando la manta de punto tejida hace siglos por la abuela. Cada vez que me encuentro mal o disgustada, me la echa sobre los hombros. Pero ahora no está aquí para hacerlo.

—Te equivocas, Grant.

—Bien, entonces tú no conoces a la chica que yo veo.

Se acerca un poco más. Como respuesta, yo me aparto un poco para apoyarme en el reposabrazos.

—Wil, deja de intentar apartarme o hacerme pensar que eres mala persona. No lo eres.

—La buena gente no accede a salir con alguien ni a conocer a sus padres ni a ir en globo solo en función del día en que nació ese alguien. Seth ha sido un cielo conmigo en todo momento y… y…

Entonces Grant me pasa un brazo sobre el hombro. Dejo de resistirme.

—¿Y qué?

—No lo amo —concluyo desesperanzada—. No lo amo y nunca lo amaré como es debido.

Sus pulmones sueltan todo el aire que retienen cuando me acerca para estrecharme con fuerza contra su pecho.

Me lloran los ojos, derramando toda la pena una vez más.

—Dios, ¿y si de verdad ya no valgo? ¿Y si toda esta pérdida… ha destruido mi capacidad de amar en serio como lo debe hacer una persona?

—No me trago eso ni por un segundo, Wil. Yo te veo —dice con fervor—. Veo el amor que sientes por Irina y por tu abuela.

Me pasa una servilleta por la mejilla húmeda.

—Estás lastimada, pero no acabada.

Agito los hombros con otro sollozo.

—La abuela es todo mi universo. Sin ella, no tengo nada… nadie. No puedo perderla, Grant. No puedo, así de sencillo.

—Ssh, ssh —canturrea.

Me rodea con los brazos y me sostiene cuando siento que el resto de mí se desmorona de forma espectacular. Continúo deslizándome por el abismo de tristeza. Y él lo permite. Me deja llorar hasta que me vacío de lágrimas y me quedo tranquila de nuevo.

Gimoteo contra su camiseta.

—¿Grant?

—¿Sí?

—¿Por qué trepaste al depósito si te daban miedo las alturas?
—¿Qué?

Ha dejado de frotarme la espalda con la mano.

—Ya te lo dije, pensábamos que ibas a saltar.

—Pero... había algo más —alzo la vista—, ¿verdad? Tenía que haberlo.

—Wil, cielo.

—Llámame Mena.

Grant me fija el cabello tras la oreja.

—Mena, no es una historia para contar esta noche.

Encuentro su mano y la rodeo con la mía.

—¿Me lo puedes contar de todos modos?

No sé explicar por qué es tan importante escuchar esa historia ahora. Tal vez sea por encontrarme aquí en sus brazos con el alma tan abierta y desnuda que ahora me siento desesperada por conocer las partes que él oculta.

La indecisión pugna en su rostro.

Le estrecho la mano.

—¿Por favor?

Se toca el tatuaje por instinto.

—Es... por la amiga que te comentaba antes. Se llamaba Anna, Anna Rodríguez.

Oír ese apellido me sobresalta.

—Sí —añade—, la prima de Manny, mi novia en segundo y tercer curso. Una chica totalmente increíble que no temía a nada, con una cola de chicos muriéndose por salir con ella, pero me escogió a mí. De todos ellos, me escogió a mí.

Una sonrisa triste eleva los extremos de su boca.

—Me enseñó a bailar, a hablar español... —Se calla un momento—. Me enseñó muchas cosas. Durante un tiempo fue... grandioso.

»Pero Anna tenía esos momentos oscuros también. Su vida familiar era un asco. Manny intentó ayudarla, fue muy bueno con ella ofreciéndole trasladarse a vivir con su familia, pero no la convenció. No quería dejar a su madre, ni pensarlo... pese a las consecuencias para ella. Y no es que su madre estuviera mucho tiempo en casa; tenía dos empleos para llegar a final de mes. Algo que a mí me mataba porque nosotros vivíamos muy bien.

»Y luego estaba su padrastro —continúa, sacudiendo la cabeza con disgusto—, que bebía mucho y se fundía todos los ingresos en alcohol y juego. Ella negaba otros abusos, pero creo que cuando yo aparecí en escena el daño ya estaba hecho. Todas las cicatrices las llevaba en su interior. Yo lo intentaba... que se sintiera mejor. Quería tener ahí todo el tiempo a la chica feliz que me había conquistado. Pero cada vez la veía menos. El pasado encuentra la manera de atraparnos, ¿sabes?

Sí. Más de lo que me gustaría. Tomo aliento para hablar, pero Grant sigue con el relato.

—Al final lo dejamos. Yo corté con ella. Tenía dieciséis años, y mi trasero privilegiado no sabía cómo lidiar con ese pasado que a ella la devoraba. Anna se mezcló con una banda peligrosa, salían de fiesta y se metían de todo. Dios, Manny y yo hicimos lo que pudimos para sacarla de ese ambiente. Pero volvía, una y otra vez.

»Luego me llamó una noche... borracha o colocada, tal vez las dos cosas, rogando que volviéramos. Dije que no.

La tristeza se propaga desde algún lugar profundo antes de que continúe hablando.

—Sabía que estaba hecha polvo, pero sabía también lo difícil que era razonar con ella cuando estaba así.

Grant pasa los dedos sobre las notas musicales de tinta en su brazo.

—Anna murió esa noche.

—Oh, Grant.

Me aparto de sus brazos al ver el dolor marcado en su rostro.

—¿Qué sucedió? —susurro.

—A veces celebraban fiestas en solares de obras. Se... se subió por un andamiaje a una de esas vigas metálicas, perdió el equilibrio y... —Su voz se carga de emoción—. Fue instantáneo, del todo.

Rodeo su cintura con mis brazos y apoyo la cabeza en su pecho.

—Dios, cuánto, cuánto lo siento.

—Yo también. He rebobinado la última vez que hablamos una y otra vez y he pensado en un millón de cosas diferentes que podría haber dicho, que podría haber hecho.

—Ya sabes que no fue culpa tuya.

—Tal vez, tal vez no. Pero no pasa un día sin que desee haber hecho algo más, haber intentado más, escuchado más. No sé.

Suspiro contra su pecho.

—Por eso subiste a la torre, ¿verdad? Estabas reescribiendo la historia... salvándome a mí.

Grant asiente y luego continúa.

—Después del funeral, tuve mi propia caída en picado. Salía hasta tarde, bebía, encontraba excusas para buscar pelea.

»Una noche en una fiesta, un tipo se puso violento con una chica. La encontré de espaldas en el suelo, aturdida, sangrando por la nariz, y... estallé, así de sencillo. Acabé pegando tal paliza al sujeto que pasó siete días en la UCI. Presentó cargos, y si no llega a ser por mis padres y por los abogados habría ido a juicio. O sea que me salvaron de una buena.

Se mueve incómodo en mis brazos.

—Pero aparte de beber y pelear, también me acostaba con cualquiera... sin parar. Lo que fuese con tal de olvidar a Anna y olvidar no haber sido la persona que influyera en ella para que ahora estuviera viva y no muerta. No puedes imaginar la carga que supone algo así.

Encuentro su mano y entrelazo sus dedos. Le acaricio la piel con mi pulgar.

—¿Cómo te recuperaste?

Grant suelta una risita cargada de pena.

—Manny. Cuando ya no me aguantaba a mí mismo, un día él me quitó toda la tontería de un guantazo... literalmente, me dio un puñetazo en la cara. Me dijo cómo asquearía a Anna la manera en que yo malgastaba mi vida. Al final me sumergí más y más en mi música. Pude dar salida a mi dolor, la rabia, toda la impotencia. Fue cuando escribí *La canción de Anna*... el tatuaje.

Levanta el brazo tatuado, temblando cuando paso el dedo sobre las notas musicales.

—Me ayudó a superarlo —añade.

Entiendo la pérdida. Llevo tiempo familiarizada con ella. Comprendo lo vacía que te puede dejar si lo permites. Cómo algo simple acaba siendo devastador: mi madre saliendo a por sirope de arce, un mal paso de Anna... sucesos que podrían terminar de mil maneras efímeras, acaban por arrancarnos a las personas que queremos.

Me está observando y estudia mi reacción apretando la mandíbula, con líneas marcando su frente. Creo que le preocupa haber dicho demasiado. En absoluto.

Los ojos húmedos de Grant se llenan de emoción, más de la que pueden describir las palabras.

Tomo su brazo para acercármelo y besar el tatuaje, borrar a besos la herida, igual que la abuela ha hecho tantas veces sobre tantas rodillas y codos despellejados. No quiero que aguante más esa carga él solo. El dolor es algo que podemos compartir.

Aliso las líneas sobre la frente preocupada. Igual que hubiera querido hacer aquella noche en el Absinthe que ahora me parece que fue hace décadas. Recuesto la cabeza en su pecho de nuevo. Su aliento caliente en mi cuero cabelludo me hace olvidar nuestras heridas. Me hace olvidar todo.

Y, lo sé, el más mínimo movimiento podría cambiarlo todo. Si levanto la barbilla, nuestros labios casi se tocarán. Casi...

Su corazón late con más fuerza, como si adivinara mis pensamientos. El algodón de su camiseta roza con suavidad mi mejilla cuando levanto la cabeza, despacio, muy despacio. Me devuelve la mirada con los párpados medio caídos, con igual anhelo.

Rozo con mi boca la suya y oigo la brusca inspiración con que ambos tomamos aliento. En el instante en que nuestros labios se encuentran, todos los males y dolores de la vida... se desvanecen. Sé que no han desaparecido para siempre, pero de momento no los noto. Solo noto a Grant.

Seguimos quietos, a excepción de nuestras respiraciones y corazones. No he movido mi mano que nota la barba crecida de su mejilla, y tampoco él ha desplazado el brazo que me envuelve. Estoy rodeada por *La canción de Anna*, convencida de que será tan preciosa como era ella.

Me aparto y permanecemos mirándonos maravillados. No debería ser maravilloso.

Porque estamos condenados.

Pero por esta noche, por una noche... voy a imaginar que puedo reordenar las estrellas.

Bajo la mano, que retiene el calor de su rostro.

—No puedo seguir fingiendo. Ni quiero fingir nunca contigo, Mena, nunca. Eres lo único que quiero. Lo único que he querido desde el momento en que nos conocimos.

Grant me quita las gafas, que se quedan sobre la mesa de centro. Se inclina un poco más contemplando mis ojos.

—Dime que me detenga.

No digo nada. Tal vez Grant no quiera fingir. Pero yo sí. Quiero fingir que no hay nada aparte de nosotros; no hay promesas ni cartas astrales ni vidas pendientes de un hilo. Porque el anhelo que siento por él no es comparable a nada que haya sentido. Me consume.

De pronto me toma en sus brazos y me besa. *Con fuerza.*

Suelto un jadeo y caigo sobre los cojines del sofá. Cuando me besa con sus labios frenéticos, mi necesidad responde con idéntica pasión. Toda emoción contenida, todos los recuerdos de la noche en los jardines, son mi perdición. El beso se vuelve más profundo mientras nuestros cuerpos recuerdan lo bien que se amoldan el uno al otro, lo bien que encajan nuestros contornos, como piezas de puzle esperando encontrar su sitio.

Jalo de su camiseta hasta que queda fruncida en la parte superior de su espalda, arañándolo por las prisas. Murmuro una disculpa contra su boca mientras él arroja la prenda al suelo del salón.

No sé qué estoy haciendo. No puedo creer lo que estoy haciendo. Prácticamente le rompo la camiseta estirándola y lo único que se me ocurre pensar es… *por favor, oh, por favor, no te detengas.*

Una vez más nuestros labios chocan como fragmentos de cielo, que estallan a través de la atmósfera. Tomamos velocidad cuando volvemos a caer como trozos de basura espacial.

Ardo en llamas, encendida por la manera en que mueve sobre mí sus labios y manos.

Me llevo los brazos al torso, buscando la parte inferior de mi blusa. No quiero que quede nada entre nosotros. Deseo sentir su corazón, su piel ceñida a la mía. Quiero que la conexión física iguale a la emocional.

—Mena.

Grant se frena, sosteniéndose por encima de mí sobre sus brazos. Su pecho desnudo sube y baja de manera irregular; lleva el pelo más revuelto de lo habitual.

—Sin sexo —murmuro.

Pero no puedo definir lo que quiero. ¿Conexión? ¿Cercanía? ¿Sentir algo que merezca la pena recordar?

—No, no estoy aquí para eso —vacila y se relame el labio—, no fui al hospital para eso. Lo estás pasando mal, lo último que quiero es...

Detengo su boca con mis dedos y domino el dolor que amenaza con volver a la superficie.

—No soy la única que lo pasa mal.

Me aparta los dedos con delicadeza y se sienta.

—Eso es diferente. Son viejas cicatrices.

Baja la cabeza sobre sus manos antes de continuar:

—Hace mucho tiempo que no estoy con alguien. En realidad no quería estarlo. Pero cuando te conocí... todo cambió.

Y yo repito bajito:

—Todo cambió para mí también, Grant.

Ahora, sentada a su lado, con su sabor en mis labios, su fragancia en mi piel... comprendo por qué nadie me había despertado de este modo.

Porque nadie más... era Grant.

Apago la lámpara con mano temblorosa. Es más fácil ser audaz a oscuras.

—Nunca quise estar con alguien, en realidad. Al menos, no como...

Pero entonces mi voz se debilita, igual que mi arrojo.

—¿No... cómo...? —me apunta. Tomándome de la barbilla, vuelve mi rostro hacia él—. Soy yo. Mena, no debes temer nada.

Tiene razón. Cada latido de mi corazón confirma que estar con Grant es lo correcto. El miedo se disuelve.

—Nunca quise estar con alguien, en realidad —contemplo sus ojos oscurecidos—, de la manera que quiero estar contigo.

Entonces me levanto, y la luna acaricia mi espalda. Esta vez él no me detiene cuando me quito la camiseta y la arrojo encima de la suya. Mis latidos no consiguen tapar el sonido de su respiración.

—Eres tan hermosa, Mena, que... —su voz se convierte en un susurro— me cuesta respirar. Pero debo decir, debes saber cuánto...

—Por favor, Grant —sacudo la cabeza—, basta de palabras. ¿No podrías... buscar otra manera de hablar?

Veo la silueta de su garganta tragando saliva, relajándose a continuación. Se levanta para mirarme a la cara.

La sangre se precipita por mis venas y oídos, por cada parte de mí, recordándome que estoy viva. Vivísima. Lo abrazo pegando mi piel a la suya con firmeza. Es como sostener fuego, y mirar a sus ojos es como contemplar el sol.

Cuando finalmente lo suelto, nos derrumbamos sobre el sofá. Caigo encima de él. Sus manos ya no tienen la prisa de antes, no intentan quitarme más ropa de la que ya he retirado yo misma.

Sin sexo. Y lo cumple, pese a mi manera de moverme desesperada contra él y de buscar a tientas el botón de sus jeans. Es un movimiento temerario, sin haber considerado en realidad qué haré una vez desparezcan los jeans. Pero quiero aliviar lo que él debe de estar sintiendo, lo que yo estoy sintiendo.

De pronto me encuentro debajo de él. Con respiración entrecortada y cuerpo tembloroso, sacude la cabeza cuando yo forcejeo otra vez con el botón de sus jeans. Me sujeta la mano contra el cojín del sofá. Entrelazamos nuestros dedos y él los besa.

Grant ahora se sostiene sobre mí, su cabeza se recorta contra la luz plateada. Tiene la misma mirada eufórica que la primera vez que lo vi tocar la guitarra. Excepto que ahora soy yo la guitarra. Y esas manos talentosas me tocan como tocó su querido instrumento. Tocándome como nadie antes. Luego pega su boca a la mía y me besa hasta que se enturbian mis pensamientos. Y me lo dice todo... si pronunciar una sola palabra.

—No —susurra cuando empiezo a apartarme. Me atrae de nuevo contra él, dejándonos pecho con pecho, corazones latiendo al unísono—. Quédate conmigo.

⚖

No estoy segura de cuánto tiempo llevo con Grant en el sofá cuando finalmente me despierto. Lo bastante como para que haya cesado el hormigueo y la primera luz del amanecer perfore las cortinas del salón.

Mi cabeza parece rellena de lana, y es como si tuviera arenilla en los ojos. El brazo de Grant me rodea la cintura; respira con la constancia lenta del ritmo del sueño.

Amo a Grant.

El pensamiento me sorprende como un trueno. No estoy dichosa ni feliz, ni ninguna de esas cosas que se supone que siente alguien enamorado. En vez de ello, estoy aterrorizada.

Porque amar a Grant compromete toda una vida de creencias. Peor aún, compromete el legado de mi madre, la promesa que le hice. Cierro los ojos con fuerza.

Dios mío, ¿qué he hecho?

El reloj del abuelo repite seis veces su *talán* por toda casa. Grant ni se mueve.

Con todo el cuidado posible, salgo de debajo de su brazo y recojo mi camiseta. Tiene los labios separados y la cabeza medio aplastada contra el cojín, sumido en un profundo sueño de dicha. Su respiración es lenta y regular. Me muero de ganas de besarlo.

Pero ya he hecho demasiado daño.

Salgo de puntillas, subo y me visto en tiempo récord. Incluso me pongo los jeans que detesto. Además, no parece demasiado apropiado ponerme uno de los vestidos de mi madre después de lo de anoche.

Suelto una exhalación de alivio al ver que Grant no se ha movido. Me inclino, doy la vuelta al primer sobre de correo desechado que encuentro, y garabateo unas palabras.

Lo lamento, no puedo.

Me muerdo el puño para impedir que mi dolor aflore a la superficie antes de añadir una última línea.

Por favor, perdóname.

Y no me doy tiempo para pensarlo mejor. Salgo como un rayo en dirección a la puerta y la cierro sin hacer ruido tras de mí.

22

Irina llega al hospital, pero no hace una sola pregunta sobre lo ocurrido entre Grant y yo. Va a buscar comida y café cada vez que hace falta, y prácticamente la tengo que sacar a empujones por la puerta para conseguir que se vaya a trabajar.

Intento pasar el rato leyéndole a la abuela, jugando al solitario y viendo la tele, pero acabo de los nervios. Estoy que me subo por las paredes. Esas preciosas pestañas no se agitan. La esperanza es algo muy frágil, y la mía se vuelve cada vez más delicada y quebradiza según pasan las horas con ella sedada.

Los médicos siguen diciendo que está estable y que su respiración requiere cada vez menos asistencia. Pero hasta que despierte no sabremos si hay algún daño neurológico que las pruebas no detectan ahora.

La abrazo y le doy un beso de buenas noches antes de irme. Y rezo para que mañana sea diferente y yo recupere a mi nana.

Mi mente está hecha un lío difícil de desenredar. No recuerdo dónde he aparcado y me encuentro dando vueltas sin rumbo, hasta que localizo el auto de la abuela en todo su esplendor Buick.

Pero por lo visto, alguna parte de mi cerebro sí funciona, porque encuentro el camino de regreso a casa, y cuando llego el coche de Seth está aparcado en el bordillo. La luz de las farolas recién encendidas rebota en el reluciente e inmaculado Lexus.

Apenas abro la portezuela, Seth ya está saliendo del vehículo y acercándose a zancadas. Planto los pies en el suelo preparada para lo peor.

Seth pierde empuje y ralentiza la marcha. Se muerde el labio inferior.

—Dios, qué mal aspecto tienes.

—Lo sé.

—Escucha, Wil —empieza a decir metiéndose las manos en los bolsillos y sacándolas a continuación—. Lamento muchísimo todo lo del otro día. Te lo habría dicho, lo juro. De hecho, iba a decírtelo la otra noche después de la cena.

Sus ojos suplican mi comprensión.

Me ajusto las gafas, totalmente desconcertada por lo que intenta decirme, sea lo que sea.

—Fue un error, ¿sabes? Estaba hecho un lío, del todo, y metí la pata. Lo tengo claro ahora. Si pudiera dar marcha atrás, haría las cosas de modo diferente. Pero cuando me contaste acerca de tu madre… mierda. Perdí el valor. No podía…

¿Que metió la pata? ¿Cómo es posible cuando soy yo la que ha pasado la noche con Grant? No lo sigo. Aunque tenga algún sentido lo que dice, no ato cabos, tengo un lío brutal en la cabeza. Cruzo los brazos sobre el pecho.

—Seth, no te…

—Sé que no debería haberte mentido, ¡pero estabas rechazando a todos los tipos del club! Y luego esa carta astral estaba ahí, salía de tu bolso, así que… miré. Supuse que era la única manera de tener una oportunidad. Pensé que cuando me conocieras un poco, mi signo del zodíaco no tendría importancia, porque te darías cuenta de lo maravilloso que era estar juntos, cuánto podíamos divertirnos.

El asfalto se mueve debajo de mí, y todo parece torcido. Apoyo una mano en el maletero del Buick.

—¿Qué?

Seth se frota el cuello con nerviosismo.

—Pensaba que Grant te lo había dicho, que por eso... por eso tú... —Maldice en voz baja—. Suponía que por eso no me devolvías las llamadas.

—No. He estado en el hospital. —Cuando encuentro la voz para responder mi tono calmado resulta inquietante—. ¿Cuándo es tu cumpleaños?

—Wil, no es importante. Lo importante es lo que sientes por mí y...

—¡Sí es importante! —exploto—. ¡Lo es, Seth! ¡Dime qué día cumples años!

—Dieci... dieciocho de abril —tartamudea.

Soy incapaz de moverme. En cambio, el agudo pitido en mis oídos no cesa. No es que el mundo esté torcido, es que ha volcado por completo, estrellándose de tal manera que no puedo darle sentido.

—Así que no eres... nunca has sido...

Seth nunca ha sido Sagitario.

Mi parálisis cede lo justo como para que yo pueda llegar tambaleante hasta los peldaños del porche. Me siento ahí y dejo caer la cabeza sobre mis manos.

—Eres Aries —susurro con debilidad.

Dios bendito, menuda equivocación, absoluta. Vi lo que quería ver en Seth. Quería enamorarme de él, quería que fuera mi Sagitario, lo deseaba con desesperación.

¿Y me habrá pasado lo mismo al tomar a Grant por Piscis? ¿Estaría viendo solo lo que quería ver porque eso lo mantenía inalcanzable? ¿Es posible que también me equivocara con su signo? Pero no, en su caso había una prueba. En...

La cabeza me estalla con tantas preguntas. Y ya hay superávit de dolor ahora mismo compitiendo por acaparar mi atención.

Seth ocupa silenciosamente el espacio junto a mí en el peldaño combado. Sus palabras destilan desesperación.

—Por favor... dime algo, Wil. Deja que intente compensarte. Dame otra oportunidad. Porque lo que siento por ti... nunca lo sentiré por nadie.

Me seco las lágrimas de los ojos mientras Seth intenta rodear mis hombros con un brazo consolador.

—No —me encojo para apartarme—, déjalo. No vas a querer tocarme cuando oigas lo que tengo que decirte.

Me sujeto las rodillas.

—La abuela sufrió un ataque cardíaco muy grave la otra noche; aún se está recuperando. Por eso he estado en el hospital.

Se pasa una mano por el rostro y dice gimiendo:

—Oh, seré imbécil, y vengo a decirte todo esto precisamente esta noche. Como si no tuvieras bastante. —Baja la mano—. Pero podías haber llamado, habría venido. No tienes por qué pasar tú sola por todo esto.

—No he estado sola. Vino Irina, y también... Grant.

—¿Grant lo sabe? —Seth resopla—. ¿Y por qué no me ha dicho nada el muy imbécil?

—Se lo pedí yo —respondo en voz baja, y levanto la mirada hacia el cielo.

Esta noche la Vía Láctea se aprecia con claridad, la reluciente banda visible a lo lejos, tanto como a mí me gustaría estar.

La rabia de Seth forma nubarrones asfixiantes.

—Así que Grant ha estado a tu lado ahí en el hospital. ¿Solo en el hospital o hay algo más?

Casi puedo oír el esmalte de sus dientes rechinando en espera de una respuesta.

—Seth, no. No le eches toda la culpa a él. Fue mi...

—¡Deja de mirar las putas estrellas y háblame, Wil! ¿Se quedó Grant anoche aquí? ¿Por eso no vino a casa?

Fijo la mirada en Seth y me armo de valor para afrontar la reacción furibunda que seguro se producirá a continuación.

—Sí.

Pero no sucede lo previsto.

Le brillan los ojos. Parece absoluta y completamente... abatido. Esperaba rabia, ira, la injusticia de todo. Pero no esperaba esto, verlo tan, *tan herido*.

Mi corazón se encoge, mi cuerpo sigue su ejemplo. Y me siento aún peor que antes, si es que cabía esta posibilidad.

Se cubre los ojos con las palmas de las manos y las vuelve a bajar.

—¡Lo sabía! Entonces, ¿cuánto lleva ya esta historia? ¿Cuánto llevas acostándote con mi hermano?

Rodeo con más fuerza mis piernas.

—No nos hemos acostado.

—Bien, bueno, eso es un alivio enorme —dice con sarcasmo. Su mano cuelga inerte entre las rodillas—. ¿Sabes lo irónico del caso? Normalmente es a mí al que le cuesta ser fiel. ¿Tienes idea de cuántas chicas me entran en el club? Es brutal, es que no tengo ni que esforzarme. Es pan comido, del todo. Pero por primera vez ni siquiera me fijé en ellas, Wil. —Levanta sus ojos brillantes—. Solo estabas tú.

Hago un gesto con la cabeza, hecha polvo.

—Te he decepcionado.

Me levanto sujetándome de la barandilla como si se tratara de una cuerda de salvamento en un mar de dolor.

—Pero tú también me has decepcionado. Supongo que ninguno de los dos es lo imaginado.

Me vuelvo hacia la puerta de entrada.

—Entonces, ¿hemos acabado? ¿Ya está? —ladra Seth, tan furioso como sorprendido.

Mi cuerpo se dobla de agotamiento.

—Seth, ¿qué más hay?

Él permanece erguido tras de mí. Pese a sus movimientos silenciosos, el sutil aroma de su colonia lo delata.

—Necesito saberlo, Wil. Necesito saber si solo fui un chico que se ajustaba al molde… o si, realmente, en algún momento me tomaste cariño.

—Por supuesto que te tomé cariño —respondo con voz ronca.

—Pero lo quieres a él. Quieres a mi hermano, ¿verdad?

La luz de las farolas rebota en la llave que sostengo en la mano y me trae a la memoria la pequeña llave que Grant me entregó un buen día. *Supongo que mientras no vayas perdiendo el corazón por ahí, siempre sabrás dónde encontrarlo*, dijo.

Trago saliva.

—Quiero a la abuela. Y justo ahora se está muriendo en el Hospital Municipal de Carlisle.

—Lo siento.

Sus palabras están surcadas de vergüenza.

—Adiós, Seth.

Y por segunda vez en el día de hoy, estoy cerrando la puerta a un Walker.

Se ha hecho de día. El sol derrama sus rayos por el cielo, calentando la ciudad de Carlisle. Y la única persona con la que me muero de ganas de hablar no puede oírme. Pero hablo de todos modos, todo el miércoles por la mañana y por la tarde, como si la habitación de la abuela en el hospital fuera un condenado confesionario. Lo saco todo. El glorioso desastre que he armado, mi desafortunada Casa Quinta, y la tentación de largarme en un barco a una isla desierta para evitar todo esto en el futuro.

Al final cabeceo hasta dormirme en la silla, con el brazo tendido sobre su cintura y la cabeza apoyada en la cama. He echado un sueñecito lo bastante largo como para tener el brazo dormido, y me ha dado una tortícolis infernal. Pero no me he despertado por causa de ninguna de estas incomodidades.

Ha sido la mano sobre mi cabeza, ligera como una pluma, acariciándome el pelo.

Me incorporo de golpe.

—¿Abuela? ¡Abuela!

No puede hablar; demasiados tubos entran y salen de ella. Llamo al timbre ochenta veces, riendo y llorando ante la visión de sus chispeantes ojos azules. No solo los ojos, sino lo que hay tras ellos. Reconocimiento. Y no necesito hacer ninguna prueba para confirmar lo que mi corazón ya sabe.

Porque veo a la abuela: *mi abuela.*

Me siento plena otra vez.

Al finalizar esta semana del infierno, la abuela vuelve por fin a casa, el lugar al que pertenece. Se está recuperando, y pregunta por qué demonios está rayada la puerta de la cocina. El servicio médico de urgencias acabó sacándola para hacer pasar la camilla. Por supuesto, encargué que volvieran a colocarla antes de su regreso a casa, pero la abuela es mucha abuela como para que se le escape alguna vez un detalle.

Aunque hay pendientes muchas citas de seguimiento, son minucias después del temor de casi perderla. Es un milagro el hecho de tenerla de vuelta en casa. Los médicos creen que lo más probable es que perdiera el conocimiento momentos antes de que la encontrara en el suelo. La reanimación cardiopulmonar la salvó de males mayores. Por lo tanto, mantiene su mente perspicaz como siempre.

Horneo tres docenas de magdalenas y las envío al servicio del teléfono de emergencias, y mando otras tres docenas al personal del hospital. No es suficiente para pagar lo que han hecho, pero es algo. También me he apuntado a un curso de reanimación cardiopulmonar en el centro cívico.

Mañana pondré la última cruz en el calendario. El final de junio trae el cierre de mi prometedora alineación planetaria. Hace tres semanas esto me habría puesto de los nervios, pero en vista de todo lo sucedido, parece casi... ridículo.

Seth no ha vuelto a decir ni mu. Naturalmente, envía a la abuela los ramos más extravagantes deseando su pronta recuperación, pero por otro lado su silencio dice más que cualquier palabra. Entiendo. He perdonado su mentira (inclusive que fisgara la fecha exacta de la carta astral de mi príncipe azul) tanto si él me ha perdonado como si no.

La ranura de cobre del buzón tintinea suavemente; es extraño, porque hoy ya han repartido el correo. Retiro del fuego la tetera antes de acercarme al vestíbulo donde de inmediato distingo un sobre de papel Manila. Sé que esa caligrafía limpia y compacta es la de Grant.

Se me acelera el pulso mientras descorro las cortinas, justo a tiempo para ver el destello de las luces traseras de su camioneta al final de la calle. Y luego ya no está. Supongo que él ha seguido en contacto con Irina, aunque ella siempre evita hablar de eso. Creo que es su manera de protegerme.

Con manos temblorosas, desgarro el sobre y encuentro dos sobres más en su interior, de tamaño normal. Uno lleva la etiqueta: *Abrir primero*. El otro: *Abrir segundo*.

He estado tan preocupada por la abuela que no me he permitido echar de menos a Grant. Pero mientras despliego la primera nota, el dolor de su ausencia hace estragos en mí.

Querida Mena,

Quiero que sepas que he pensado en ti en todo momento desde que nos vimos. Iri me ha mantenido al día del estado de la abuela (por favor no te enfades con ella). No sabes cómo me alegra saber que finalmente vuelva a estar en casa.

Pero he preferido mantenerme a distancia porque lo último que quería era añadir más desasosiego a una situación ya difícil de por sí. Y, francamente, creo que Seth tampoco. Pero hay cosas que (por egoísmo) no quiero callarme.

No lamento un solo momento del tiempo que hemos pasado juntos. Aunque sea lo único que quede —un momento—, lo apreciaré muchísimo. Siempre.

Ahora, a por la parte egoísta. Echo de menos tu sonrisa y tu risa. Echo de menos tu manera de saber siempre lo que dice el cielo cuando nadie más lo sabe. Echo de menos el olor del jabón que usas, el de vainilla y lavanda. Echo de menos enseñarte a tocar la guitarra, y ojalá te hubiera enseñado más. Echo de menos la manera en que sacas la lengua cuando te concentras. Echo de menos lo bien que encajamos en tantos aspectos, pese a que tu astrología diga lo contrario. Podría escribir miles de canciones sobre todas las cosas que echo de menos. Y por lo tanto, voy a decirte la cosa que no me dejaste decir antes...

Te quiero, Mena.

Dejo de leer para secarme las lágrimas de los ojos, y respiro hondo antes de continuar.

Me preguntaste una vez qué me hizo regresar de la oscuridad. Fue la música. Pero más que eso fue confiar de nuevo en la gente.

Así que voy a confiar en ti.

Conmigo o sin mí, encontrarás tu camino. Porque brillas demasiado como para que no sea así.

Un abrazo.

Grant

Me froto las lágrimas que humedecen mis gafas y cojo el segundo sobre, al que doy la vuelta.

Todo lo que querías saber y nunca preguntaste.

Lo retengo contra mi pecho: la carta astral de Grant. ¡Debe ser eso! Y tiene toda la razón, nunca pregunté porque estaba segurísima de saberlo.

—¿Mena? —la abuela llama desde la cama—. ¿Te importa traerme ese té?

Vuelvo precipitadamente a la realidad e intento recuperar el control.

—Claro —respondo con voz ronca, metiéndome de nuevo en la cocina.

Pocos minutos después estoy en el dormitorio de la abuela, con su infusión favorita de manzanilla en la mano.

—Creo que tenemos pendiente una charla —dice en tono serio.

Me he puesto un poco de polvo bajo los ojos, en un intento de ocultar la rojez, pero tal vez no sea suficiente. Quizás esté tan agitada por fuera como por dentro.

—Has estado muy mal, nana. Se supone que debes descansar.

Dejo la taza en la mesilla.

La abuela frunce el ceño.

—Y no obstante eres tú la que pareces desmejorada.

Da unas palmaditas sobre la cama para que me siente junto a ella. El color ha vuelto a su piel, y el estilo decidido a sus gestos. Pese a la enfermedad, sé que discutir con ella es una causa perdida porque sé quién ganará. Siempre.

Me acomodo a su lado. Me toma la mano y la coloca entre las suyas.

—Tenemos que hablar de lo que encontraste en el desván.

—Ya hablaremos en otro momento… Quiero hacerlo, pero cuando estés mejor.

Niega con la cabeza y me da un débil apretón en la mano.

—No, ahora. Es una conversación que deberíamos haber mantenido hace años, pero me asustaba demasiado. Lo interesante de estar a punto de morir —hace una pausa para dar un sorbo al té— es que te preguntas qué tipo de vida has llevado. Lo que hice, lo hice por amor, ¿entiendes? Y eso no hace que sea lo correcto, no significa que debas perdonarme... o entender, pero...

—Abuela, yo...

—Calla un momento —me da una palmadita con su mano arrugada—, por favor. Necesito decir esto.

Hace una pausa, levantando la foto de mamá de su mesilla. El marco está decorado con pequeñas conchas que yo recogí en nuestro viaje a la playa, pegadas por los bordes de cualquier manera. Sigue con el dedo la imagen de su feliz hija brindando una amplia sonrisa a la cámara, sus ojos azules danzando con innumerables sueños.

—Grace tenía solo dieciséis años cuando conoció a Jonathon Markham. Un chico guapo. Ambicioso. Ella se enamoró perdidamente, de la noche a la mañana, como les sucede a menudo a las jovencitas. Y creo que también Jonathon estaba loco por ella. —Esboza una sonrisa triste—. Deberías haberlo visto contemplando a tu madre cuando ella decía algo; la miraba como si fuera un prodigio.

Deja la foto con un suave suspiro.

—Un año más tarde mi Grace descubrió que se había quedado embarazada. Estaba segura de que él la apoyaría, de que estaría ahí cuando lo necesitara. Solo que... Jonathon acababa de enterarse de que le habían concedido una beca en una selecta universidad del oeste, beca que su familia nunca podría pagar. Era su sueño. Un sueño que prefirió vivir en vez de reconocer sus responsabilidades como hombre, como padre.

»Así que Jonathon se marchó. Dejó a tu mamá embarazada y asustada, y con el corazón roto. Por supuesto, envió dinero en la medida en que pudo. Pero una vez que se marchó, creo que no volvió a pisar Carlisle. Hasta el día del entierro de tu madre.

Permanezco quieta —más que eso incluso—, pendiente de cada sílaba de la abuela.

—El día que enterré a mi única hija, le hice una promesa. —Sus ojos llorosos encuentran los míos—. Prometí que te protegería. Siempre. Y a partir de ese día fuiste mi mundo, Wilamena. Aunque no podía frenar el dolor de la pérdida de tu mamá, haría todo lo posible por protegerte del dolor de otros. De modo que cuando Jonathon apareció después de seis años buscando perdón y deseando formar parte de tu vida, yo simplemente... fui incapaz.

»Aparte de protegerte, me parecía una traición a Grace, si es que tiene algún sentido expresarlo así. Como si... perdonándolo enmendara lo que hizo.

Abro la boca para discrepar.

—Lo sé, niña, lo sé. No es la verdadera naturaleza del perdón. Pero yo estaba dolida y furiosa. Quería echar la culpa a alguien, y durante más años de los que quiero admitir, ese alguien fue Jonathon.

»De todos modos, tenía otra razón para tenerte apartada de él.

La abuela me mira de nuevo y, al pestañear, una lágrima sobredimensionada por la lente cae desde detrás de sus gafas.

—¿Qué más, nana?

Se le quiebra la voz.

—Bien, ya había perdido a mi hija, supongo que me asustaba...

Entonces solloza y la pena sacude todo su cuerpo.

—Te daba miedo perderme a mí también —susurro.

Al instante junto las piezas. Pero ¿cómo podía pensar que la dejaría alguna vez? Yo he decidido ponerme en contacto con Jonathon cuando esté lista. Pero él nunca podría ser lo que la abuela ha sido para mí. Nadie podría.

—No —murmuro.

Rodeo a la abuela con los brazos, rindiéndome a mis propias lágrimas.

—Abuela, el amor no funciona de ese modo.

Ella suelta una risita parecida a un sollozo.

—Sesenta y ocho años y tiene que venir mi nieta a enseñarme eso. Ay, Mena. —Me frota la espalda con pequeños círculos como solía hacer mi madre—. Cuánto lamento haberte ocultado todas estas cosas. Pero prometo que se acabaron los secretos de ahora en adelante, ¿de acuerdo?

¿Se acabaron los secretos? Pero eso significa… ¡Vaaaya! Aún tengo un secreto que revelar. Algo gordo que me he estado guardando.

Me aparto de sus brazos.

—Mmm, nana, yo… digamos que tengo que hacerte una confesión.

Toma un pañuelo de papel de la caja y me lo pasa.

—Pues, bien, qué esperas. —Luego abre aún más sus ojos hinchados—. ¡Dios bendito, dime que no estás embarazada!

—¡No! No, solo es… es que estudio astrología —espeto—. Ya llevo un tiempo.

Le dirijo una miradita de soslayo, pero su rostro no revela nada. ¿Por qué no habré heredado yo su gen *cara de póquer*? Soy más transparente que una ventana recién limpia.

—Lo sospechaba de algún modo. ¿Cuánto llevas ya?

—Oh —suelto una exhalación—, diría que ocho años ya. Debajo de la cama puedo tener una docena o más de libros sobre astrología.

Las cejas de la abuela ascienden poco a poco hasta el nacimiento de su pelo.

—¿Una docena o más?

Retuerzo el pañuelo en mis manos.

—En concreto, veintitrés. Veinticuatro si contamos el siguiente coleccionable de la edición en tapa dura de *Los signos zodiacales*, de Linda Goodman, que, mmm, debería llegar en entre cuatro y seis días laborables.

Entonces mi abuela hace algo impensable...

Se ríe. No. Se parte de risa.

—Pero... ¿no te enfadas? —pregunto perpleja.

—¿Por qué? —responde una vez que recupera la respiración—. ¿Por ser la hija de tu madre? Soy consciente de que llego a ser una mujer muy testaruda y aferrada a mis ideas, y tal vez en este caso, en extremo. —Su sonrisa se desvanece—. Creo que estaba tan obsesionada con el resto de estudios y actividades extraacadémicas que podrías sacrificar entregándote a ese asunto de las estrellas que no me detuve a pensar ni una sola vez lo que ganabas con ello. Pero, Mena, ahora lo entiendo. Y lo último que querría hacer sería interponerme entre tú y algo tan especial compartido con tu mamá. Aunque yo piense que sea una...

Se muerde la lengua. Yo suelto una risita y apoyo la cabeza en su hombro.

—Oh, nana, dilo, no te cortes.

—Patraña cosmológica.

La sonrisa en su voz se equipara a la de su rostro.

Algunas cosas nunca cambiarán. Y eso ya me parece bien.

Mantengo una pugna con el sobre número dos, a ver quién domina a quién con la mirada, cuando la abuela entra silenciosa en la cocina el domingo por la mañana.

—¿Qué haces levantada? —pregunto mientras oculto la carta tras mi espalda.

—¿Qué tienes ahí, Mena? Mejor que no sea otra multa por exceso de velocidad, más te vale.

Me lo quita de la mano más deprisa de lo que en realidad debería poder moverse.

—Es de Grant.

—Ah.

Lo deja otra vez sobre la encimera y se vuelve para servirse una taza de café.

—Pero por lo visto no lo has abierto —añade.

Me retuerzo las manos, pues me muero por desgarrar el sobre.

—Creo que es su carta astral.

—¿Crees o sabes? —pregunta.

—Estoy segura al noventa y nueve por ciento.

Acerco una banqueta y vuelvo a observar fijamente el sobre.

—Hace unas pocas semanas lo habría abierto a la velocidad de la luz.

—¿Y ahora?

—Ahora… no sé. Él dice que —mi mirada salta a su expresión pensativa—, dice que me…

¿Por qué no puedo soltarlo?

—Creo que la palabra que buscas es «querer». Grant Walker te quiere.

Los ojos se me salen de las órbitas.

—¿Cómo lo sabías?

La otra carta está arriba en mi dormitorio, bajo la almohada. No es que la abuela esté todavía en condiciones de subir por las escaleras, y de cualquier modo nunca leería algo tan personal.

Suelta una risita, sacudiendo un poco la cabeza.

—Porque tengo los ojos abiertos, Mena. Ya era hora de que abrieras los tuyos. ¿Quieres saber el secreto de la vida?

Hago un ademán afirmativo con la cabeza.

—No hay secreto. No puedes buscar atajos en la vida. Sé que tu mamá quería protegerte cuando te pidió que le prometieras que seguirías tu carta astral. Pero la gente comete errores; está claro que las mujeres Carlisle no somos una excepción.

Deslizo la piedra de amatista a lo largo de la cadena del collar.

—Entonces, ¿de verdad crees que ella querría que rompiera la promesa que le hice?

Su expresión se suaviza.

—Lo que pienso es que querría que fueras feliz. Eso sería lo más importante para ella.

Pienso en lo que acaba de decir. Sus palabras me resultan familiares. Mi padre deseaba mi felicidad. Y aunque la abuela siempre haya sido una incondicional del Equipo del Sentido Práctico, yo sabía que también quería mi felicidad. ¡Oh, cielos! Sí, y Charlotte. ¿No dijo exactamente eso sobre Seth y Grant?

Felicidad.

¿Por qué mi madre no iba a desear lo mismo para mí? Al fin y al cabo, me dijo que me querría incluso cuando las estrellas dejaran de brillar en el cielo.

Y justo cuando este pensamiento toma forma, se desvanece el peso demoledor de la culpa por traicionar a mi madre, el pavor profundo a perder lo que nos unía. Porque no son las estrellas las que nos mantienen unidas, es... el amor. Y siempre será así.

Por consiguiente, ¿ser feliz no sería la manera más sencilla de honrar su recuerdo?

La abuela debe de haber visto la revelación en mis ojos porque asiente con la cabeza, y una sonrisa de satisfacción adorna sus labios. Luego la mirada se desplaza hasta el sobre que sujeto en la mano.

—Cielo, las respuestas que buscas no siempre vas a encontrarlas en el firmamento. A veces la vida requiere un salto de fe. Para ti, quizá, tal vez, solo tal vez, ese salto signifique permanecer con los pies aquí en el suelo.

Me besa la frente antes de salir de la cocina con su andar pesado.

Tomo asiento sin dejar de pestañear.

—Pero... ¿y eso qué quiere decir?

Mi nana es una de esas galletitas de la fortuna, una galletita andante y parlante. ¿Qué se supone que debo hacer con eso? Apoyo la cabeza en mis brazos.

De pronto, la voz de la abuela, como si estuviera a mi lado, resuena desde el vestíbulo.

—Significa que si lo quieres, ya va siendo hora de que espabiles y vayas a decírselo. Ay, niña —suelta una risita—, no en vano lo llaman estar tonto de amor.

Entonces todo encaja. Y sé con exactitud qué hacer.

23

Parece que no me sonríe la suerte hoy, para nada. Primero, después de mi epifanía matinal con la abuela, me quedo sin agua caliente mientras me lavo el pelo. Y ahora… ¡*agh*! Me encuentro dando al claxon en medio de una cola de coches que no se mueve. Sí, soy una de esas personas fastidiosas.

Resulta gracioso que haya tardado todas estas semanas en reconocer que he me enamorado locamente de Grant y ahora esté a punto de perder la paciencia por un leve embotellamiento. Pero no es el tráfico; es saber que entre nosotros se interponen apenas un par de kilómetros.

Llegaría antes corriendo… incluso con los tacones de Irina… incluso cuesta arriba.

—Oh, vamos. ¿A qué viene este atasco? —exclamo dando con las manos en el volante.

Me estudio el pelo y el carmín y suelto otro resoplido de impaciencia. Me seco las axilas con las servilletas que quedan en la guantera; lo único que me falta es empezar a oler a sobaco mientras le declaro mi amor a Grant. Por fin el tráfico comienza a avanzar a paso de tortuga por el puente que cruza al lado este.

Paso zumbando una casa monumental tras otra, y mi ansiedad crece con el tamaño de esas residencias. Cuando distingo la línea de cipreses que me resulta familiar al final de una calle sin salida, me meto por el largo camino que lleva hasta la casa.

Quiero vomitar. En vez de ello, me meto una pastilla de menta e intento concentrarme en las palabras que saldrán de mi boca cuando se abra la puerta. ¿Qué voy a decir?

Hola, Grant, la lobotomía fue un exitazo y, ja, ja, resulta que estaba enamorada de ti desde el principio.

O tal vez algo más directo tipo: *Tú, tranqui, no tenía importancia esa nota con la que te planté mientras dormías en mi sofá, mejor olvidarla.*

Bien, para qué negarlo, voy a quedar peor que mal.

Todo me da vueltas, hasta que la puerta de entrada se abre de par en par.

—Mmm… ey.

Que es lo mejor que consigo decir, y no está tan mal después del triple nudo que tengo en la lengua.

Charlotte está de pie en el umbral con un delantal salpicado de pintura y el pelo recogido en lo alto de la cabeza.

—¿Wil? Caray, esto sí que es una sorpresa.

Me mira pestañeando, pero se repone al instante de la impresión de encontrarme en su puerta:

—Cielo, nos alivió mucho saber que tu abuela había vuelto a casa y que se está recuperando. Debe de haber sido toda una alegría.

—Oh, desde luego, gracias. Va recuperando las fuerzas día a día. —Mi sonrisa se vuelve vacilante—. Charlotte, eh…. De hecho esperaba poder hablar con…

—¿Grant?

Abro mucho los ojos.

—¿Co… cómo lo sabías?

Charlotte saca del bolsillo del mandil un paño para limpiarse una mancha de carmesí próxima a su sien. Los labios esbozan una sonrisita triste.

—Quizás seas la única que no lo sabía, pero —su ceño se marca un poco más—, Grant acaba de marcharse. ¿No se ha despedido?

—¿Marcharse? —repito.

—Sí. No tenía pensado marcharse al norte hasta agosto, pero...

—¡Espera! ¿Se ha... ido? —pregunto con incredulidad.

—Pues, sí, pero estará...

—¿Y qué hay de Seth?

Me he percatado de que tampoco está su coche en la entrada.

—Está pasando unos días con un primo en Chicago. Las cosas han sido... difíciles.

Charlotte apoya suavemente una mano en mi hombro.

—Cariño, la situación se puso imposible. Alguien iba a salir malparado. —Me suelta—. Tal vez lo preferible sea que todos se tomen cierto tiempo y lo miren con perspectiva. Lo has tenido que pasar fatal la semana pasada.

Pero no quiero tomar perspectiva; quiero a Grant. Mi corazón se desinfla. Se ha ido y nunca podré decirle lo que siento en realidad.

—Mmm, ¿te importa que te pregunte por qué llevas un ramo de coles de Bruselas? —inquiere juntando las cejas.

—Por... por nada en particular —concluyo en voz baja, sacudiendo la cabeza.

Ella frunce los labios como si intentara resolver una ecuación complicada.

—Le has tomado verdadero aprecio, ¿cierto, Wil?

—Sí —murmuro, dando vueltas al ramo de coles—. Pero supongo que es demasiado tarde, ¿verdad? Las cosas se han complicado tanto... Lamento haberte molestado, Charlotte.

Me vuelvo y empiezo a andar de nuevo hacia el coche. Pego mis labios con fuerza jurando no ponerme a berrear y montar el número como la última vez que me fui de la casa de los Walker. *No llores.* Y con cada pisada canturreo: *Pilar de fortaleza, pilar de fortaleza, pilar de...*

—¡Wil! ¡Espera! —llama Charlotte, asomándose desde el porche—. Mira, no sé si será de ayuda, pero Grant dijo algo sobre hacer una parada en la tienda italiana de bocadillos del centro.

Animándome, noto el primer destello de esperanza desde mi llegada.

—¿Valentine's?

Aparece una pequeña sonrisa.

—Sí, creo que era esa.

—¡Oh! Entonces... tengo que irme.

¡Aún hay una oportunidad! Si conduzco como una loca, todavía hay una posibilidad de alcanzar a Grant. Valentine's está a tope los domingos, la cola suele ser colosal. Tengo que alcanzarlo.

Pero antes de eso, me arrojo a los brazos de Charlotte, casi derribándola.

—Gracias —digo contra su pelo, y me deshago en agradecimientos—. Gracias, gracias, gracias.

Charlotte me abraza con igual fuerza y luego se pone tiesa.

—Oh, Wil, la pintura.

Nos separamos, y ambas inspeccionamos mi vestido amarillo.

—No pasa nada, está limpio.

Charlotte no parece tan convencida.

—No, tienes pintura en el cabello. ¡Ohh! Lo lamento. Aún debo de llevar bermellón en la cara. Deja que te traiga un paño limpio de...

—¡No hay tiempo, debo irme! ¡Gracias, Charlotte! —grito por encima del hombro.

Me meto en el Buick a toda prisa y luego ejecuto la peor maniobra de cambio de sentido en tres movimientos de la historia de la conducción. Nada me detendrá en mi carrera por llegar a Valentine's a tiempo. *Nada*. Estos días, la mayor parte de las obras en Carlisle se concentran en el lado sur, por lo tanto, podré llegar al centro en un voleo. Esto debería ser sencillo. Grant no puede estar tan lejos si acaba de salir.

Y estas son exactamente las ideas que una no debería tener jamás.

El sol me da en la espalda mientras mido a mi enemigo. Plural: enemigos. El miedo me paraliza, gotas de transpiración me salpican el nacimiento del cabello. El retumbar grave y rítmico de alguien aporreando un tambor va a un cuarto de la velocidad que lleva mi corazón resonante.

Un monstruo pintado de grasa con una peluca afro de los colores del arco iris pasa sujetando un cartel que dice: TROUPE DE PAYASOS «FLOR LANZA-AGUA» — ROCIANDO AL MUNDO DE FELICIDAD.

No, en serio, no.

Esto no tiene gracia.

Ando adelante y atrás por el lateral del desfile como un animal enjaulado. ¿Cómo he podido borrar de mi mente que hoy es la cita anual del Summer Sun Parade? Con muchas de las callejas laterales cerradas con barreras, encontrar aparcamiento ha sido un maldito milagro.

Y ahora mismo estoy perdiendo un tiempo precioso. Y esos payasos me bloquean el paso hasta Valentine's... como si mi odio por ellos necesitara más acicate.

Docenas y docenas de monstruos pintados desfilan por la colina y bajan la calle con sus cornetas y silbatos estridentes. Decido que debo de encontrarme en el infierno kármico, y la única explicación es que yo fui Gengis Kan en una vida anterior.

Me obligo a poner un pie delante del otro pasando por alto la opresión en mi garganta y los puntos oscuros que motean mi visión. Canalizaré la fuerza de Atenea, aceptaré el reto. Y a diferencia de en la fiesta del séptimo cumpleaños de Jessica Bernard, esta vez... ¡no me haré pis en las bragas!

Acelero el paso hasta correr a toda mecha, volando hacia la procesión del carnaval.

—¡Apártense!

Embisto contra los payasos abriéndome paso con las coles de Bruselas. No los miro a la cara, perdería el arrojo. Solo miro los pantalones holgados y calcetines a rayas

—¡Quítense de en medio! ¡Apártense! —chillo, y descubro a los payasos prácticamente tropezándose con sus enormes zapatos por evitar a la psicópata que empuña productos de la huerta.

Cuando salgo al otro lado de la calle, entro como un bólido en Valentine's Deli e intento recuperar el aliento. Los clientes boquiabiertos miran con curiosidad mientras yo inspecciono frenéticamente el pequeño local esquinero. Noto las miradas desconcertadas por mi extraño estado y el embotellamiento que he creado en el desfile.

Lo único que me faltaba, que la abuela presencie esto en el noticiario. Su pobre corazón no podrá soportarlo.

Pero noto el bajón de adrenalina y confianza cuando no encuentro a Grant entre la gente que hace fila. Miro en los baños. Nada. Incluso pregunto al tipo del mostrador si ha visto a un chico alto, superatractivo, con tatuajes de notas musicales, una camiseta gris y unas Converse con cinta adhesiva. Me mira como si fuera una marciana recién salida de la nave espacial. Al bajar la vista a mis maltratadas coles de Bruselas y recordar la pintura roja en el pelo, supongo que entiendo su postura.

Bajo los hombros con abatimiento. Es probable que ni siquiera haya venido, por supuesto, con el caos del desfile.

Se acabó. Suelto una exhalación estremecida.

He dejado escapar mi oportunidad con Grant.

La abuela está bien. He llamado un par de veces, lo cual tiene mérito contando que cuesta más encontrar un teléfono público que agujeros de gusano en el espacio. Por supuesto, me he olvidado de cargar el móvil... otra vez. Una señora del club de jardinería le ha traído un guiso —el equivalente a llevar flores en la región central de los Estados Unidos— y le hace compañía. Y en vista de lo alegre que parecía por teléfono, no me apetece volver a casa e intoxicar los ánimos.

Así que cruzo la ciudad en dirección al Inkporium.

—Ey, Pastorcita, ¿qué tal...? —Crater interrumpe el saludo, su sonrisa se desvanece—. ¿Qué pasa?

—¿Qué?

Pensando que mis ojos hayan empezado a gotear de forma espontánea, me los seco, pero no, no estoy llorando. No voy a llorar más. La vida continúa. Así son las cosas, me digo. Y he sobrevivido a situaciones peores.

Se retira el pelo de los ojos para estudiarme.

—Chica, te veo muy triste, como si te hubieran robado el sol.

—Eh, una semana complicada —respondo vagamente—. Muchos nubarrones.

—Sí, vienen incluidos en el lote, ¿verdad? Pero he oído que tu abuela va mejorando, y eso sí que es un notición, no todo es tan negativo.

—Tienes razón —digo sonriendo, reflejando su expresión esperanzada—. Mmm, ¿aún está Iri?

—Ajá, y tan refunfuñona como siempre. Dile que si quiere salir antes, cuenta con mi bendición. Me aseguraré de que le paguen la hora completa.

—Gracias, Crate. En serio.

Le resta importancia:

—Dios, ¿estás de broma? Eres tú la que me haces un favor —dice dirigiendo un gesto hacia los estudios de la parte trasera—. Ahora ve para allá y saca de aquí a la Arpía.

Irina está mirando su teléfono, con un gesto desdeñoso en el labio. Alza la vista, sorprendida.

—¡Oh, ey! No te esperaba.

—Mmm, pues...

Advierto el cactus al lado del lavamanos, reseco y marchito.

—¿Te has olvidado de regarlo?

Mete el móvil en la cartera, coge el cactus marchito y lo tira al cubo de aluminio.

—Jordan Lockwood resultó ser un farsante total. Al final el Sr. Traje llevaba anillo de compromiso.

—¿Me lo repites?

—Me refiero a que estaba prometido. ¿Lo puedes creer? Yo iba a ser la última jugarreta antes del matrimonio. Me alegra haber esperado y...

Luego, suelta una serie de blasfemias en ruso.

—O sea que... ¿no te enrollaste con él?

Niega con la cabeza. Sus ojos se vuelven vidriosos, le saltan las lágrimas.

—Me gustaba de verdad. Quería que fuera especi...

—Irina Dmitriyev —la interrumpo poniendo mis manos en sus hombros—. Los farsantes no merecen las lágrimas de nadie. Y menos las tuyas.

Traga saliva y asiente.

—Lo sé. ¡Chert poberi! Solo es... alergia... maldito álamo de Virginia.

La abrazo, repitiendo en voz baja lo poco que se merecía Jordan el Mamarracho a Irina. Luego reparo en la planta de aire exótico sobre el otro mostrador.

—¿Y quién te ha traído esta atrapamoscas?

Se sorbe la nariz antes de apartarse de mi hombro.

—Manny. Hemos estado saliendo. —Es imposible ocultar mi sorpresa—. No, no en ese plan. Cuando vino el otro día, vio el cactus y dijo que estaba hecho una lástima. Me compró esto en su lugar. —Esboza una sonrisa—. Una planta carnívora.

—Todo un personaje este Manny, ¿verdad?

Se encoje de hombros sin querer pronunciarse y luego se percata con reacción tardía:

—¿Sabes que llevas pintura roja en el pelo?

—Es una larga historia. Oye, ¿me harías un favor si te es posible?

—Claro. Ya lo sabes.

—¿Un *piercing*?

Se le desencaja la mandíbula.

—Pero... si odias las agujas. ¿Por qué?

—Porque así me acordaré de hoy como el día en que me enfrenté a todos mis miedos. He luchado con payasos, he intentado expresar mi amor, y ahora —le vuelvo la espalda—, voy a hacerme un *piercing* en el ombligo. Suéltame ese botón, ¿te importa?

La mano vacila antes de soltar el botón del vestido.

—*Dorogaya*, no tienes que hacer esto.

Me bajo la cremallera hasta la cintura y saco los brazos antes de colocarme sobre el asiento reclinable de cuero.

—Sí, voy a hacerlo, quiero hacerlo. Y luego iremos a Curio's por una ración enorme de patatas fritas y nos las comeremos hasta que los dedos estén tan grasientos que no podamos sostener ni una más. Vamos, amiga, mis patatas esperan. Adelante.

Me aferro a los reposabrazos.

Ella limpia mi ombligo con antiséptico y una mirada de preocupación.

—¿Estás segura de que es esto lo que quieres?

—Hazlo —respondo con firmeza.

Cierro los ojos al oír el sonido del cajón de los instrumentos medievales abriéndose. Noto el pellizco de una pinza metálica en mi piel y tomo aliento.

—Tranquila, *dorogaya*, no te muevas. Y no te preocupes, iré rápido. Creo que a Grant le va a encantar esto —añade rápidamente—. Aunque ya sé que no lo haces por él.

—De eso nada. Total, lo he perdido.

Mi visión se agita un poco. La sangre se precipita bajo mi piel provocándome un picor y una sensación de calor-frío.

—Oh, Dios —exclamo observando delirante las luces fluorescentes del techo—. ¿Es demasiado tarde para cambiar de idea?

—¡Wil! ¡Wil! —la voz reverberante de Irina rebota en mi cerebro—. ¡No te desmayes ahora!

Levanto del asiento reclinable mi cabeza mareada.

—¿Ya estoy? ¿Tengo un *piercing*?

—Ejem... No.

Irina se quita los guantes y eleva el reposacabezas

—¿Por qué no dejamos el *piercing* para otro día, eh? Y di, ¿qué es eso de que has perdido a Grant?

Poco a poco consigo enfocar de nuevo la habitación. Me estiro el vestido.

—Se ha ido a la uni antes de lo previsto. Se ha marchado.

—Qué raro —levanta una ceja—, porque hace media hora ha llamado buscándote.

—¿Que... que me buscaba? Pero ¿cómo es posible?

—¿De verdad crees que se largaría de forma permanente de esta ciudad sin decir nada? —Iri entorna los ojos—. Has olvidado cargar la batería del celular, ¿no?

Me levanto de la silla de un salto.

—¡Oh, estrellas del cielo! ¡Tengo... tengo que encontrarlo!

Pero ahora tengo otro dilema porque mi amiga lo está pasando mal y no quiero dejarla colgada. No después de que lo abandonara todo para estar a mi lado cuando mi mundo se colapsó con mi abuela en el hospital.

—Estoy bien, Wil —dice, leyendo mi mente.

Entra un aviso en su celular. Lo sostiene volviéndolo hacia mí.

—Es Grant. ¿Qué debo decirle?

—Dile... que no se vaya. Quiero hablar, de verdad, pero primero tengo a una amiga que me necesita.

Una sonrisa maliciosa se forma en sus labios mientras teclea el mensaje.

—¿Qué? ¿Por qué pones esa cara? ¡Iri!

Le arranco el teléfono de la mano y leo el mensaje que acaba de entrar.

—¿Qué? ¿Qué significa: «Allí estaré»?

—Grant te necesita. Más de lo que yo te necesito ahora mismo. Mañana pasaré a desayunar y podremos tener un rato las chicas solas. Puedes hornear unas magdalenas de gratitud para mí.

—Pero...

—¡Oscar! —llama Irina.

Se oyen pisadas por el pasillo, y la puerta se abre de golpe. Aparece la cara preocupada de Oscar.

—¿Te gustan las patatas fritas? —pregunta Iri como si fuera lo más natural del mundo.

—Claro. —Oscar levanta un hombro—. ¿Y a quién no?

—¿Quieres que vayamos a comer unas? A Wil le ha salido otro plan y detesto comer grasa trans yo solita.

Levanta sus pobladas cejas.

—Estrictamente platónico —aclara Iri.

—Ya sabes que puedo comportarme como un amigo —Oscar cruza los brazos—. Pero cómo vas a saberlo si llevas semanas evitándome.

Iri se pone los grandes brazaletes de nuevo en las muñecas y sonríe. Una sonrisa deslumbrante.

—¿Así que eso es un sí?

Una risa tranquila retumba en el pecho de Oscar.

—Sí, mi Dama de lo Extraño. La respuesta es sí. Deja que ordene mi estudio primero, ¿ok?

—Tómate tu tiempo —contesta ella.

Cuando Oscar se da la vuelta, descubrimos otro ejemplar usado de Shakespeare asomando por el bolsillo trasero de su pantalón.

—Qué encanto —dice Iri volviendo sus ojos grises hacia mí—, pero necesito estar sola una temporada y aclararme. Saber qué es lo que quiero.

—Es una buena idea, *dorogaya*.

—Ya sabes, Wil, junio no ha acabado aún. Técnicamente aún le quedan unas pocas horas.

—¿Y bien?

—Los planetas aún están alineados y bla bla bla… Y le he dicho a Grant que te reunirás con él en la torre del depósito.

—¿Eso le has dicho? —Le aprieto la mano—. Irina Dmitriyev, crees de verdad en el amor, ¿verdad?

Se lleva el dedo índice a los labios.

—Ssh, no se lo digas a nadie.

24

Las estrellas atraen mi mirada hacia las alturas, percibo su titileo como si me guiñaran un ojo, como billones de niños impacientes tirando de mi mano y disputándose mi atención.

Pero no, no voy a alzar la vista.

Porque no puedo apartar la mirada de la imagen de Grant sentado en el parachoques de su camioneta verde pepinillo, con la mirada observando el suelo, su delgado cuerpo encorvado. Alza la vista cuando cierro de golpe la portezuela.

Y el gesto de su barbilla alzándose me da el coraje necesario.

Me lanzo a la carrera con el vestido inflándose ruidoso a causa de mis rápidas zancadas elevando las rodillas; estos zapatos me impiden moverme a la velocidad deseada. Me los saco y tomo velocidad.

Él permanece inmóvil, parece tan lejano como los inalcanzables cuerpos celestiales brillando en lo alto.

Pero por fin, *por fin*, lo alcanzo y me detengo con un patinazo. Sin nada de aliento, intento hablar:

—Te... te... quiero —digo respirando con dificultad.

Grant levanta la cabeza hacia el cielo. Veo sus dientes superpuestos cuando vuelve a bajar esa cara tan irresistible. Y sonríe, está radiante. Es la sonrisa más cariñosa, feliz y encantadora que he visto en la vida.

Salto a sus brazos de un brinco y se ríe mientras yo lloro.

—Ya era hora de que te dieras cuenta, Ave Cantora.

Sigue riéndose cuando me deja en el suelo.

—¡Ahí va!, me has traído unas coles de Bruselas en estado penoso.

Las pobres coles han hecho un viaje de ida y vuelta al infierno, pero esa historia la dejaremos para otro día.

—No paro de preguntarme si dejarás de sorprenderme algún día. En serio, eres la chica más peculiar que he conocido en la vida.

Toquetea con la punta de los dedos la pintura seca del pelo.

—Pero a ti te agrada lo peculiar, confiesa.

—No diría eso —niega con la cabeza—. Para ser exactos, me encanta. ¿Y esto qué es?

Indica con un movimiento de cabeza el rectángulo blanco que sobresale del bolsillo de mi vestido.

Me aparto un poco.

—Es... para ti —contesto mientras se lo paso.

Abre el sobre mirándome con ojos entrecerrados, que vuelven luego al papel en sus manos.

—No lo has abierto. Pues vaya... pensaba que eso era importante, creía que necesitabas saberlo.

—Antes sí. —Bajo los hombros antes de continuar—: Pero luego voy y me enamoro de ti de todas maneras. O sea que supongo que no tiene senti...

Grant me besa, con labios feroces. Aunque había expresado por carta cuánto me echaba de menos, su beso lo deja mucho más claro. Me levanta sobre el capó del coche, sin permitir ni un momento que su boca se separe de la mía.

Cuando se aparta, respiro como si acabara de participar en otra carrera. Apoya su frente en la mía, soltando una risa entrecortada.

—Pues sabes, no vas a tardar mucho en enterarte de mi signo. Mi cumpleaños es el...

—¡No!

Esta vez soy yo la que lo interrumpe con mi beso, y él deja de hablar durante un rato.

Un largo rato.

Grant está echado de espaldas sobre la manta de lana que cubre los matojos de diente de león y gramilla en la base de la torre. Estoy acurrucada de costado contra la parte interior de su codo, mientras permanecemos envueltos por la cálida noche.

—¿Vas a seguir mirándome así toda la noche?

—No —sonrío—. Tengo que estar en casa dentro de una hora. De todos modos, necesito retenerte cuanto pueda si vas a irte a la uni en agosto.

Sacude la cabeza.

—Eh, pero ¿de dónde sacaste la idea de que me iba dos meses antes?

Levanto un hombro.

—Entré en pánico. Tu madre dijo que te ibas al norte; di por supuesto que te marchabas a Michigan.

Otra suposición fallida, claro; una habilidad que he estado perfeccionando a ritmo alarmante.

Mientras Seth prefería perderse en las deslumbrantes luces de la gran ciudad de Chicago, resulta que Grant buscaba paz y soledad. Así que había cogido su guitarra con intención de salir de la ciudad y refugiarse en la casa del lago de su familia, a cinco horas de distancia. Por suerte para mí, Grant no llegó a traspasar los límites de la ciudad porque su madre lo llamó. Y yo compraría una estrella para bautizarla Charlotte, porque dijera lo que le dijese ella, hizo que su hijo cruzase entre el tráfico a toda velocidad para regresar al centro de Carlisle.

Para regresar conmigo.

Por supuesto, cuando se marchó Seth las cosas seguían tensas entre ambos hermanos. Sobre todo desde el momento en que Grant descubrió cómo me había manipulado su hermano pequeño. Solo me queda confiar en que, con tiempo y distancia, la relación fracturada se recupere. Creo que sucederá… algún día.

Grant vuelve la cabeza para mirarme y aparta con la mano libre un mechón ondulado de mi mejilla.

—Ya sabes que volveré a casa todos los findes que pueda, y todas las vacaciones. Y tú puedes venir cada vez que consigas escaparte.

—Acabarás harto de mí si me invitas a ir cuando me dé la gana.

—¿Harto de mi musa? ¿Estás de broma? —Sonríe—. Voy a crear una música preciosa gracias a ti.

Ese es otro cambio tremendo. Grant va a especializarse en música, no en gestión empresarial.

En cuanto Grant se sinceró con sus padres y les explicó que estudiaría administración de empresas por su sentido del deber, y no por un deseo real, adiós a la carrera empresarial. No estaban dispuestos a que su hijo se sintiera en deuda con ellos por hacer lo que haría cualquier padre. Habían preservado su futuro salvándolo del pasado. En cuanto a la forma que adoptara finalmente ese futuro, bien, eso dependía por completo de Grant.

Continúa acariciándome la mejilla. Me encanta que no sea capaz de apartar las manos de mí.

—¿Así que no sientes ni la menor curiosidad por saber mi signo?

Entorno los ojos.

—Claro que sí. Que haya reconocido mi equivocación no significa que renuncie a la astrología. Pero hay algo que aún me tiene intrigada —explico frunciendo el ceño—. La cadena de tu llave lleva inscrita la fecha del veintitrés de febrero. Por eso supuse que era tu cumpleaños porque…

Grant se echa a reír.

—¿Qué tiene tanta gracia?

—¡Es el cumpleaños de mi coche! Anna me hizo la cadena para conmemorar el día en que me agencié esta fiera verde.

Abro la boca formando una gran «O» al comprenderlo todo.

—¿Bien? ¿Más conjeturas hechas con muy buena base? Creo que ya podemos tachar Piscis de la lista sin temor a equivocarnos.

Igual que bromea con las palabras, juguetea conmigo deslizando sus dedos por mi garganta y pecho, siguiendo la prominencia de mis senos.

Se me aceleran las pulsaciones lo bastante como para romper la barrera del sonido.

—Ah, no. Ni hablar, nada de deducciones.

—¿Y si te lo digo al oído?

Sonrío e inclino la cabeza.

—Adelante, dímelo.

Susurra la palabra y me estremezco cuando me alcanza su cálido aliento.

—Por las estrellas del cielo, eso es casi igual de malo —contesto poniendo cara seria.

Luego estallo en risitas cuando me mordisquea la oreja.

Grant vuelve a echarse de espaldas y permanecemos tumbados en silencio mientras él observa el cielo.

—Ey, ¿no es eso la Vía Láctea?

—Probablemente —respondo sin alzar la vista.

Porque estoy demasiado entretenida admirando las maravillas terrenales aquí abajo. La manera en que arruga los ojos cuando se ríe, el vaivén de las pestañas cuando parpadea, la manera en que mueve los labios para formar las palabras «te quiero». Una y otra vez. Es demasiada dicha y belleza como para asimilarlas.

Me apoyo en el codo y bajo la mirada.

—¿Recuerdas qué es una supernova?

Su frente se arruga.

—Una estrella que explota, ¿cierto? La siguiente podría tener lugar dentro de cincuenta años.

—Ajajá —asiento pasando los dedos por sus tatuajes—. Y puede eclipsar toda una galaxia, y es miles de millones de veces más luminosa que el sol.

Me toma la mano para darme un beso en el pulso de la muñeca.

—Suena impresionante.

—Sí —asiento—. Sin duda tú lo eres.

Estoy a punto de seguir con mi explicación sobre las supernovas y lo maravilloso de su excepcionalidad —en nuestra galaxia la última se vio en el siglo XVII—, pero Grant me hace callar con otro beso.

Se aparta un breve instante y me pasa el pulgar por el labio inferior.

—Mena, mi Mena, basta de palabras. —Y luego mi dulce e inquebrantable Capricornio me susurra al oído—: Encuentra otra manera de hablar.

Y así lo hago.

Agradecimientos

Ha sido labor de todo el equipo, suele decirse. En mi caso ha sido labor de toda la metrópolis global. ¡Y eso significa que tengo que dar las gracias a todas las personas del mundo mundial! Una tarea imposible, será inevitable olvidarse de algunos, pero ahí vamos...

Primero, un enorme gracias y toda una vida de queso fundido a mis supervisoras de contenidos: Rebecca Campbell, Bria Quinlan y Jenn Stark. Sus lúcidos aportes infundieron vida a esta historia, y en más de una ocasión me reanimaron. Besos y abrazos infinitos. Son *fantabulosas*.

Mi agradecimiento eterno a mi extraordinaria agente, Catherine Drayton. ¡Si pudiera, bautizaría galaxias de estrellas en tu honor! Pero solo me he podido permitir una (estrella, no galaxia). Tanto da, me gusta pensar que es la más brillante y luminosa: como tú.

Gracias a la editora absolutamente maravillosa que me ha tocado, Emily Easton. Te has desvivido atendiendo todo cuanto concierne a Wil y Grant, y también a mí. Genial. Ahora me pongo lacrimógena. Porque ¿cómo es posible encontrar palabras de agradecimiento para la persona responsable de su final feliz? Te debo un... millón.

Estoy dibujando diminutos corazones alrededor de mis amigos de la asociación RWA de escritores de novela romántica por su maravilloso apoyo: los grupos Starcatchers —mis guías de recursos particulares—, MMRWA y YARWA. ¡Por no mencionar infinidad de otras familias! Eterna gratitud a mi sardónica amiga del alma, Tracy Brogan, por creer que llegaría a algún lado pese a mi incapacidad para hacer la «O» con un canuto. Y a Rachel Grant por sus martinis con chocolate. Porque sí.

¡Gratitud sentida a todo el equipo en Random House Crown BFYR! Gracias a ustedes brillan estas páginas. ¡También a Samantha Gentry por el batiburrillo de agradecimientos y mucho más!

Fuertes abrazos de agradecimiento a mis colegas y clientes en Douglas J; en especial a Carole por los libros de astrología. Ustedes me mantienen amarrada en el mejor sentido… Gracias además a mi mejor amiga, Elizabeth: ¡Me encanta que nuestras auras se hayan fundido! Gracias al agente William Callahan por prestar gentilmente sus ojos, que me ayudaron a ver. Y un poderoso gracias a la doctora Rishi Kundi por su destreza médica.

Por último, pero no por eso menos importante, gracias a mi familia. Por ustedes sé lo que significa querer y ser querido. Con agradecimiento especial a mis padres, por alimentar mi creencia en que las palabras que yo imaginaba eran reales. (Lo son aún.) Y a mi marido, David: todo empieza y acaba contigo. Quererte ha sido la aventura definitiva.

Para terminar, gracias a *ti*, querido lector. Resulta que la astrología es increíblemente complicada. Por favor, perdona cualquier error y las libertades que me haya tomado en esta obra de ficción. Confío en que disfrutes de este libro, y que tal vez tu corazón sonría con él. Es mi más sincero deseo.

Abrazo de grupo.

PUCK

AVALON

Libros de *fantasy* y *paranormal* para jóvenes con los que descubrir nuevos mundos y universos.

LATIDOS

Los libros de esta colección desprenden amor y romance. Ideales para los lectores más románticos.

LILIPUT

La colección para niños y niñas de 9 a 14 años, con historias llenas de aventuras para disfrutar de verdad de la lectura.

SERENDIPIA

Una serendipia es un hallazgo inesperado y esto es lo que son los libros de esta colección: pequeños tesoros en forma de historias contemporáneas para jóvenes.

SINGULAR

Libros *crossover* que cuentan historias que no entienden de edades y que puede disfrutar tanto un niño como un adulto.

¿Cuál es tu colección?

Encuentra tu libro Puck en:
www.mundopuck.com

- puck_ed
- mundopuck

ECOSISTEMA DIGITAL

NUESTRO PUNTO DE ENCUENTRO

www.edicionesurano.com

2 AMABOOK
Disfruta de tu rincón de lectura y accede a todas nuestras **novedades** en modo compra.
www.amabook.com

3 SUSCRIBOOKS
El límite lo pones tú, **lectura sin freno**, en modo suscripción.
www.suscribooks.com

DISFRUTA DE 1 MES DE LECTURA GRATIS

1 REDES SOCIALES:
Amplio abanico de redes para que **participes activamente**.

4 APPS Y DESCARGAS
Apps que te permitirán leer e **interactuar con otros lectores**.